FOLIO SCIENCE-FICTION

Jeanne-A Debats

La vieille Anglaise et le continent

et autres récits

Postface de Jean-Claude Dunyach

Gallimard

Jeanne-A Debats est née en Aquitaine. Elle réside actuellement à Paris. Elle y élève ses enfants, ses chats et ses chiens, à moins que ce ne soit le contraire. Écrivain par nécessité, professeur par vocation, elle enseigne le latin et le français.

Elle est venue à la SF dès l'enfance, grâce aux efforts conjugués des grands auteurs américains Arthur C. Clarke et Robert Heinlein. Elle publie plusieurs nouvelles, avant de faire paraître *La vieille Anglaise et le continent* aux Éditions Griffe d'encre, *novella* qui reçoit un accueil enthousiaste tant de la part des critiques que du public et réussit l'exploit de recevoir quatre prix littéraires : le prix Julia Verlanger, le prix Rosny aîné, le Grand Prix de l'Imaginaire et le Nouveau Grand Prix de la science-fiction française. Elle a publié depuis plusieurs romans pour la jeunesse, et son premier roman pour adultes, *Plaguers*, publié aux Éditions L'Atalante et lauréat du prix Bob Morane.

LA VIEILLE ANGLAISE
ET LE CONTINENT

Première parution en un volume, Griffe d'encre, 2008.

À S. Calvin et A. Fakhouri

Elle avait choisi le corps d'un très grand mâle.

À son âge, elle ne tenait pas à assumer les conséquences du rut dans la peau d'une femelle dont le partenaire atteindrait les quarante tonnes en moyenne. En milieu aquatique, qui plus est, alors qu'elle n'avait déjà guère d'expérience à l'air libre. Et le peu qu'elle avait n'était pas vraiment concluant, c'était le moins qu'on puisse dire.

Le docteur Ann Kelvin chassa ses vains regrets par son évent. Un geyser d'air et d'eau d'une demi-douzaine de mètres emporta les rêves rapiécés et le romantisme suri qui avaient survécu à quatre-vingts années parmi les hommes. L'animateur du Marineland assis en tailleur sur le rebord d'émail bleu en fut trempé jusque dans ses sandales. En cette fin mai, c'était une douche assez fraîche, mais il rit et agita sa casquette avec enthousiasme tandis que les premières vannes s'ouvraient.

La nageoire caudale du grand cachalot battit avec

douceur les vagues qui arrivaient dans la piscine. Devant lui, les écluses s'emplissaient une à une, et l'odeur des eaux du large lui parvenait de plus en plus forte, de plus en plus attirante. La peau épaisse et blanche, qui l'avait fait appeler évidemment Moby Dick pendant la première partie du séjour — jusqu'à ce que le responsable du projet s'avise des résonances sinistres et péjoratives de ce surnom —, frissonna lentement, une petite vague de rides qui parcourut dix-huit mètres de la queue puissante à l'énorme tête en forme de rostre. Ann ouvrit la gueule et laissa le goût des créatures marines et des carburants dégazés emplir la vaste ouverture ceinte de dents impressionnantes.

Oh, Seigneur, rien que pour cela, pour ce goût de sel et d'algues explosant dans sa bouche en étincelles minuscules et brûlantes de vie, rien que pour cela, vraiment, elle avait eu raison de dire oui !

*

« Lady Kelvin accepte de vous recevoir, *Monsieur* Sénac. (L'accent anglais appuyé sur le « monsieur » et le froncement de sourcil de l'homme indiquaient nettement que si cela avait dépendu de lui, je serais retourné chez moi *illico*.) Mais je vous préviens, elle est très affaiblie. Nous pensons qu'elle ne verra pas le mois prochain. Alors quoi que vous ayez à lui dire, soyez bref et ne lui causez pas d'émotions inutiles.

— Soyez tranquille, Mr Batten, je ne serai pas long. »

Le vieux majordome soupira, dubitatif. Il me conduisit avec réticence dans le dédale des couloirs tendus de tapis de soie, entre les consoles surchargées d'objets d'art hétéroclites que la lady avait ramenés de ses nombreux voyages. La seule ligne directrice dans cet entassement précieux était les représentations récurrentes de la vie marine. Dauphins stylisés, poissons géométriques ou reproduits au contraire avec un luxe de détails naïfs, hippocampes dansants, étoiles de mer multicolores, algues longilignes virevoltaient sur les anses, les tissus et les couvercles dans un carrousel fantastique et vertigineux. Ni plan ni logique dans cette exposition, ce n'était pas le style de Lady Ann Kelvin que d'enfermer les belles choses dans des tiroirs en leur collant des étiquettes. Les couleurs chatoyantes des objets primitifs ou d'un raffinement délicat tranchaient avec une exubérance barbare sur les sombres boiseries victoriennes. Le rouge vif et le bleu océan s'y taillaient la part belle, soulignés par des tourbillons de jaune et des cascades de blanc nacré.

Lorsqu'il vit mon regard sidéré errer de poterie précolombienne en coffret à parfum chinois, la mine compassée de Batten se teinta d'une légère confusion.

« Milady pensait classer tout ça un jour. Elle avait même engagé une des étudiantes de cet organisme qu'elle administrait... »

Je n'en crus pas un mot. J'avais bien connu Ann autrefois et je savais qu'elle n'aurait jamais laissé personne se charger de ranger ses souvenirs, refusant de le faire elle-même avec la dernière énergie.

« Fade to Blue ? »

Je faisais allusion à cette organisation longtemps dirigée par Ann, qui avait pour but de promouvoir les études de biologie marine. Batten tiqua et rectifia d'un ton sec :

« Non, LiB, Life is Blue, traduisit-il inutilement.

— Ah. »

Je n'ajoutai rien. J'ignorais qu'Ann avait trempé, c'était le mot, dans les magouilles de ces activistes forcenés. Cela ne m'étonnait pas vraiment. Lorsque je l'avais connue, elle avait passé le stade de la consternation devant l'épouvantable gâchis que l'humanité était en train de commettre avec les ressources vitales de l'océan. Elle était déjà très en colère. Quoi de surprenant qu'elle se soit jointe sur la fin à ces malades dont l'essentiel des activités consistait à saboter les plates-formes *off-shore*, et faire sauter les baleiniers sans se préoccuper de leurs victimes humaines ?

Qu'elle soit montée à ce degré de rage m'arrangeait : elle n'en serait peut-être que plus disposée à m'écouter.

*

Call me Ann. Elle ouvrit sa gueule énorme en une parodie comique de sourire humain. Mais il n'y avait personne alentour pour rire du spectacle. La mer était vide. Le soleil se couchait doucement et l'eau tiède venue du rivage, mêlée aux doigts glacés et insinuants de l'Atlantique tout proche, faisait courir des frissons de plaisir fugace le long de ses flancs gigantesques. Elle se laissa porter par le courant, surprise de savoir d'instinct qu'elle se dirigeait vers le Sud. L'air était idéal, adamantin et riche d'une saveur nouvelle. C'était le premier soir de sa deuxième vie.

Peu importait le fait que cette vie serait considérablement plus brève que la première. Elle serait même beaucoup plus courte que celle qu'aurait pu espérer le cachalot. Avant que son sonar le lâche, le poussant au suicide et au drossage sur une plage de Normandie, il aurait pu compter soixante bonnes années devant lui. Désormais, ensemble, ils n'avaient que deux ou trois ans au maximum, à peine un sursis.

Mais la nuit serait parfaite et le silence absolu. Une vraie nuit de commencement du monde.

*

« Marc, c'est vous !? Je n'y ai pas vraiment cru quand Batten m'a avertie ! »

Son débit était haché et sa voix haletante, mais comme toujours sa diction était impeccable. Une coquetterie d'Américaine devenue sujet britannique jusque dans l'accent BBC.

Elle gardait les yeux clos, et son corps rétréci semblait celui d'un enfant dans le lit ultra-moderne entouré de tuyaux de perfusion luisants et d'appareils électroniques divers et chromés. La chambre elle-même était immense, tendue de tapisseries vieilles de deux siècles qui en filtraient la lumière vers le vieil or et le rose passé.

Je pris place dans une bergère de satin véronèse auprès du lit et tendis la main pour saisir la sienne. Les doigts en étaient encore fermes et des cals durcissaient les paumes. Elle avait travaillé jusqu'au bout.

« C'est bien moi, Ann. J'arrive de Monte-Carlo pour vous voir.

— Un long voyage pour un piètre résultat, mon cher. (Elle sourit, mais reprit son souffle avec difficulté.) Merci de ne pas me demander comment je me porte. À chaque fois j'ai envie de mordre et de laisser mon dentier dans la chair.

— Je comprends ça », fis-je en riant malgré moi.

Elle fronça les sourcils, mais ses yeux s'ouvrirent, adoucissant son expression.

« Je vais claquer, Marc, et je n'en ai pas envie. C'est pour bientôt.

— Vous n'envisagez donc pas la transmnèse ? Pourquoi ? »

Je posai la question l'air de n'y pas toucher. Prodigieusement intéressé tout à coup. Elle me lança un coup d'œil aigu, car, intuitive comme elle était, elle avait dû percevoir l'avidité sous mon indifférence apparente. Elle se força à expliquer néanmoins :

« Vous voyez une meilleure raison que le fait que la transplantation d'esprit ne tient pas ? Qu'on gagne cinq, six ans à peine avant la dissolution de l'implant ? J'ai déjà connu les joies du corps qui lâche, je ne veux pas connaître celles de la démence sénile. La transmnèse est très bien pour les jeunes. Mais pour moi, vraiment, je n'en vois pas l'utilité. Et je ne parle même pas de ce que je pense du traitement réservé aux clones ensuite. »

Je savais bien que la défense des droits des clones de transmnèse avait été un de ses chevaux de bataille ces dernières années. Lorsque la mnèse s'effaçait, les clones redevenaient des légumes ou des demeurés que l'on maintenait en vie à grands frais dans les centres spécialisés, une concession faite aux associations religieuses, toujours peu disposées envers l'euthanasie de quoi que ce soit d'humain. Ann s'était battue pour que soit reconnu leur droit à une fin de vie ou une mort décente. Certains hommes en vue entretenaient des batteries de clones au cas où. Les clones en attente de mnèse n'étaient guère mieux lotis que leurs homologues jetés après usage. Des rumeurs épouvantables couraient sur certains circuits parallèles aux organisations gouvernementales.

« Il y a des gens qui vont d'un clone à l'autre, dès que leur transmnèse donne des signes de fatigue... »

Elle rit avec accablement.

« C'est excessivement cher, et au bout du compte le résultat est le même !

— Vous pouvez vous le permettre, en outre le sursis est plus long.

— Oui, on mesure en lustres la déperdition de ses facultés, c'est tout. Non, Marc, je suis fatiguée ; dans l'ensemble, tout me dégoûte.

— Mais vous ne voulez pas mourir. »

Je dis cela sur le ton que nous employions autrefois lorsqu'elle organisait ses fameux dialogues didactiques au centre de Fade to Blue à Orlando. Elle sentit de suite l'orientation que j'entendais donner à la conversation et me répondit sur le même ton :

« Non. C'est une contradiction que je devrais dépasser selon vous, Marc ?

— Je le crois. »

Ma voix n'avait pas varié d'un iota tandis que je prononçais ces mots, pourtant elle en tira immédiatement les conclusions qui s'imposaient. Elle rit et souleva la tête avec peine pour me regarder bien en face :

« Arrêtez de tourner autour du pot de confiture, sale gosse ! Qu'avez-vous à me proposer qui transcende ce paradoxe ?

— Une transmnèse utile. »

Elle faillit s'étrangler en gloussant.

Sa main fine esquissa un geste d'une rare inélégance avec tout le chic d'une dame de la haute société anglaise. À cet instant, je compris que j'avais devant les yeux le personnage public qui avait défrayé la chronique nobiliaire britannique ces vingt dernières années.

*

Elle passa les colonnes d'Hercule. Le courant qu'elle recherchait était tout près. Elle le sentait et le goûtait de tout son corps. Les flots alentour étaient encore tièdes, mais la température n'était pas statique : il y avait des nappes fraîches, gelées même, comme des bulles d'Antarctique. Soudain, il fut devant elle, et l'image d'une autoroute large et sereine s'ouvrant vers le Sud s'imposa à son esprit. Elle activa la balise et s'insinua dans les eaux glacées. Dans le ciel, les étoiles s'allumaient une à une. Elle roula sur le côté pour tenter d'apercevoir la lumière clignotante du satellite en orbite géostationnaire. Son dernier lien avec l'humanité apparut et elle sentit la balise se connecter. Aussitôt, un écran virtuel s'illumina derrière ses paupières. Il y eut un échange de données quasi instantané, et le trafic maritime sur l'ensemble de l'Atlantique Nord s'afficha sous son crâne. Elle cilla, l'image s'évanouit, remplacée par une vue globale de la planète. Un groupement de navires suspects croisait autour des Orcades.

Elle souffla, puis eut envie de tenter quelque chose et plongea brusquement dans les vagues noires et brillantes. Le ciel s'éteignit tandis qu'elle filait vers le fond puis remontait d'un coup. Le grand cachalot surgit de la mer, dressé sur sa caudale, son corps énorme à demi hors de l'eau. Lorsqu'il retomba, un geyser d'écume presque lumineuse fit scintiller de nouvelles et fugitives étoiles.

*

« Je dois vous prévenir que la mnèse tiendra sans doute encore moins longtemps que sur un clone. Enfin, nous n'en sommes pas sûrs, même si nous avons tout tenté pour pallier le problème. Le cerveau du receveur est toujours endommagé par la mort clinique. Si nous l'avions capturé vivant… »

Je m'interrompis tandis qu'Ann cessait d'être Lady Kelvin et que son œil froid redevenait celui du Docteur Kelvin pour poser la question évidente :

« Combien de temps ?

— Un an. Peut-être deux. Nous ne savons pas. Trois ans, grand maximum. Mais nous pouvons nous tromper… »

Je lâchai ces derniers mots avec précaution. Il me semblait que plus le délai serait long, moins il y aurait de chances qu'elle accepte.

« Ah !

— Vous serez en liaison constante avec nous, nous pourrons communiquer et vous transmettre les informations dont vous aurez besoin. Et cela suffira pour ce que nous désirons faire. »

*

Ann n'était pas pressée. Elle mit trois semaines à atteindre les côtes du Cap Vert. Les cétacés abondaient dans ces eaux essentiellement consacrées au frai. Elle observa de loin ses nouveaux congénères sans oser approcher, car les échanges entre les troupeaux se faisaient parfois violents.

Elle se sentait terriblement maladroite et ne voulait pas engager d'affrontement. Surtout lorsque les premières femelles de son espèce affluèrent, joueuses et provocantes. Ce fut principalement pour cette raison qu'elle renonça à la première partie du projet qui comptait sur la présence de nombreux individus dans le secteur, se réservant pour plus tard, quand elle serait plus assurée de ses actes. Elle effectua néanmoins quelques marquages au hasard des rencontres sur de petits rorquals intimidés et quelques baleines à fanons qui l'avaient laissé approcher. Elle décida alors de se lancer dans l'interminable traversée de l'Atlantique, délaissant la vue rassurante des côtes pour le grand large.

Là, Ann connut la faim. Entre les deux continents,

les fosses sous-marines abyssales et les plaines de sable vide et froid n'abritaient guère de vie, et elle n'était pas encore capable de dénicher son gibier dans de telles conditions. Elle ne dut sa survie qu'aux quelques montagnes immergées surgissant des bas fonds. Dans ces oasis trop rares, les poissons grouillaient littéralement, et, malgré sa maladresse, elle réussissait à s'alimenter assez pour continuer. Elle n'y demeurait pas longtemps, de peur de voir sa détermination faiblir et rester clouée là par sa terreur de mourir d'inanition avant la prochaine escale nourricière. Elle savait rationnellement que l'épaisse couche de graisse sous son épiderme l'aiderait à résister à la famine pour atteindre les côtes d'Amérique du Sud. Entre-temps, elle se refusait à contacter la balise pour obtenir de l'aide. Cependant, ce ne fut pas sans un intense soulagement qu'elle vit monter les soubassements du continent. Les premières plages du Costa Rica se dressèrent enfin devant elle à la fin d'un mois long et difficile.

Elle se faufila le long de la Terre de Feu, évitant soigneusement les navires de fort tonnage, et parvint au sanctuaire antarctique une semaine plus tard. Les adultes mâles et solitaires y abondaient.

Elle se tint à l'écart, se contentant d'écouter les clicks qu'ils émettaient et de tenter d'en analyser le sens. Il était clair depuis des lustres que les grandes baleines communiquaient. Elle avait lu et participé à de nombreux travaux de recherche en ce sens, mais ils étaient restés à l'état d'hypothèses non vérifiées. Et contrairement à ce qu'elle espérait inconsciemment, le dictionnaire ne lui avait pas été fourni avec le corps de l'hôte.

Elle en fit la remarque sur le réseau, ajoutant que, par ailleurs, elle bénéficiait désormais d'un sens de l'orientation largement supérieur à celui dont elle disposait dans son existence précédente. La réponse de Marc vint assez vite :

** C'est logique, le sens de l'orientation est une capacité innée, tandis que le langage est le résultat d'un apprentissage. * Rire * Vous êtes un baleineau de trente-cinq tonnes. Vous avez tout à apprendre. * Rire * Ça va nous changer. * Clin d'œil **

Elle doucha son enthousiasme en lui faisant remarquer qu'elle n'avait guère de temps à consacrer à l'école primaire et que les actes les plus simples étaient déjà problématiques.

Les apprentissages de toute une vie d'être humain contrecarraient en permanence ses efforts. Jadis amatrice de sushi, l'idée d'absorber des aliments crus ne la gênait pas vraiment, cependant elle fut souvent obligée de se gendarmer pour consommer ce qu'elle venait de capturer à grand-peine. Tandis qu'elle poursuivait son gibier, elle ne pouvait s'empêcher d'essayer de tendre une main fantomatique et forcément inefficace. Souvent, la proie appétissante lui échappait et la frustration la faisait écumer. Ann n'avait jamais aimé perdre.

Elle se trompa maintes fois, pourchassant des créatures non comestibles que son corps refusait d'ingérer, puis finit par découvrir que les calamars grouillant dans les eaux froides constituaient un mets de choix, s'effrayant de son propre appétit pour ces petites bêtes. Ses congénères émettaient occasionnellement dans sa direction. Elle sentait quelque chose proche de l'ironie.

Elle faisait un cachalot assez empoté. Et surtout, elle avait toujours faim.

Mais bientôt, la frustration de ne plus rien pouvoir saisir s'atténua pour n'être plus qu'un vague regret, lorsque, dans les hauts fonds, elle découvrait quelque chose, un débris ou un animal qu'elle aurait voulu examiner de plus près. Elle avait appris à se rouler sur le côté pour observer les choses de son œil placé latéralement et à utiliser son sonar pour les sonder en profondeur. Cela commençait à la satisfaire.

*

« Les pirates seront vos principaux et plus dangereux ennemis. Apprenez à les repérer. »

Le laboratoire monégasque de SevenSeas Shepherds était bien équipé en multimédia. L'écran s'illumina dès que je claquai des doigts, et différents modèles de navires apparurent avec leurs spécificités techniques. Tonnage, tirant d'eau, vitesse maximum, armement, les listes défilaient puis disparaissaient tandis que je laissais voler mon index dans la zone d'interface. Je fis un geste qui transperça la lueur verte en face de moi, l'image s'effaça pour être remplacée par une autre.

« Ces navires, en haut à droite, sont ceux de Green Peace — vous ne devriez pas les rencontrer aux pôles, dont ils ont confié la surveillance à SevenSeas — ; en bas, ceux de la force officielle de la CBI, n'attendez rien d'eux si vous vous trouvez en difficulté. Ils se contentent d'émettre un blâme quand ils rencontrent des braconniers. Ces bateaux-là, en revanche, les éperonneront. Certains appartiennent à des organisations telles que LiB, je vous conseille toutefois de les fuir, à moins de très gros problème. Nous aimerions que ce projet reste secret et nous sommes seulement une petite dizaine à la Fondation à en connaître les tenants et les aboutissants. »

Je fis un gros plan sur les quatre bâtiments de Seven-Seas, parmi lesquels notre orgueil, MON orgueil : la frégate Pequod. J'en avais imposé l'achat, l'année précédente, quand les capitaux ne cessaient d'affluer et qu'il était devenu évident que notre projet aboutirait. Il y avait bien eu une ou deux voix contre, lors du vote des crédits, mais j'avais balayé l'opposition sans trop de peine. Leurs arguments étaient trop vagues et trop fallacieux, au point que je m'étais interrogé sur leurs motivations. En tout état de cause, ma position de directeur du projet me donnait le droit de passer outre. Cette fois, assez exceptionnellement du reste, je ne m'en étais pas privé. La sécurité d'Ann était ma priorité.

Ann écarquilla les yeux de stupéfaction devant ce vaisseau de guerre toujours lourdement armé au mépris de tous les règlements internationaux.

« Le Pequod, c'est notre secret de polichinelle préféré, dis-je avec fierté. Nous l'avons acheté aux Russes. Nous l'avons déclaré au Panama en tant que « bateau de plaisance ». Son équipage est entièrement composé d'anciens soldats et son capitaine est un transfuge des Bérets Verts, un parcours assez étonnant. Cela fait un an que la CBI essaie de nous obliger à le désarmer. Il vous précédera dans les eaux australes, prêt à intervenir à la moindre anicroche. »

Elle acquiesça faiblement. Rester assise dans le fauteuil roulant pendant que je lui infligeais ce cours pourtant indispensable était une forme larvée de torture. Elle avait peine à demeurer éveillée.

Je décidai de mettre fin à son supplice et éteignis l'écran.

« De toute façon, vous n'aurez qu'à nous transmettre les données *via* la balise vers le satellite, qui fera un point visuel pour nous. Gardez simplement les grandes lignes à l'esprit.

— Marc ? Je sais encore reconnaître un bateau d'un casier à homards. Même si cela fait vingt ans que je n'ai pas mis les pieds sur un pont. (Elle toussa bruyamment.) Qui a financé et monté la flotte de LiB, d'après vous ? »

Je baissai la tête avec une humilité feinte.

« Je ne veux rien savoir de vos activités perverses ! (Je lui fis un clin d'œil qu'elle me rendit avec tristesse.) Il n'empêche que le dossier est énorme et que je souhaite être sûr que vous ayez à l'esprit, sinon toutes les données, du moins l'endroit où les trouver.

— Ne vous inquiétez pas, mon petit. J'ai toujours été très douée pour dénicher les infos dont j'avais besoin… »

Sa tête retomba mollement, elle s'était endormie d'un coup. Je la ramenai à sa chambre. Les infirmières ne la réveillèrent pas, même lorsqu'elles la transférèrent du fauteuil sur son lit.

*

La longue nuit australe lui plut. Elle restait des heures en surface, couchée sur le côté, à contempler le ciel piqueté d'étoiles plus brillantes que nulle part ailleurs en Europe. Elle rêvait, l'œil perdu dans les branches de la Croix du Sud pour y distinguer les fulgurances de la Boîte à Bijoux, un amas ouvert dont le nom l'avait toujours séduite. Ce qui était assez ironique, elle l'admettait, au regard de son mépris terrestre pour ces ornements qu'elle jugeait inutiles.

Le sanctuaire antarctique fut un endroit idéal pour apprendre à être un cachalot crédible. Les mâles y étaient nombreux. Elle ne risquait guère de tomber sur des groupes de femelles accompagnées de petits, cantonnés dans des eaux plus clémentes, qui, comme au Cap Vert, lui auraient posé tout un tas de problèmes liés à la concurrence territoriale et la sécurité des baleineaux.

Les mâles étaient de grands spécimens comme elle, mais elle s'écartait lorsqu'elle les rencontrait. Elle n'était pas sûre des préséances à observer en cas de rencontre, sinon qu'il fallait éviter d'ouvrir la gueule et de faire des bulles, signe d'agressivité. Elle les écoutait toujours et était parvenue à acquérir suffisamment d'oreille pour distinguer un cachalot d'un autre, ou le reconnaître si elle l'avait déjà vu.

Les rorquals passaient près d'elle sans lui prêter attention, cependant elle croisa un troupeau de jubartes qui, les premiers instants de méfiance passés, joua longuement avec elle. Les jeunes étaient vifs, et leurs clicks crépitants, suraigus par rapport à ceux des cachalots, remplissaient l'espace liquide. Un moment, Ann eut tout à fait l'impression de se trouver dans le jardin public d'une ville d'Europe. Il y avait même des canards sur la glace.

En plongeant avec le petit groupe, elle les marqua comme prévu en frottant son flanc gauche contre eux, si bien que la base de données de SevenSeas s'enrichit d'une quinzaine d'individus qui apparurent désormais en rouge sur les écrans de surveillance. Les jubartes seraient malades une semaine, mais elles se remettraient vite. Il fallait juste espérer qu'elles auraient le temps de frayer ensuite, avant l'arrivée des chasseurs.

Finalement, lorsque les pirates vinrent, Ann était tout à fait à même d'affronter la situation.

Les bateaux surgirent à l'aube d'un matin de septembre. C'était une flottille de navires de haute mer plutôt petits, six ou sept, qui se faufila aussi discrètement que possible à travers les glaces, toujours dominantes en cette période hivernale. Il y avait aussi un grand baleinier industriel, un de ces monstres flottants dont la cale pouvait servir à la découpe et au conditionnement de trois animaux de sa taille, simultanément. Elle émit de puissants clicks d'alarme qui balayèrent la zone et, malgré ce qu'elle appelait son « langage de bébé demeuré », les autres cétacés semblèrent comprendre, plongeant au plus profond. Dans le même instant, elle activa la fonction détection de la balise et transmit les données au satellite.

C'est alors qu'Ann rencontra une difficulté imprévue.

*

« Du point de vue masse cérébrale, le cachalot est peut-être un des êtres les plus évolués du globe, voire le plus évolué… C'est pourquoi nous avons choisi de travailler sur eux. »

Elle tenta faiblement de lever la main pour m'interrompre, je repris néanmoins :

« Vous savez tout ça, bien sûr, Ann, mais comme nous enregistrons toutes les conversations relatives au projet, je préfère marteler certaines choses. »

Elle sourit et simula l'ouverture d'un parapluie. J'acquiesçai en mimant le mot « exactement » sur mes lèvres. Elle se contenta de hocher la tête en réponse. Elle parlait de moins en moins et souffrait de plus en plus malgré la médication de confort qui avait remplacé la chimio, devenue totalement inopérante. Les toubibs me suppliaient, chaque jour plus inquiets, de presser le mouvement. Nous risquions de la perdre avant même d'avoir commencé.

« Non seulement le poids de la matière grise est impressionnant, repris-je, neuf kilos environ, ce qui en fait sans doute la plus grosse tête de la planète, mais les gyrus et autres signes de nœuds de connexions neurales y sont plus nombreux que chez n'importe quel autre être vivant. À cortex égal, on peut imaginer que les cachalots sont plus intelligents que nous. C'est une hypothèse qui a ses défenseurs et je ne suis pas loin de la partager. Et, en tant que mnésiste, je ne peux que m'en féliciter.

— Vous avez un étrange parcours, Marc… Vous auriez fait un grand biologiste marin. Pourquoi vous être intéressé à la mnèse, c'est ce que je ne comprendrai jamais ?! »

Je détournai les yeux pour répondre :

« Vraiment ? Vous ne comprenez pas ? Il y avait des opportunités passionnantes à l'époque, et des raisons personnelles… impérieuses. »

Ce fut son tour d'éviter mon regard, et elle reprit assez précipitamment :

« Vous croyez que cette complexité corticale est ce qui fera la différence avec les mnèses sur les primates, ou même les premiers clones ? Toutes les tentatives avec les gorilles et autres chimpanzés ont été des échecs, même lorsqu'on leur greffait la mnèse d'un congénère.

— J'en suis presque sûr, fis-je avec un certain soulagement. Voyez-vous, *primo*, le problème de base de la mnèse est le suivant : la plupart du temps, on implante une mnèse de « personna » complète — désirs, peurs, souvenirs, pulsions apprises, innées, compétences, tout ce qui fait de nous des individus, tout ce qui a façonné notre cerveau physiquement (j'insistai sur ces derniers mots) — sur un support qui n'est pas adapté et qui, surtout, n'a pas la place, pourrait-on dire, d'accueillir ces nouvelles données.

« Les clones sont délibérément produits avec le minimum de connexions neuronales, pas même au niveau de celles d'un bébé humain normal, sinon ce serait un assassinat pur et simple. La transmnèse écraserait une individualité, embryonnaire, certes, mais une personnalité tout de même.

« Si on greffe la "personna" sur un clone enfant, le résultat n'est pas bon parce que la souplesse corticale est contrebalancée par le stress psychologique et les réapprentissages moteurs les plus primaires. Et dans un corps artificiellement mené à l'âge adulte, la matière grise n'a plus, de fait, sa plasticité infantile. Donc la "personna" perd le combat au final, forcément.

— Oui, on commence par cesser de savoir faire des choses toutes simples, puis de plus en plus complexes ou importantes, et après on se retrouve bavant dans un fauteuil.

— Ça, c'est mon second point, je vais y revenir. Toujours est-il que, lorsqu'on a tenté de greffer une mnèse sur un cerveau mature et formé, témoin les expériences sur les gorilles, la place manquait encore plus parce que nous ignorions comment "évacuer" les aptitudes et la "personna" du receveur. Et la mnèse tenait encore moins.

— Honnêtement, grinça Ann, il vaut mieux, sinon le vol de corps deviendrait un crime plus que fréquent. »

Je la regardai en face trois secondes et éteignis l'enregistreur. Elle leva un sourcil, légèrement surprise.

« Honnêtement, Ann, c'est ce que nous allons réaliser pour vous. »

*

L'océan était vide. À trente mètres de fond, Ann ne localisait plus que les navires qui tournaient en rond à la surface. Son cri d'alarme avait été entendu et compris, à sa grande surprise. Aucun cétacé ne croisait plus entre les courants froids sur des kilomètres. Elle luttait contre deux instincts contradictoires. L'un d'entre eux la poussait à se lancer à l'assaut des coques de fer. Le corps de son hôte se souvenait que ses ancêtres s'étaient ainsi débarrassés des voiliers assassins autrefois. Mais Ann, elle, savait que les antiques membrures de cèdre ou de chêne avaient été remplacées par du métal et qu'ils s'assommeraient tous deux contre lui.

L'autre pulsion la conduisait à s'enfoncer plus loin, plus profond vers les abysses où elle n'avait jamais encore osé se rendre. L'idée de se retrouver seule dans le noir absolu du fond marin la terrorisait. Mais tout son corps était tendu vers cette plongée inouïe, où nul être humain ne s'était jamais aventuré sans la protection d'un sous-marin ou d'un bathyscaphe.

Elle savait qu'elle pouvait désormais se le permettre. Toutes les fibres de son être la tiraient vers le bas. Mais son âme hurlait de frayeur. Tout à coup, un genre de chatouillis balaya ses flancs. Elle comprit immédiatement que les autres en surface l'avaient localisée. Le sonar des navires était aussi efficace que peu discret.

Cela la mit dans une exaspération insondable. C'était une colère forcenée venue de ses entrailles malmenées par les échos perçants du sondage, un courroux qui n'était né qu'à moitié d'elle et qui puisait l'autre moitié de son existence dans chaque cellule de son corps gigantesque. Elle sentait les minuscules présences au-dessus de sa tête. Certaines étaient penchées au-dessus du bastingage en poussant des cris ridicules. Et quand le mépris s'insinua dans son âme, se mêlant aux remous noirs de sa rage, Ann Kelvin commença à renoncer à ce qui faisait encore d'elle un être humain.

Elle donna un grand coup de sa nageoire caudale, remonta en surface comme un obus, et les marins ébahis la virent quasiment sauter hors des vagues tel un jeune dauphin léger et joueur. Lorsque sa masse s'enfonça à nouveau dans les eaux scintillantes, ce fut pour plonger au plus noir, au plus sombre, parmi les bêtes étranges aux corps lumineux et transparents.

Là où l'attendait le kraken.

*

Nous tournions autour du bassin privé de la Fondation monégasque de SevenSeas. Trois formes énormes et oblongues flottaient vaguement en surface.

« Vous avez le choix. Nous avons récupéré ces trois cachalots le mois dernier.

— Dans quel état sont-ils ? » demanda-t-elle d'un ton excessivement sec.

Je la regardai, découvrant son air quelque peu dégoûté. Il me fallut quelques secondes pour comprendre le sens de sa question et, pour la seconde fois en vingt ans, elle réussit à me mettre en colère.

« Ann ! Pour qui me prenez-vous ? Ils sont aussi morts qu'on peut l'être ! Nous avons maintenu leurs fonctions végétatives — à un prix que vous n'imaginez pas, soit dit en passant — mais leurs cerveaux sont inopérants.

— Vous êtes sûr ? D'où viennent-ils ? »

Elle insistait, le ton était toujours féroce et sceptique.

J'inspirai largement, j'étais outré et j'avais envie de secouer ce corps frêle comme un prunier.

« Écoutez », dis-je, après avoir compté patiemment jusqu'à dix avant d'ouvrir la bouche, « ils se sont échoués, l'un en Normandie, les deux autres en Belgique avec toute une bande. Vous savez ce que ça veut dire. Les équipes de Green Peace ont réussi à soigner les jeunes et à les remettre à l'eau, mais pour ces trois-là, c'était trop tard. »

Elle soupira avec soulagement.

« Excusez-moi, Marc. Mais nous savons tous les deux où nous sommes capables d'aller parfois pour une idée. »

Je suppose qu'elle parlait de l'humanité en général, mais j'eus soudain l'image des marins que LiB avait envoyés par le fond avec son aide et sa bénédiction, une vision effroyable de corps boursouflés et à demi dévorés flottant entre deux courants. Je la fixai calmement :

« Vous êtes gonflée, vous ! »

Elle me rendit mon regard, saisissant parfaitement ce que j'avais à l'esprit. Elle ne rougit pas, ne se détourna pas et répondit :

« Je sais, mais c'est pour ça que vous m'aimez. »

C'était si vrai que je ne trouvai rien à rétorquer. Je me contentai juste de lui faire remarquer qu'elle venait d'employer un procédé tout à fait déloyal. Elle en convint avec grâce. Comme toujours.

*

Le silence et la pression la saisirent dans leurs rets de ténèbres.

Elle avait atteint une profondeur qu'elle estimait aux alentours des quatre cents mètres. Les fonds étaient mi-rocheux, mi-sablonneux. Des espèces de pics et de parois découpées tranchaient le sable noir, comme des îles obscures. Les habitants luminescents des abysses apparaissaient déjà ici et là. L'eau était plus froide et elle avait un goût différent de celle de la surface. Elle était dure, presque métallique tant elle était pure…

Il était là à l'attendre, formidable et titanesque, aussi grand qu'elle. Lorsque son sonar balaya le fond et rencontra le premier tentacule, Ann crut qu'elle interprétait de travers les données transmises à son cerveau. Certaines ventouses avaient la taille d'une roue de voiture, et ce n'étaient pas les plus grosses. Le calamar géant mesurait bien trente mètres de la tête à l'extrémité de ses pseudopodes.

Elle ne sut jamais pourquoi il l'avait agressée.

Il aurait pu fuir et la distancer sans difficulté, avec la vivacité surprenante des êtres de son espèce. Il avait dû se sentir piégé par l'éperon rocheux derrière fui. Un appétit barbare naquit en elle à l'instant où le monstre attaquait. Il se rua vers sa tête et tenta une première fois de s'arrimer au sommet. Mais elle esquiva au dernier moment d'un coup puissant de caudale qui fit voler d'énormes nuages de sable.

Il réitéra son attaque, lançant contre ses flancs ses deux bras terminés par des griffes. Elles s'enfoncèrent dans la peau épaisse comme des grappins. Ann gémit sous la douleur aiguë, alors que son adversaire se collait contre sa queue avant de glisser vers son crâne. Le monstre progressait avec lenteur. Elle se demanda distraitement d'où sortait le son modulé qui fusa tout à coup. Ann comprit brutalement que c'était elle qui appelait au secours.

L'une après l'autre, les ventouses s'arrimaient. Malgré l'épaisseur de l'épiderme, elle en ressentait la morsure douloureuse, tandis qu'elle se débattait. Le sable continuait de voler, obscurcissant le peu de visibilité qui demeurait encore. Elle tentait désespérément de saisir quelque chose dans sa gueule. Juchée sur elle, la bête restait hors de portée de ses dents effilées.

Un cachalot ne hurle pas, pensa-t-elle. Mais que faisait-elle d'autre ? Ses plaintes envahissaient l'espace autour d'eux avec tant de force que leur retour vers son sonar créait des échos factices de rochers fantômes, aussitôt disparus, perturbant totalement son sens de l'orientation. Elle n'aurait pas cru que c'était possible et l'analyste en elle en fut confondue. Ce qui ajouta à sa terreur et à sa confusion.

Elle se convulsa, secouant sa tête énorme, transformant son corps massif en improbables virgules virevoltantes. Rien n'y faisait. Bringuebalé dans toutes les directions, le kraken tenait toujours sa prise et remontait son dos, mètre à mètre. Bientôt, il parvint à son objectif : l'évent.

Lorsqu'il colla sa bouche poisseuse et cornée sur l'orifice, Ann eut l'impression d'étouffer immédiatement. C'était psychologique : des dizaines de minutes pouvaient s'écouler avant que cela la gêne vraiment de ne pouvoir expirer. Comme tous les êtres de son espèce d'adoption, elle n'avait pas besoin d'emporter beaucoup d'air pour demeurer longtemps immergée. Mais le danger était réel : il faudrait qu'elle vide ses poumons si elle voulait rester en plongée. Et même si elle parvenait à remonter lorsqu'elle manquerait d'oxygène, elle devrait encore pouvoir se débarrasser de la bête qui obturait son arrivée. D'autre part, il n'était pas question de refaire surface maintenant, les autres l'attendaient là-haut.

Son esprit se brouillait.

L'obscurité sembla alors se solidifier au-dessus des combattants.

*

Ce ne fut pas ma meilleure prestation psychologique.

Lorsqu'elle choisit enfin son réceptacle, le grand mâle blanc, j'aurais dû attendre son retour à sa chambre. Mais nous étions pressés à la fois par sa santé chancelante et par l'état de conservation des corps. Aveuglé par cette urgence de plus en plus prégnante, je fis signe au personnel en combinaison sur les bords du bassin. Ils plongèrent et commencèrent aussitôt leur travail. Les scalpels dansèrent, et l'eau de la piscine se teinta rapidement de rouge. J'entendis Ann hoqueter dans mon dos, mais je n'y prêtai pas attention non plus, absorbé que j'étais par le déroulement des opérations.

Après avoir pratiqué trois larges incisions dans le côté gauche du cachalot, les vétérinaires creusèrent l'épaisse couche de graisse et dégagèrent plusieurs dizaines de kilos d'une masse jaunâtre traversée de filets sanguinolents. Le procédé n'aurait pas plus d'incidence sur la santé de la bête que la pose d'un implant contraceptif sur une femme adulte.

Malgré tout, à cette échelle, c'était un spectacle insoutenable de cruauté et de sauvagerie apparente. Les morceaux flottaient mollement à la surface. L'eau devenait de plus en plus sombre et les combinaisons blanches des vétérinaires viraient au pourpre tandis qu'ils continuaient à excaver les flancs. Les cavités ainsi formées reçurent les réservoirs de cent litres, puis on les referma à l'aide d'une pseudo peau recouverte de microscopiques crochets aussi acérés que des rasoirs. Ann n'aurait qu'à se frotter contre ses congénères pour les contaminer et les marquer simultanément, ils ne sentiraient pratiquement rien. Le ratio douleur/efficacité de l'inoculation avait été l'un de nos casse-tête les plus ardus pendant les préparatifs du projet. L'épiderme des cétacés est à la fois très souple, très solide, mais aussi relativement fin, et au bout du compte les tests avaient été concluants. Cela fonctionnerait. Les nanites inertes de marquage ID et le virus se répandraient ensemble dans le sang *via* les couches graisseuses en moins de deux heures. Les plus petits spécimens contaminés tomberaient malades et seraient contagieux à leur tour au bout de trois jours. Lorsqu'ils guériraient, ils deviendraient porteurs sains et transmettraient le virus à leurs congénères. Cela pourrait prendre plus de temps pour les plus grands. Quant aux nanites, ils s'activeraient dès leur passage dans le système sanguin : ils étaient sensibles à la température. Puis ils migreraient vers le muscle cardiaque et s'installeraient sur les parois, prêts à relayer au satellite toutes les informations biologiques nécessaires.

Ann hoqueta une fois de plus tandis que mes hommes recommençaient leur travail de bouchers sur le côté droit afin d'y nicher la balise. Je me tournai vers elle, cette fois. Son visage avait pris une teinte de cire fondue et roulée dans la cendre, mais ses yeux brûlaient d'une colère folle que je ne compris pas tout de suite. Je tendis la main vers elle. Si elle avait eu la moitié de ses forces d'autrefois, je crois qu'elle m'aurait cassé la figure, salement.

Elle ne réagit pas, en apparence. Je m'accroupis pour me rapprocher d'elle un peu plus. Je me souviens que ce jour-là je devais rencontrer quelques officiels en fin d'après-midi. J'avais donc revêtu un complet Armani de lin crème que j'aimais tout particulièrement. Ce fut la seule chose à laquelle je pensai quand le pied d'Ann me cueillit maladroitement au niveau du sternum.

Elle fit signe aux infirmiers de la ramener dans sa chambre tandis que les vétérinaires mi-hilares, mi-gênés nous extrayaient du bassin, mon complet définitivement perdu et moi. Lorsque je vins la voir après m'être séché et changé, nous échangeâmes des mots assez durs et je sortis en claquant la porte sous l'œil réprobateur et scandalisé de l'infirmière de garde. Cela ne fit rien pour arranger mon humeur.

*

La nuit s'intensifia, et Ann crut que c'était la fin. Elle renonçait. Petit à petit, le kraken resserrait son emprise sur son évent, et la gêne était devenue plus que psychologique. Ses poumons n'en pouvaient plus de conserver l'air vicié. Elle eut une pensée ironique à propos du destin qui l'avait menée là pour mourir de façon si extraordinaire, quand une dizaine de jours plus tôt elle agonisait si confortablement dans un hôpital français.

Ce fut d'abord comme la plainte d'un nouveau-né. Ou le long chant d'un chat par une nuit d'été langoureuse. Malgré elle, Ann chercha du regard le petit animal esseulé qui devait être à l'origine de ce son étrange. Puis le gémissement s'amplifia, et elle perçut le frémissement de la bête au-dessus d'elle. L'emprise des tentacules mollit légèrement. Ann sentit qu'une sorte d'indécision prenait son agresseur. Elle essaya d'en profiter pour se dégager, mais il se maintenait encore avec trop de force pour être délogé.

La plainte s'intensifia et se fit cri. Un hurlement modulé qui vrilla l'oreille interne d'Ann. Elle geignit à son tour. La souffrance dans son ouïe était terrible, mais ce n'était rien en regard de l'effet produit sur le calamar géant. Il s'affaissa sur elle, brutalement inerte, à peine retenu par ses bras aux griffes toujours fichées entre les côtes d'Ann.

Galvanisée, elle roula sur le dos et faucha les deux

membres flexibles d'un mouvement rageur de mâchoires. Ses dents tranchèrent la peau souple. Elle goba les tronçons sans même y penser pour se tourner ensuite contre leur ancien propriétaire. Il eut un dernier soubresaut, une espèce de réflexe, ses poches d'encre se relâchèrent. Elle en sentit le goût avant de s'attaquer furieusement à la chair molle de la tête. Elle le déchiqueta en l'avalant avec une sauvagerie haineuse qui la consterna lorsqu'elle en eut fini.

Mais elle ne s'appesantit pas là-dessus, car quelque chose chatouillait désagréablement ses flancs. Elle se tordit pour voir ce que c'était. Les deux moignons des bras du kraken pendaient toujours de chaque côté, comme deux rubans retenus par des épingles à nourrice fichées dans sa peau. Elle tenta de les saisir pour les arracher, peine perdue. Ils étaient situés trop près de la queue.

Elle s'inquiétait encore des infections qui pouvaient se répandre par ces plaies, lorsque enfin elle l'aperçut. Il était là, immobile, les nageoires à peine frémissantes, juste assez pour se maintenir en place. Presque une fois et demie plus gros qu'elle et tout aussi blanc.

Le grand mâle s'avança avec douceur. Il s'immobilisa tout près du ventre d'Ann. Il attendait de voir sa réaction. Tétanisée de stupeur, elle ne bougea pas. Alors, d'un puissant mouvement de caudale, il s'approcha encore. Il saisit dans sa gueule le morceau de tentacule le plus proche. Il devait doser sa prise avec une extrême précision, car le tronçon risquait d'être tranché net contre les arêtes de ses dents. Ann sentit le premier tentacule se dégager en douceur et, du coin de l'œil, le vit disparaître avalé tout rond par son congénère. Le deuxième subit le même sort quelques secondes plus tard.

Ann comprit alors ce qui s'était passé. Elle avait entendu dire que les grandes baleines pouvaient émettre des sons qui paralysaient momentanément leur proie. Son sauveur y avait eu recours, sans aucun doute. Irrationnellement, elle s'en voulut de ne pas avoir su le faire seule, et de s'être laissé envahir par la panique. Elle n'avait plus l'habitude de recevoir de l'aide ou de se sentir en état d'infériorité. La taille supérieure du grand cachalot n'arrangeait rien. Elle lui en voulut à lui aussi. Avec un petit fond aigre et revanchard, elle évita de se frotter contre lui et remit à plus tard de lui accorder la faveur de l'inoculation. Il perçut son humeur et la laissa se calmer avec une bonhomie placide qui la désarma quelque peu.

Lorsqu'ils refirent surface, la mer était déserte et les pirates dépités s'en étaient allés.

*

Nous avions très peu de temps devant nous, et plus tôt le transfert de mnèse serait réalisé, mieux ce serait. Le grand cachalot blanc en pleine cicatrisation ne pourrait être maintenu en vie artificielle très longtemps. Nous l'inoculâmes en tremblant de l'achever. Il fallait pourtant épargner les affres du virus à Ann, et donc le faire avant la transmnèse. Nous manquions d'expérience en la matière, et surtout de techniques et de matériels adaptés à la morphologie du titan.

Quinze jours plus tard, lorsqu'il fut tout à fait guéri et que ses plaies furent en bonne voie de se refermer, je rendis visite à Ann. Avec une certaine appréhension.

Je ne souhaitais pas me montrer pressant. Pas avec l'histoire de la dernière fois que nous ne nous étions toujours pas pardonnée ni l'un ni l'autre. Je savais bien que j'avais l'intégralité des torts, mais cela ne m'empêchait pas d'en vouloir à Ann, ni de regretter terriblement mon complet qui était devenu MON prétexte pour éviter de m'excuser de ma bourde.

Pourtant, je ne pouvais plus guère tarder. J'avais eu déjà quelques accrochages à ce sujet avec certains de nos mécènes qui souhaitaient curieusement accélérer les choses, tout à coup. Je les avais envoyés paître, mais il était grand temps à présent.

Après tout, je ne lui demandais rien de moins que d'accepter de mourir prématurément.

Pour réaliser une mnèse, il faut que le cerveau du mnésique soit toujours vivant. Le transfert doit donc être initié *ante mortem* et le *timing* est implacable, car on détruit la masse cérébrale au fur et à mesure de l'opération. C'est un processus complexe — en grande partie d'ordre microcartographique —, qui exige que la plupart des circuits neuronaux soient encore en activité, même minimale. On ne peut pas effectuer une mnèse sur quelqu'un en état de mort clinique.

J'allais devoir décrire chaque étape du procédé à une Ann déjà hostile, et qui n'était pas disposée à me faciliter la tâche. Trente ans auparavant, avant la rupture de nos relations, je m'étais opposé à elle à plusieurs reprises. Ann était de ces gens qui détestent la contradiction. Sa brillante intelligence l'ayant habituée à l'emporter, elle ne pouvait simplement concevoir la possibilité de s'être fourvoyée. En outre, elle ne pardonnait guère aux autres ni de le lui prouver, ni de se tromper eux-mêmes. Elle avait été une exécrable enseignante. Malgré cela, je l'idolâtrais à l'époque et je me rendais compte que cette idolâtrie avait laissé des traces en moi, en dépit des années et de nos conflits passés. Ce fut en tremblant presque que je poussai la porte de sa chambre.

Elle était éveillée lorsque j'entrai, mais elle referma les paupières délibérément. Je fis mine de ne pas m'en apercevoir. J'avais appris jadis, et à rude école, que si l'on était en conflit avec elle, le mieux était encore de l'ignorer. Tenter de se justifier ou lui présenter des excuses équivalait à agiter un chiffon rouge sous le nez d'un taureau : elle fonçait et vous écrabouillait de sa rhétorique méprisante. Elle prenait ce genre d'attitude conciliante pour de la faiblesse, faiblesse dont elle était dépourvue, et elle avait une sainte horreur des faibles. Je l'aimais beaucoup, certes, mais l'honnêteté m'oblige à avouer qu'Ann n'était pas — et n'avait jamais été — quelqu'un de doux ni d'aimable.

Je dis bonjour poliment et, faisant fi du silence pesant qui suivit, j'activai l'écran 3D. Il s'illumina à quelques centimètres de sa couche, non loin de l'endroit prévu, mais à l'envers. Je l'avais mal paramétré. L'appréhension, sans aucun doute. Je rectifiai mon erreur, modifiant quelques variables sur la microtélécommande. Il apparut dans le bon sens, masquant le pied de son lit. Elle n'aurait même pas à lever la tête.

« Dès que vous nous en donnerez la permission, nous procéderons à la mnèse et au transfert. Vous devez visionner ce film, même si vous connaissez les grandes lignes du procédé. La loi nous en fait obligation. Lorsqu'il sera terminé, vous aurez le droit de signer l'autorisation d'opérer, mais pas avant. Cela fait partie de l'information sur le risque opératoire. »

Je lançai la vidéo, et elle ouvrit enfin les yeux pour contempler l'écran sans avoir daigné croiser mon regard.

« Vous avez devant vous une salle qui est presque la jumelle de celle qui vous recevra... », dis-je.

Dans le film, le patient était un homme. Elle regarda en silence les infirmières, curieusement vêtues de lourds tabliers de plomb, lui raser les cheveux et poser les électrodes, alors que le neurochirurgien traçait des repères sur la peau mise à nu à l'aide d'un pinceau trempé dans la teinture d'iode. Elle suivit l'opération seconde par seconde avec concentration. Elle ne se détourna pas au moment toujours impressionnant où les scies attaquèrent le crâne, faisant jaillir des éclats d'os et des gouttelettes sanguinolentes qui s'écrasèrent sur les lunettes de protection des opérateurs. Le film ne cachait rien, et même insistait un peu trop, à mon goût, sur les aspects « gore » de l'action. Les infirmières avaient quitté la pièce, laissant le patient seul avec les machines. Ann réprima un frisson.

On approcha le moniteur principal, et ses pinces articulées introduisirent les longues aiguilles rigides, d'une finesse de cheveu, dans la chair grise et luisante du cerveau dénudé. D'une salle adjacente à l'épreuve des radiations, le neurochirurgien surveillait les intromissions sur l'écran de contrôle en modifiant de temps en temps quelques paramètres de l'ordre du micron. C'était une partie de l'opération qui ne pouvait être réalisée par des mains humaines. Lorsque l'on eut fini de poser les aiguilles, une bonne centaine environ, elle rit durement.

« Vous êtes sûr que ce n'est pas la vidéo d'une pose d'implants contre la calvitie masculine ? »

La blague était saumâtre, et, parce que je l'en savais peu coutumière et que le moment était si mal choisi, je compris à quel point elle avait peur. Elle toucha l'écran pour repasser le film au ralenti. Le passage de la tonsure lui arracha à nouveau un rire tranchant.

« Eh bien, dans mon cas, ce ne sera pas nécessaire, c'est toujours ça de gagné. »

Elle frotta son crâne que la chimiothérapie avait rendu lisse et qu'elle ne se donnait plus la peine de dissimuler sous un turban. Elle quêta mon approbation d'un sourire si terrorisé que je ne pus m'empêcher de le lui retourner, malgré mon propre malaise et mes résolutions de ne lui offrir aucune prise.

Le film reprit. On vida le contenu bleuté d'une seringue dans les veines du patient, tandis que les aiguilles, des électrodes spéciales en fait, transmettaient leurs relevés au moniteur. Le neurochirurgien sur l'écran surveillait les données qui défilaient.

Elle me jeta un coup d'œil interrogateur.

« En fait, on injecte au patient un composé très radioactif qui va permettre de réaliser un travail de cartographie cérébrale extrêmement précis. C'est cette image qui nous intéresse et qui va être transférée. »

J'ajoutai à voix basse :

« C'est également cela qui va causer la mort physique du mnésique dans les minutes à venir. »

Elle fit mine de ne pas m'entendre.

La caméra fit un contrechamp sur le corps du clone, nettement reconnaissable à ses traits inexpressifs et le numéro de série tatoué sur son bras gauche. Ann frémit vraiment cette fois ; ces tatouages en évoquaient d'autres plus anciens qu'elle ne pouvait s'empêcher de trouver tout à fait similaires.

On découpa la boîte crânienne, et le réseau d'aiguilles fut relié en un unique écheveau branché sur une fibre optique.

« Finalement, c'est quand même la mort, fit-elle sombrement.

— Pardon ?

— Ce n'est qu'une copie, expliqua-t-elle d'un ton sec. Pas l'original.

— Pas exactement, répliquai-je. Regardez ! »

Je désignais le neurochirurgien qui avait saisi une seringue et qui prélevait une fine carotte du cortex préfrontal dénudé. Il en transféra le contenu dans une dizaine de boîtes de Petri et y ajouta quelques gouttes d'un liquide jaune.

« Pour faire simple, c'est un stimulateur de croissance cellulaire. Lorsque la greffe sera réalisée sur le clone, le greffon que vous voyez dans les boîtes se répliquera dans le cerveau vierge et le colonisera sous le contrôle de l'ordinateur. Nous capturons réellement l'âme, vous savez. J'ignore à quel stade du processus, mais nous le faisons.

— Pourquoi tant de boîtes ?

— Au cas où l'une des cultures raterait.

— Évidemment ! » soupira-t-elle, agacée par sa propre candeur. « Et à quoi sert tout cela ? »

Elle montra du doigt le relevé cartographique qui apparaissait sur l'écran.

« Le greffon est poussé à se répliquer à l'identique de sa forme originelle. Il doit *a priori* reproduire l'intégralité du système auquel il appartenait. La carte nous permet d'être certains qu'il réalise vraiment ce que nous lui demandons. Nous créons une espèce de moule, une impression à vide en quelque sorte, dans la masse grise vierge, et le greffon croît dans les espaces vides.

— Alors pourquoi les mnèses ne tiennent-elles pas ?

— Je vous l'ai dit : le cerveau est amené à se transformer selon un plan préétabli dans un environnement peu souple. Le greffon impose le plan, il le réalise, mais le support ne tient pas le choc. Et même quand il y parvient…

— Eh bien ?

— Eh bien, quelquefois une mnèse va plus loin que les autres, cependant le stimulateur pousse le greffon à continuer à se répliquer même lorsque son travail est terminé.

— Un second cerveau ?

— Presque, sauf qu'il n'a pas la place, et qu'à terme cela devient ni plus ni moins qu'une tumeur cancéreuse. »

J'ajoutai fermement en désignant un endroit précis au cœur du néocortex :

« Très mal placée. Inopérable. Si cela vous arrivait,

vous mourriez quand même. Nous pensons d'ailleurs que c'est exactement cela qui se passera. Le cerveau de votre hôte va supporter la mnèse, nous en sommes quasi sûrs. Cependant, son échouage a provoqué des dommages que la mnèse accentuera. Si nous l'avions capturé vivant et conscient (j'insistai sur le mot), vous auriez sans doute pu profiter des nombreuses années qu'il avait devant lui au départ. »

Elle se laissa aller sur ses oreillers. Je n'arrivais pas à savoir si cela la rassurait ou non, cette brièveté prévue de sa mnèse. Elle agissait en général comme si, réellement, elle ne désirait plus vivre et que notre programme n'était qu'un délai supportable, mais tout juste. Une faveur qu'elle nous faisait avant de partir. Et pourtant, il était évident qu'elle était terrorisée. J'avais l'habitude de ce genre d'ambiguïté chez mes patients, cependant avec Ann j'avais du mal à saisir les fluctuations entre son désir d'en finir et son instinct de survie. J'avais toujours l'impression de la rassurer à contretemps.

Involontairement, mes lèvres esquissèrent un sourire ironique malgré l'incertitude qui me faisait bafouiller. Au fond, cela ne nous changeait guère : nos relations avaient été fondées sur le contretemps depuis le premier cours qu'elle m'avait donné à Orlando, trente ans auparavant.

Elle me rendit mon sourire comme si elle avait lu ma pensée.

*

Il lui apprit tout ce qu'il y avait à savoir. Même son propre nom. Trois clicks longs et une courte modulation. Lui répondait à une salve de clicks rythmés. Dans ses rapports à la balise, elle le désigna par 2×2×2. Elle finit par comprendre de leurs échanges de plus en plus précis que 2×2×2 avait connu personnellement son hôte avant qu'il s'échoue. Le grand cachalot semblait penser que son congénère plus petit avait eu un accident, et il soutenait Ann comme un baleineau à peine sevré. Cela dura des mois, et les jours rallongèrent insensiblement.

Il lui enseigna à chasser avec plus d'efficacité, et ensemble, ils sillonnèrent le sanctuaire antarctique en tous sens. Ce fut une période exaltante pour Ann. Ses contacts avec la balise s'espacèrent. Marc tenta plusieurs fois de la contacter en désespoir de cause. Souvent sans résultat. Elle ne répondait plus. Le QG de Monaco s'inquiétait : Ann ne prenait même plus la peine de surveiller le trafic maritime alentour, ses connexions rarissimes en témoignaient.

Elle jouait.

Elle gardait au fond d'elle-même un point de réserve taraudant : elle n'avait toujours pas inoculé 2×2×2. Elle ne s'y résolvait pas, sans trop savoir pourquoi. Elle était devenue maîtresse dans l'art de présenter son flanc inoffensif. Désormais, elle évitait quasi instinctivement les contacts accidentels que son grand mentor aurait pu avoir avec les crochets à virus. Cette réserve et ce réflexe furent relégués au plus secret de ce qui restait d'humain en elle et qui s'endormait de plus en plus profondément.

Ils avaient tant à faire. Elle avait tant à apprendre.

Flanc contre flanc, les deux titans roulaient l'un contre l'autre dans un ballet léger et joyeux qui déplaçait des milliers de litres d'eau et faisait fuir des centaines de petits animaux. Elle découvrait la joie des plongées interminables, quand l'air finissait par manquer si fort que le cerveau pulsait d'étoiles fugitives. Elle savait désormais utiliser son écholocation de façon à ce que le signal lui revienne, même s'il n'avait pas rencontré d'obstacle, et à créer ainsi des images fantômes. Il lui avait inculqué ce cri qui paralysait les proies avec la patience d'une mère et l'indulgence d'un frère aîné.

Ils chantaient ensemble de longues ballades languides qui faisaient naître des continents factices et fantasmagoriques sur les grandes plaines de sable vierge, quand ils n'attiraient pas quelque femelle solitaire et langoureuse que leurs chants avaient séduite. Dans ces cas-là, Ann s'écartait un peu, comme un jeune cachalot laisse la préséance et le privilège à un mâle plus fort et plus expérimenté. Ils s'ébattirent avec leurs congénères, avec les rorquals et les baleines franches. Ann les contaminait sans y penser, en jouant.

Ils croisèrent une baleine bleue que le début de l'hiver chassait vers les eaux plus chaudes et plus riches en krill, sa nourriture de prédilection. 2×2×2 céda cérémonieusement le passage à la géante qui faisait presque le double de son poids et de sa longueur. Ann l'imita avant de se raviser instinctivement et de s'approcher avec respect de l'énorme animal. Elle se frotta à elle de toutes ses forces tant la peau de la bleue semblait épaisse. Elle craignit brièvement que les crochets ne remplissent pas leur office. Et tandis que le magnifique léviathan s'éloignait, elle se résigna enfin à marquer 2×2×2, lui aussi. Puis elle oublia à nouveau.

Cependant, l'angoisse la reprit quelque temps plus tard, sans qu'elle s'en rende compte. Si elle ne pensait plus que de façon fort lointaine à la raison de sa présence en ces lieux magiques, sinon comme à une gêne, comme autrefois un minuscule caillou logé dans ses sandales, la santé éclatante de son congénère finit par l'inquiéter vraiment. Malgré l'inoculation, 2×2×2 n'accusait aucun symptôme. Il tomba malade au bout de quinze jours quand il l'aurait dû en deux ou trois seulement. Elle le soutint à son tour tandis qu'il sombrait dans la fièvre et dans un sommeil qui lui faisait parfois oublier de respirer.

*

Au QG de Monaco, les premiers articles relatifs aux intoxications alimentaires au Japon furent accueillis avec des sentiments plutôt mitigés. Le programme fonctionnait. Aucune perte humaine n'était à déplorer. Les gens s'en tiraient au bout de quinze jours de terribles diarrhées, de nausées et de maux de tête intolérables. De surcroît, les enfants et les personnes âgées, pour lesquels nous nourrissions le plus d'inquiétudes, s'en sortaient mieux que les adultes. Sans doute parce que, même relativement à leur poids, ils en ingéraient des portions réduites par rapport à leurs parents dans la force de l'âge.

Cependant, l'ampleur de l'épidémie signalait trop bien à quel point le moratoire était peu respecté. On dénombrait onze milliers de malades dans le pays, ce qui signifiait que quelques bonnes centaines de cétacés avaient été abattus depuis la première incursion d'Ann dans l'océan. L'algèbre est un allié inexorable. Surtout quand on a les chiffres précis. Nous avions vu énormément de nanites s'éteindre sur les écrans ces derniers mois. Chaque matin nous nous étions précipités au relais satellite de la Fondation pour le compte rendu des extinctions de la veille. Et c'était chaque fois un crève-cœur.

Parallèlement, et sans que personne ne fasse le rapport dans les reportages, on dénombrait un accroissement significatif des échouages de cétacés malades ou mourants sur les côtes du monde entier. On réussit à en renflouer quelques-uns, mais beaucoup moururent. Certains individus ne supportaient pas la maladie. Nous savions dès le départ que l'expérience apporterait son lot de pertes inacceptables et pourtant nécessaires. Cependant, lorsqu'on signala qu'une baleine bleue avait été drossée par le courant le long d'une plage bretonne, je ne pus empêcher mes yeux de s'embuer. Les grandes bleues étaient si rares désormais.

Aussi, dans les labos de Monaco, la petite fête organisée pour célébrer les premiers succès du programme fut-elle assez étrange. Les coupes de champagne et le caviar eurent un goût de victoire saupoudrée d'amertume. Nous savions bien qu'il faudrait en passer par là au départ, mais le moins que l'on puisse dire était que cela ne nous réjouissait guère. Cependant, nos mécènes étaient enthousiastes et, de toute façon, nous n'avions plus rien à faire qu'attendre, désormais.

Nous reçûmes d'autres revues de presse aussi intéressantes que décourageantes en provenance du Danemark. Là-bas aussi, on dénombrait quelques centaines de malades, et de petits rorquals morts avaient été trouvés dans les fjords. Cela s'étendait. Pour l'instant, personne n'avait fait le lien entre l'ingestion de produits issus des baleines et l'épidémie. Personne non plus ne la prenait très au sérieux, maintenant qu'il semblait établi qu'elle n'était pas mortelle. Nous espérions seulement que nous n'en arriverions pas au second stade.

Si les gens continuaient à manger de la viande de baleine, ils finiraient par en mourir eux aussi à moyen terme. Le virus que nous avions créé ne s'éliminait pas vraiment. Le système immunitaire des cétacés se contentait de l'encapsuler par des protéines spécifiques qui l'isolaient, le rendaient inopérant puis le tuaient à la longue. Cependant, elles restaient présentes dans l'organisme infecté et ne disparaissaient plus. C'étaient ces mêmes protéines qui étaient toxiques pour les humains. Elles résistaient à la cuisson et, si elles ne libéraient pas leur contenu, elles étaient difficiles à éradiquer. Elles provoquaient une réaction allergique chez les consommateurs, réaction qui devenait de plus en plus violente si l'on insistait.

Le marquage par voie sanguine était le plus sûr et le plus rapide, pourtant les contacts sexuels et transmissions pendant la gestation seraient également très efficaces. En six mois, Ann avait inoculé un petit millier d'individus. Dans l'année, il y avait eu plusieurs saisons de frai concomitantes de par le monde. Entre les pariades et les combats de préséance, le phénomène s'était amplifié. D'autant plus que, depuis son arrivée en Antarctique, elle avait de préférence marqué des mâles, mobiles par nature et surtout à même de rencontrer des spécimens en plus grand nombre.

D'autre part, nous avions modélisé l'évolution probable de la maladie. Nous savions qu'elle muterait très vite et deviendrait plus virulente encore. Nous avions créé une pandémie qui n'épargnerait aucun cétacé, une espèce de sida, bénin mais impitoyablement contagieux, qui se transmettrait aux générations suivantes.

Si la cécité plus ou moins programmée de la communauté scientifique — certains pays n'hésiteraient pas à truquer ou masquer leurs résultats dans un premier temps — continuait, l'un d'entre nous devrait jouer les professeurs Nimbus et faire semblant de comprendre le lien, avec tous les risques d'être découverts que cela comportait. Le monde saurait bien assez tôt que les cétacés avaient été retirés volontairement de la chaîne alimentaire. Nous ne tenions pas du tout à ce qu'il apprenne par qui, ou du moins pas trop vite. Le tollé serait général, même parmi les nations favorables à l'arrêt total de la chasse.

En attendant les nouvelles, je passais de plus en plus de temps dans un bar près de la plage et je fixais l'horizon de la Méditerranée en sachant qu'Ann ne s'y trouvait pas. J'avais peur pour elle, viscéralement. Les sourires de la serveuse du MarinGo m'exaspéraient parce qu'ils étaient francs, pleins de vie et de désirs, et que je voulais voir une bouche pâle et parcheminée, barrée d'un trait d'aigreur et d'amertume, me rendre les miens.

Je me rendais compte que le jeune étudiant en biologie d'Orlando fasciné par son intenable professeur de vingt-cinq ans plus âgé que lui n'avait fait que s'assoupir. Il s'éveillait et me rappelait quelque chose que j'avais oublié : je n'avais jamais cessé d'aimer Ann.

*

La fièvre faisait trembler 2×2×2. Il s'enfonçait de plus en plus dans une espèce de torpeur stupide. Il ne répondait pas, ou à peine, aux sollicitations d'Ann depuis plus de vingt-quatre heures. Il flottait là, inerte et frémissant au creux des vagues. Elle le maintenait à la surface, collée à lui, la gueule glissée sous son cou monstrueux. Elle avait de plus en plus de mal à respirer correctement elle-même. Et elle mourait de faim. Pourtant, elle n'osait pas le laisser, même la demi-heure nécessaire pour se livrer à une petite chasse de survie. De temps en temps, elle parvenait à attraper au vol un calamar imprudent qui s'était aventuré trop près d'eux, mais c'était insuffisant. La faiblesse la gagnait, elle aussi.

Ann commençait à avoir peur de le perdre, et cette idée lui était insupportable. Une voix froide en elle tentait de lui dire que ce n'était qu'un cachalot et qu'il en mourait des dizaines de par le monde au même instant. Mais il y avait quelque temps déjà qu'elle n'écoutait plus cette voix. S'en rendre compte l'effraya autant que la perspective de la mort probable de son compagnon. 2×2×2 lui était devenu plus cher que la plupart de ses amis d'autrefois.

2×2×2 gémissait parfois. De longs sifflements modulés entrecoupés de clicks sans signification envahissaient alors toute l'étendue liquide autour d'eux. Leur énergie chaotique désorientait Ann. Ils créaient des récifs inexistants où il n'y avait que sable et glace. Et elle sursautait pour éviter au dernier moment les illusions qui la terrifiaient. Elle croyait sans cesse s'écraser sur ces mirages. Souvent, les cris de 2×2×2 étaient suivis de convulsions aussi brèves que violentes, et Ann s'épuisait à renflouer son compagnon qui coulait.

Elle était déjà fatiguée au-delà de toute idée de repos lorsqu'elle vit les navires. Machinalement, elle se connecta à la balise pour les identifier.

Alors seulement, elle appela Monaco.

Il était 4 heures du matin en France à cet instant, mais Marc fut *online* dix minutes plus tard.

* *Que se passe-t-il ?* *

* *Je vois des bateaux qui ne sont pas là* *, répondit-elle.

* *Je ne comprends pas.* *

* *Ils sont deux devant moi, le satellite ne les détecte pas.* *

La ligne ne pouvait rendre les inflexions de la voix, bien sûr, elle se contentait de relayer les mots. Mais la façon dont Ann avait rendu compte de l'anomalie alarma Marc.

* *Vous vous sentez bien ?* *

Le satellite de SevenSeas était au top du matériel de détection de sa génération. Il fallait pour le déjouer une technologie dont seules certaines armées de pays industrialisés et riches disposaient. Et encore, les essais en étaient aux balbutiements, aux dernières nouvelles.

* *Non. Mais je n'ai pas d'hallucination. Des baleiniers. Bord à bord. Et le satellite ne les identifie pas. Bordel, Marc, il ne les VOIT même pas !* *

* *C'est impossible.* *

Ann ne se donna même pas la peine de répondre et le laissa faire les vérifications nécessaires. Lorsqu'il eut constaté que le satellite ne relayait rien d'autre que la position d'Ann et de 2×2×2, il reprit :

* *Je ne vois rien que vous et un cachalot. C'est votre sauveur de la dernière fois ?* *

* *Oui. Il est très malade. Le virus a agi très tard.* *

Il y eut un silence.

* *Vous êtes sûre que vous-même n'êtes pas en surcontamination ?* *

Le scepticisme de Marc était évident, mais avec un calme nouveau chez elle, elle rétorqua sans s'énerver :

* *Oui, j'en suis sûre. Je suis seulement fatiguée. Faites une recherche infrarouge.* *

* *Si vous voulez. Ann* *, continua-t-il tandis qu'il paramétrait les nouvelles commandes du satellite, * *vous en avez fait assez, le virus se répand... Si vous le désirez, vous pouvez rentrer à Monte-Carlo. Nous nous occuperons de v...* *

* *Ne dites pas n'importe quoi !* * L'ancienne Ann, celle dont les réactions acerbes pouvaient clouer un

inspecteur des Impôts ou de la Food & Drug dans ses mocassins cirés, revenait.

* *Je ne finirai pas mes jours dans une piscin...* *

* *Je les vois.* *

* *Ah.* *

* *Oui. Que font-ils ?* *

* *Je ne sais pas. Je suis trop loin. Ça s'agite sur le pont. Ce sont bien des baleiniers, mais ils ne pêchent pas. Ils jettent des choses dans l'eau.* *

* *Vous pouvez vous approcher ?* *

* *Non. Je soutiens 2×2×2. Si je le lâche, il coule.* *

* *Qui ça ?* *

* *Le cachalot.* *

* *Ah.* *

Il y eut une pause, puis Marc suggéra :

* *Vous pouvez peut-être le pousser et vous rapprocher tous les deux ?* *

* *Je vais essayer. Il est plus grand et plus lourd que moi. Ça risque de prendre du temps, ils sont à un demi-mille devant moi.* *

Elle glissa le museau sous le ventre de 2×2×2 et commença à le pousser. Le corps immense se déplaça latéralement sur une dizaine de mètres. La diagonale l'avait rapproché des bateaux, mais ils se trouvaient dans un courant contraire qui le déporta plus loin en quelques secondes. Ann dut se placer de l'autre côté et rectifier la trajectoire. Elle gagna quelques mètres, puis le phénomène se reproduisit. Elle dut plonger à nouveau. Il glissa dans la bonne direction, puis les vagues l'emportèrent. Elle replongea. Encore et encore.

Elle recontacta Marc au bout d'une demi-heure.

* *Je ne vais pas pouvoir faire plus. Je suis trop fatiguée.* *

* *Vous voyez mieux ?* *

* *Oui. Ils jettent des containers et des... paquets enveloppés de tissus.* *

* *Des paquets de tissus ?* *

* *Oui. Des ballots assez longs, enroulés dans des couvertures. On dirait des...* *

Elle hésita. Marc finit la phrase à sa place :

* *Des cadavres ?* *

* *Oui.* *

* *Ne bougez plus, nous envoyons le Pequod. Il est à deux jours de votre position.* *

* *Je ne les attends pas.* *

* *Ann ! Ne...* *

Mais elle avait coupé la communication.

*

Je frappai le clavier avec une violence qui me surprit moi-même, et l'opératrice derrière moi sursauta. Ma cigarette tomba du cendrier où je l'avais oubliée et fit fondre le tapis de la souris en répandant une odeur âcre de plastique brûlé très désagréable. Dans la petite pièce remplie d'ordinateurs, qui déjà sentait le chaud et la poussière, ce fut presque immédiatement intolérable. Je me levai et me pinçai les doigts dans le verrou intérieur en tentant fébrilement d'ouvrir la porte pour aérer.

La bordée de jurons qui suivit m'attira un haussement de sourcil épilé réprobateur. Je ne pus m'empêcher de sourire : les membres anglo-saxons de SevenSeas étaient si puritains parfois ! Le fait de mener une espèce de croisade depuis si longtemps, sans doute. Les fanatiques, même les bons, si j'ose dire, manquent trop souvent d'humour. Ils le perdent dans leurs passions ou le noient dans la mer de leurs déceptions renouvelées, je suppose.

Je me demandais comment il se faisait que j'avais échappé au phénomène. Mes quinze ans dans les services de soins palliatifs et mnésiques n'y étaient peut-être pas pour rien. Et puis, lorsque j'avais quitté Orlando en claquant la porte après une énième brouille philosophico-amoureuse avec Ann, j'en avais sûrement soupé, du prétendu sérieux des scientifiques engagés.

À ce souvenir, je cessai de sourire.

Je revoyais brutalement son visage convulsé de colère par-delà le quart de siècle qui me séparait de la Floride, quand nous avions définitivement rompu. Ann supportait très mal les ricanements et les rumeurs malveillantes qui entouraient sa relation avec un étudiant deux fois plus jeune qu'elle. Elle était incapable d'en faire abstraction et me faisait toujours payer l'addition d'une façon ou d'une autre.

Le jour où elle me refusa son appui et les crédits pour la conduite d'une expérience parfaitement justifiée, et pour laquelle j'avais monté un dossier plus bétonné que les plages voisines, fut pour moi l'ultime et insupportable manifestation de ce malaise. Je lui donnai ma démission dans l'heure et lui annonçai mon départ. Elle n'avait rien trouvé d'autre à me répondre qu'un « Je suis trop vieille, c'est ça ? » d'une voix aigre et faussement attristée.

Le retour de cette vieille rengaine, sa terreur d'être abandonnée à cause de notre différence d'âge qu'elle mêlait à toutes nos divergences quelles qu'elles soient, son refus de comprendre MA position en permanence m'avaient ulcéré jusqu'au cœur. J'étais parti fou de rage sans prendre le temps de récupérer mes affaires chez elle. Et pendant toutes ces années, j'avais fermé à double tour la porte des souvenirs qui conduisaient à cette scène. Je n'y avais même pas pensé lorsque j'étais venu la chercher sur son lit d'agonie en Angleterre.

Je m'ébrouai pour chasser ces pensées parasites. Faisant fi de l'heure, je basculai mon poste en mode téléphonique et convoquai simultanément tous les membres du conseil d'administration du projet. Ils déboulèrent en réunion une heure après dans leurs costumes frais et repassés, ayant pris le temps de se raser ou de se maquiller. Je leur en voulus de ces minutes sacrifiées sur l'autel du conformisme et qu'ils avaient volées à Ann. Aussi ne saluai-je que la secrétaire fagotée dans son tailleur froissé de la veille, qui affichait une permanente approximative et des cernes épouvantables, avant de leur apprendre les nouvelles avec brutalité.

Il y en eut bien deux ou trois pour tenter de s'opposer à ma décision, arguant du coût de l'opération que je proposais en regard d'un résultat potentiel rien moins qu'aléatoire. Mais je balayai leurs arguments. Ils tentèrent de renverser le vote et de faire pression sur moi, excipant du fait qu'ils ne pouvaient prévenir les actionnaires de ce « développement inattendu ». Je les contrai en leur assignant des postes au relais satellite, exigeant qu'ils suivent, avec l'intégralité du conseil, le déroulement de toute l'opération en temps réel. Ainsi ils pourraient faire un rapport complet aux actionnaires. Lorsque tout serait terminé.

Ils protestèrent violemment, ils avaient autre chose à faire qu'à surveiller des communications radio sans intérêt. Ce fut presque la révolution lorsque j'exigeai qu'ils s'y mettent immédiatement, ils devaient prévenir leur famille de leur absence ! Furieux de cette opposition imprévue, je refusai net. La clause de confidentialité de leurs contrats respectifs m'autorisait à prendre ce genre de mesures. Je n'ai jamais été aussi bien inspiré de ma vie, je pense. La suite le prouva amplement.

Le conseil entérina toutes mes décisions et m'autorisa à aller voir sur place pour prendre toutes mesures que je jugerai utiles.

*

Les deux baleiniers continuaient leur étrange manège. Ann ne savait plus que faire, tiraillée qu'elle était entre la nécessité de soutenir 2×2×2 et la certitude qu'il se passait quelque chose d'énorme et d'atroce juste à côté d'eux. La fatigue aussi devenait de plus en plus prégnante. Elle s'endormait sans le vouloir. Le sommeil était comme une ancre qui l'attirait vers le fond. Elle avait de plus en plus de mal à lui résister. Souvent, elle s'éveilla en sursaut, sentant le corps monstrueux de son compagnon glisser de l'appui de sa gueule, ou l'eau s'infiltrant dans son évent tandis qu'elle coulait doucement. Elle éprouvait la morsure des vagues glaciales pour la première fois depuis son départ de Monaco. Ann savait que ça ne pourrait plus durer très longtemps.

Elle renonça sans s'en apercevoir et sombra dans le sommeil.

Le rêve la saisit et elle descendit à sa suite, très loin, au fond. Un long moment elle erra dans le noir, molle et perdue, sans crainte et sans désir. Une tension étrange la tirait toujours vers le bas, avec une insistance languide, patiente et infinie. Elle sut qu'elle entrait dans les Courants du Rêve, car l'océan lui offrit des flots veloutés et tièdes comme on ouvre des bras accueillants.

Ce n'était qu'obscurité tendre et pression douce. De petites lueurs furtives éclataient ici ou là, pastel, comme des veilleuses près d'un berceau. Et l'eau avait un goût de sel suave. Elle plongeait vers la paix, une lumière onctueuse et lointaine l'appelait tout en bas. Ann nageait sans effort vers elle, emportée par ce courant moelleux et cajolant. La plongée fut longue, mais elle eut bientôt un compagnon. 2×2×2 se colla contre elle, câlin et joueur. Ils suivirent la course tranquille des flots, en silence tout d'abord, calmes, sereins dans cette texture crémeuse et de plus en plus chaude. Ils jouèrent pour se distraire, se poursuivant à travers les remous de nacre et les tourbillons d'émeraude ténébreuse. Ils s'arrêtèrent un peu pour souffler.

« *Je t'attendais. Pourquoi n'es-tu pas venue plus tôt ?* dit-il sans reproche.

— *Je ne savais pas*, fit Ann contrite.

— *Je t'appelais. Je t'ai appelée toute la journée.*

— *Je ne t'entendais pas.*

— *Tu es si belle ! Pour un mâle »*, remarqua-t-il, rieur.

Elle le fixa interloquée.

« Comment sais-tu ?

— Je ne savais pas. Je croyais que tu étais celui que j'avais connu. Mais ici, nous sommes ce que nous sommes. »

Il s'arrêta un moment et la contempla avec un sérieux mâtiné d'ironique tendresse. Elle s'étonna de pouvoir ressentir si bien son humeur. Il émit quelques clicks, et elle sentit son sonar balayer son corps autant que son esprit. Elle perçut sa présence tranquille lisant sa mémoire comme elle l'eût fait d'un livre.

« Ah, c'est donc ainsi que tu es devenue l'une d'entre nous ! Tu n'aurais pas dû être un cachalot, affirma-t-il.

— Je n'en suis pas vraiment un.

— Je sais. Mais tu as l'âme du Killer Whale. C'est l'un d'entre eux que tu aurais dû choisir. Tu as les dents trop longues pour nous. » Il ajouta : *« Ne crains rien. Nous arrivons bientôt.*

— Où cela ?

— Tu verras bien.

— Dis-moi.

— Où serait la surprise ? »

Il rit, et sa caudale battit les flots vaporeux, provoquant de petits maelströms magenta qui s'effondraient en cascades d'indigo et fantômes d'algues parfumées. Il fila comme une torpille droit vers le fond, l'abandonnant dans le velours sombre du courant langoureux.

« Attends !

— Viens ! »

Elle fonça à sa suite. Une légère appréhension la faisait haleter. Elle cria :

« *Il faut qu'on remonte ! Là-haut...*

— *Viens ! Nous avons encore le temps !* »

Sa voix la touchait de très loin, elle ne le voyait plus. Elle utilisa instinctivement son sonar, et l'écho de l'âme de 2×2×2 lui revint dans un éclat d'argent qui avait la saveur et la fragrance d'un rire. Puis un autre écho lui parvint. Un chant. Plusieurs. Comme un chœur à mille gorges et mille refrains. Derrière lui, elle sentit que se dressait quelque chose d'énorme. Elle déboucha dans la lumière et la musique sans transition.

« *Nous sommes arrivés.* »

Elle ne répondit pas. Elle ne nageait plus, laissant le poids de son corps l'entraîner vers le fond.

« *Qu'est-ce que c'est ?* fit-elle lorsqu'elle eut recouvré une partie de ses esprits.

— *Les Courants du Rêve.* »

Elle cilla.

Une plaine d'algues chatoyantes s'étendait sans bornes, et des millions de baleines y croisaient dans un ballet calme ou joueur qui donnait pourtant le vertige. Des piliers de coraux jaunes montaient vers les hauteurs, et se fondaient en arabesques fragiles où les corps de méduses géantes se posaient avec grâce, dômes étincelants et palpitants. 2×2×2 et elle survolaient tout cela. Le paysage s'ouvrait devant eux comme une carte infinie déployée sur une table d'univers.

« *Le Continent Cétacé* », fit-elle comme dans un murmure, à l'approche d'une chaîne de pics d'où dévalait une cataracte de poissons brillants comme des émaux qui se perdait dans un lac de gemmes conscientes et de fleurs mobiles. Ici, tout était créature vivante, même les chansons et les parfums.

« Si tu veux. Tout ce que tu veux. Regarde. »

Elle tourna la tête dans la direction qu'il lui indiquait et vit son propre jumeau monter vers elle.

« C'est moi ?

— Non, c'est lui ; celui qui est parti pour que tu viennes à nous. »

Elle s'aperçut qu'en effet le mâle ne portait pas les stigmates de l'opération comme elle.

« Mais il est mort !

— Pas ici. »

Le grand cachalot à son image parvint à leur hauteur. Il tourna gentiment autour d'elle. Elle le vit émettre de petites bulles de désapprobation à la vue des cicatrices sur son flanc. Il se frotta contre elle avec une douceur pleine de compassion, puis replongea et disparut dans la musique et la foule de cétacés plus bas. Parfois un dauphin virevoltait, accent de gaieté dans un fleuve de sérénité.

Elle hoqueta et se tourna vers 2×2×2.

« Tout ce que vous êtes ? Votre mémoire ?

— Notre âme. Le vrai monde cétacé. La surface n'est que la surface.

— Mais alors, nous aussi nous sommes morts ?

— Non, pas toi. Toi, tu dors.

— Et toi ?

— Moi, il faut que tu me ramènes. Je n'ai pas la force de remonter seul. »

Elle hoqueta à nouveau. Puis l'ancienne Ann reprit les commandes et dit d'une voix tranchante :

« Et je n'ai pas le droit de me retourner en chemin, je présume ?

— Euh, si, pourquoi ? »

Il la fixa intensément, avant de conclure, perplexe :

« Ah, tu fais de l'humour, je suppose ? Je t'avais dit que tu aurais dû être un orque. Nous, nous ne sommes pas très doués pour l'humour. Nous sommes trop gros pour ne pas nous prendre un peu trop au sérieux, dit-il avec un bon rire. *Viens, il faut remonter maintenant. Tu as des choses à faire en haut, et moi si je reste encore longtemps ici, je ne repartirai plus.*

— Et tu veux remonter ? Ici...

— Je peux revenir quand je veux. J'ai l'océan pour ça. Toi aussi, désormais. Viens. »

Elle obéit et ils entamèrent l'ascension à travers les ténèbres affectueuses et fredonnantes. 2×2×2 semblait accroché à son esprit plus que nageant à ses côtés. Elle le tirait sans effort comme une fine bouée dorée. Les Courants du Rêve cédèrent la place au baiser gelé de l'Antarctique. Elle lutta contre l'impression térébrante d'être entrée dans le jardin d'Éden et d'en avoir été chassée. Enfin, ils firent surface. Les navires inquiétants avaient disparu. Et les fonds étaient vierges de tout largage. Ann goûta l'eau : le carburant et les déchets des bateaux laissaient une piste aussi lisible que des empreintes de pas dans une forêt. Elle voulut se lancer à leur poursuite.

« Il faut manger d'abord », dit 2×2×2, l'arrêtant avant qu'elle s'élance dans leur sillage.

« Mais leur goût va disparaître. Je vais les perdre !

— Ils vont revenir. Ne t'inquiète pas. Cela fait des lunes qu'ils viennent ici environ une fois par jour. Ils sont arrivés un peu avant toi, en fait. »

Elle acquiesça, préoccupée mais convaincue, et ne jugea pas utile de prévenir Marc.

« Je te comprends encore », dit-elle, étonnée, avec un temps de retard, en le suivant à la poursuite d'un petit banc de calamars affolés.

« Maintenant, tu me comprendras toujours. »

Il goba le premier d'entre eux sans coup férir.

*

Je pris à peine le temps de faire mon sac. Trois slips, un vieux pantalon effiloché qui me suivait depuis vingt ans avec une fidélité remarquable et rassurante quant à mon tour de taille, un pull volé à l'opérateur radio qui partageait ma suite et une brosse à dents aimablement fournie par l'hôtel au dernier moment firent l'affaire. Un mécène avait mis un jet privé à ma disposition à Nice. Je décollai vers les Malouines en compagnie de la secrétaire scientifique de la Fondation, Élisabeth, qui avait changé son tailleur contre un jean et des baskets.

Cela la faisait paraître plus jeune et plus vulnérable. Je me souvins alors qu'elle n'avait que trente ans. Elle me sourit timidement avec reconnaissance, car, malgré ses excellentes références universitaires, c'était la première fois qu'on l'appelait sur le terrain. Je grimaçai en réponse. Sa spontanéité aimable venait de me rappeler ce que j'étais à ses yeux : un très vieux membre éminent et vénérable de son association. Et le poids de ma cinquantaine trop avancée tomba d'un coup sur mes épaules.

Un second avion nous attendait sur l'île orientale ; il nous déposa dix heures plus tard à l'extrême sud de l'Argentine où l'antique Morgan Fairchild de la Fondation nous prit en charge à son tour.

J'eus le temps d'apprendre qu'Élisabeth vivait toujours avec sa mère et que cela l'inquiétait de la savoir seule avec ses deux chats, la vieille dame n'ayant jamais supporté les animaux de sa fille. Elle n'eut pas besoin de me préciser que son angoisse concernait surtout ses deux félins, car elle passa ses heures de veille à m'en dresser un portrait attendri et circonstancié où sa formation d'éthologue se fondait dans une intense affection, ce qui donnait un résultat des plus curieux. Lorsque enfin elle s'effondra, vaincue par la fatigue et le stress, je la regardai dormir longuement, m'interrogeant sur ce qui, dans leur éducation, mutilait affectivement à ce point nos chercheurs qu'ils soient pour la plupart, moi y compris, incapables de vivre avec un autre être humain.

Une petite boucle folle et brune voletait sur son nez, la faisant grimacer dans son sommeil. Je la dégageai doucement pour ne pas la réveiller puis m'endormis à mon tour. Je ne sentis même pas lorsque nous atterrîmes dans la base secrète de la Fondation, dissimulée sur le territoire indien antarctique de Dakshin Gangotri.

Avec ses millions de ressortissants affamés, l'Inde n'a pas les moyens d'entretenir du personnel de surveillance sur la zone. Cela en fait l'endroit idéal pour y mener des travaux secrets, des opérations discrètes à la limite de la légalité.

Nous enfilâmes en toute hâte les combinaisons polaires et quittâmes l'avion. Après un gros déjeuner suivi d'un briefing auprès du chef de la base, nous dormîmes encore un peu. Ensuite, nous embarquâmes sur un hélicoptère qui avait pour mission de nous déposer à bord du Pequod. Élisabeth avait les joues d'un pourpre violent et le souffle court, mais le froid intense n'y était pour rien ; l'enthousiasme et l'excitation la faisaient seuls trembler. Brutalement, je l'admirais, cette petite fille qui n'avait quitté sa patrie tempérée que pour de brefs voyages en Floride et qui foulait le sol d'un des continents les plus rudes de la planète avec l'aisance d'un baroudeur émérite tendu vers son but.

Il y avait presque vingt-quatre heures que nous avions quitté Monaco. Il pouvait s'être passé n'importe quoi. J'étais malade d'angoisse. Ann n'avait pas recontacté la balise depuis notre départ. Élisabeth s'occupait de moi avec une patience qui en disait long sur mon état de nerfs et ses désagréables manifestations. Pourtant, elle ne se départissait pas de son calme ni de sa gaieté constitutionnelle. En mon for intérieur, je lui en étais infiniment reconnaissant, à défaut de pouvoir le lui montrer.

*

Ann et 2×2×2 observaient le retour des navires tout en mangeant. Apparemment, les marins avaient une confiance limitée dans leurs systèmes d'occultation satellite. Ils avaient tendu sur leurs plats-bords des dais plastiques qui dissimulaient leurs activités aux observations aériennes. Seuls les deux cachalots presque totalement immergés pouvaient surveiller leurs faits et gestes. Les largages ne cessaient pas. Bidons, caisses et étranges ballots oblongs dégringolaient continuellement, il y avait déjà des milliers de déchets envoyés par le fond. Ann soupira, avala son dernier calamar et prit sa décision. Elle plongea.

Le site avait été bien choisi. Une fosse monstrueuse s'ouvrait sous les coques; elle devait accuser une profondeur de trois ou quatre mille mètres. Les objets y tombaient tout droit, les mettant définitivement hors de portée de toute découverte due au hasard. Ann vit passer un bidon sur lequel la marque du danger radioactif était encore visible, bien qu'on se soit donné beaucoup de peine pour le gratter. Lorsqu'ils auraient terminé de se débarrasser de leur cargaison, personne ne pourrait jamais deviner ce qu'ils avaient fait. Elle s'arrêta de nager un instant pour réfléchir à la marche à suivre. Pour l'instant, les équipages ne faisaient pas attention à eux. Après tout, ils n'étaient que deux cachalots.

Elle appela 2×2×2 auprès d'elle et lui demanda son aide. Il accepta avec perplexité. Les hommes ne cessaient d'envoyer des choses dégoûtantes par le fond; l'intérêt de sa compagne — de son compagnon, il ne savait plus — le dépassait un peu.

Il décida dans son for intérieur qu'Ann serait une « elle ». Après tout, ce ne serait pas la première fois qu'un jeune cachalot ferait le choix inverse de celui de la biologie. Un de ses frères l'avait fait et il suivait désormais un groupe familial, aidant les femelles plus grégaires à s'occuper des petits et accordant ou non ses faveurs à d'autres mâles. Et tandis qu'il plongeait à sa suite, il se demanda brièvement si ce mâle/femelle… puis il n'eut plus le temps de penser.

Avec Ann, ils se positionnèrent sous la coque du premier baleinier et attendirent quelques secondes. Un objet creva la surface. Ann fila et dévia la chose de sa trajectoire rectiligne d'un coup de museau, 2×2×2 prit le relais un peu plus bas, infléchissant encore la chute et accompagnant le bidon qui s'écrasa à quelques mètres du rebord déchiqueté de la faille. Ils ratèrent le second. Le troisième fut l'un de ces longs paquets mous, Ann put le diriger seule, presque en le portant en équilibre sur son dos. Le quatrième était un énorme container. Malgré leur propre masse, ils ne furent pas assez adroits, ils le regardèrent s'abîmer dans la fosse avec consternation. Puis ils durent remonter respirer un peu et le jeu recommença. 2×2×2 commençait à s'amuser.

Lorsqu'ils eurent détourné ainsi une vingtaine d'objets. Ann décréta une pause. Elle voulait connaître ou au moins se faire une idée du contenu de leurs prises.

*

Le vol fut long et difficile, la météo se dégradait. L'hélico, un vieux coucou acheté aux Russes, ne gardait pas la chaleur à travers ses joints canoniques. Les casques ne fonctionnaient que par intermittence, et je rongeais mon frein en répondant une fois sur trois aux sourires crispés d'Élisabeth. Lorsque je vis des larmes dans ses yeux et qu'elle se mit à respirer avec difficulté, je finis par comprendre que mon aventurière avait le vertige et supportait fort mal ce trajet calamiteux. J'eus honte de moi ; je l'avais repoussée en croyant que ses sourires visaient à me réconforter.

On ne pouvait pas faire plus égocentrique ni plus suffisant.

Je me penchai vers elle et lui pris les mains pour les frictionner à travers les gros gants matelassés. Elle plissa le nez avec reconnaissance, faisant naître trois petites lignes amusantes de chaque côté de sa bouche pâle. On aurait dit un de ses chats. Je lui tendis une cigarette qu'elle accepta. Mais je la lui retirai d'autorité quand je la vis s'étouffer avec ; manifestement elle ne fumait pas et n'avait pas osé refuser.

Lorsque nous atteignîmes le point de rendez-vous en vue du Pequod, l'hélisurface était impraticable à cause de la glace. Je pestai intérieurement ; ils savaient que nous arrivions, ils auraient pu dégager le mini tarmac avant. Nous volâmes en cercles dix bonnes minutes tandis que les marins en bas grattaient la pellicule. Puis nous nous posâmes.

J'entamai les relations avec la capitaine sous les plus mauvais auspices :

— Vous avez une idée de ce que ces dix minutes de kérosène supplémentaires vont coûter à la Fondation ?

Hélène Darlan, la capitaine, me jeta un regard acéré de sous son bonnet bleu marine et rétorqua d'un ton sec :

— Vous avez une idée de ce qu'aurait pu lui coûter la voie d'eau dans nos cales ?

Elle avait deux marins à l'infirmerie pour soigner une hypothermie grave récoltée pendant les réparations de fortune. Je me sentis de plus en plus minable et ouvris la bouche pour marmonner des excuses qu'elle n'écouta pas. Elle se tourna vers Élisabeth et lui enjoignit de rejoindre sa cabine sous la houlette du second, un grand Australien blond qui lui adressa un sourire éclatant. Je le détestai immédiatement et leur emboîtai le pas bon gré mal gré, car il était clair quoique implicite qu'il me menait également à mes propres quartiers. Simplement, on n'avait plus guère envie de me préciser les choses.

Le Pequod nous avait attendus dissimulé dans une anse de banquise à deux heures de l'endroit où se trouvaient Ann et ses mystérieux visiteurs. J'en comptai chaque seconde, grelottant, couché sur un matelas où personne ne s'avisa de porter une couverture. Je gardai le nez fixé sur la couchette du dessus dans laquelle un marin bougon qui ne me salua même pas venait de prendre place.

J'avais fait très grosse impression.

*

Dépaqueter le ballot ne fut pas une mince affaire. Les deux cachalots peinaient à retirer délicatement les morceaux de tissu qu'ils arrachaient le plus doucement possible. 2×2×2 s'impatientait et Ann dut le retenir plusieurs fois avant qu'il mette le paquet en pièces par agacement. De plus, ils tombaient parfois sur un poids de plomb destiné à lester la chose et manquaient souvent de s'y abîmer les dents. Ann elle-même s'énervait. Elle regrettait fiévreusement la dextérité d'une main humaine.

Ils finirent par y arriver. Ann se demanda, affolée, si elle était équipée pour vomir, et 2×2×2 se détourna, émettant une énorme vague de bulles furieuses.

Le cadavre flottait nu entre eux, blême. Dans la lueur miroitante du haut fond, le courant le remuait dans un semblant de vie résiduelle. Ses yeux vitreux scintillaient presque de l'intelligence enfuie qui avait autrefois habité ce crâne ouvert sur un cerveau exsangue. Une longue aiguille souple aux couleurs vives pendait encore, reliée au tronc cérébral.

Elle le regarda stupidement une longue minute tandis qu'il remontait devant elle. Puis elle réagit et avec réticence fit tourner le corps sur lui-même. C'était un adolescent qui avait dû être beau. Ses traits s'étaient amollis après la mort, mais son expression encore tendue et quelques cicatrices anciennes disséminées sur ses os maigres témoignaient d'une existence difficile. Il ne portait aucun tatouage, bien sûr. On avait tenté la transmnèse sur un individu non cloné. Il y avait très peu de temps, la *rigor mortis* toujours présente le prouvait.

Et manifestement, on avait échoué.

Plusieurs fois, si l'on en jugeait par le nombre des ballots similaires.

*

Le capitaine ne prit pas la peine d'envoyer quelqu'un à ma recherche. Une sirène stridente retentit dans ma cabine, mon voisin de la couchette supérieure m'avertit que cela signifiait une convocation au poste de commandement. Là-dessus, il se rendormit. Évidemment, je me perdis dans les coursives, me retrouvant plusieurs fois sur le pont gelé.

Grâce au ciel, je croisai finalement Élisabeth, cornaquée par son cicérone au physique de surfeur qui se renfrogna dès qu'il me vit. Ils me conduisirent au capitaine en moins d'une minute tandis qu'Élisabeth s'excusait de son supposé retard : à l'issue d'une promenade près du bastingage en compagnie du surfeur, elle avait été obligée de retourner se changer. Une vague plus haute que les autres les avaient trempés de la tête aux pieds. Je tus mes propres errances dans les entrailles du bateau et secouai gentiment la tête pour agréer ses excuses avec une bienveillance toute paternelle qui me valut un de ses sourires humides.

Darlan me toisa férocement à mon arrivée, mais me passer un savon pour mon retard équivalait à en passer également un à son second. Elle serra les mâchoires et s'abstint, se contentant d'un :

« Nous ne pouvons pas nous approcher plus, sinon ils vont nous voir et filer. Que décidez-vous ?

— Je m'en remets à votre expérience, capitaine, dis-je aimablement. Que feriez-vous à ma place ? »

Sans faire mine de noter cette piètre tentative de « dégel » de nos relations, elle rétorqua :

« Je mettrais un dinghy à flot et j'enverrais trois ou quatre plongeurs vérifier la situation. »

Elle mâcha chaque mot. Je soupirai imperceptiblement et dis avec humilité :

« OK, on fait comme ça. Vous disposez d'une combinaison à ma taille ? »

Cette fois, son regard s'était adouci lorsqu'elle me répondit par l'affirmative.

*

Ils ne déballèrent qu'une petite partie des autres corps. 2×2×2 décrivait des cercles nerveux autour des caisses et des ballots. Il ne comprenait pas. Il sentait bien que la découverte horrifiait sa compagne. Un temps, il imagina qu'elle avait connu les hommes qui flottaient alentour, mais il finit par percevoir vaguement qu'il ne s'agissait pas de ça. Il ne pensait pas que la mort elle-même était la raison de son horreur, ça ne pouvait pas être ça, il était naturel pour lui que tous terminent un jour dans le ventre de quelqu'un. Ce qui le gênait le plus, au fond, était que les cadavres soient enfermés dans cette toile imputrescible qu'ils avaient eu tant de mal à déchirer. Il aurait été plus pratique de se contenter de les lester. Ainsi, les charognards de l'océan auraient pu y trouver leur compte. C'était du gâchis. Un gâchis dégoûtant.

Ann approuva distraitement lorsqu'il fit la réflexion. Voyant qu'il ne pouvait pas attirer son attention, 2×2×2 décida de s'occuper d'un mort qu'il goûta par pure curiosité du bout des dents. Il sentit qu'elle accusait le coup et s'en voulut immédiatement. C'étaient ses anciens congénères tout de même. Il aurait dû y penser.

« *Non, ce n'est pas grave*, fit-elle enfin. *Mais ce*

serait bien que tu arrêtes, les miens vont avoir besoin de ces restes. Les autres, ceux que j'attends. »

Il allait demander si les hommes d'Ann les désiraient pour leur consommation personnelle, (ce qui aurait expliqué les emballages : ceux d'en haut espéraient conserver la viande pour eux seuls), mais il n'en eut pas le temps. Un grand frisson le secoua et il régurgita ce qu'il venait d'avaler. Son estomac avait jugé la chose non comestible. Il était sidéré, c'était la première fois qu'il vomissait. Alertée, Ann s'approcha du cadavre qu'il avait entamé. Elle renifla l'eau alentour ; elle avait un goût curieux, comme cuivré. Elle essaya d'accommoder sa vision sur la chair découverte, des résidus bleuâtres et luminescents s'y accrochaient.

« *Ne touche plus à ça !* » Elle chercha trois secondes comment expliquer la notion de radioactivité puis renonça. « *C'est empoisonné.*

— *De toute façon, je crois que nous avons un autre problème.* »

D'un mouvement souple de gueule, il désigna la surface où l'une de leurs découvertes macabres venait d'émerger.

*

Je me glissai tant bien que mal dans ma combinaison. Elle était étudiée pour ces régions très froides. La double couche de néoprène contenait une espèce de gel qui avait la particularité d'augmenter sa température en fonction de celle mesurée sur la surface externe de la combinaison. Malgré tout, nous n'aurions pas une très grande autonomie : douze heures maximum dans l'eau, puis l'hypothermie ne serait plus très loin. J'enduisis les toutes petites parties de mon corps à découvert d'une crème qui en séchant se transformait en une pellicule proche du latex.

La vieille plaisanterie idiote à propos des plongeurs polaires sans oreilles me revint en mémoire. Je me dis que vu la taille des miennes ce ne serait pas une grande perte, ou plutôt si. Bref, j'étais encore trop nerveux, je commençais à avoir peur et tentais de me détendre par tous les moyens, la blague saumâtre restant l'ultime solution.

Élisabeth et son surfeur se débattaient comme moi avec leurs costumes. Je coiffai le grand imbécile au poteau quand il s'agit d'aider la jeune femme à remonter la fermeture à glissière qui refusait de glisser entre ses petits seins. Nous échangeâmes, lui et moi, un double regard, victorieux de mon côté, plein de rancœur du sien. Élisabeth frissonnait sans s'apercevoir du ballet ridicule que ses deux compagnons mâles avaient entamé autour d'elle.

Lorsque nous embarquâmes dans le dinghy, il s'arrangea pour me faire choir dans les vagues glaciales. Ma combinaison n'eut pas le temps de se remplir d'eau avant qu'on me rembarque, et c'est en grelottant que j'achevai le voyage jusqu'au point prévu. Une fois en plongée, cela alla beaucoup mieux physiquement.

Le poids des bouteilles qui m'avait écrasé sur le dinghy s'annula. Et en émettant ma première volée de bulles, je réalisai quel plaisir extraordinaire je prenais à évoluer de nouveau, délivré de la pesanteur, entre les flots gris de l'océan. Je n'avais pas plongé depuis dix ans, je comprenais à cet instant combien cela m'avait manqué.

*

Quand le deuxième cadavre émergea, les marins des baleiniers comprirent que quelque chose n'allait pas. Ils balayèrent les fonds de leurs sonars et découvrirent les caisses rescapées ainsi qu'Ann et 2×2×2. Ils supposèrent sans doute que les deux grands cétacés jouaient avec leurs déchets. De gros rires accompagnés de jurons éclatèrent sur les ponts. Ann, qui flottait en surface vit des plongeurs se préparer, puis descendre le long d'une échelle à flanc de navire, jusqu'à l'eau.

Ils entamèrent la descente en se tenant à bonne distance des deux baleines. Une fois parvenus à l'amas de caisses, ils s'escrimèrent à les pousser vers la faille.

« Il ne faut pas les laisser faire, dit Ann anxieuse.

— *Tu veux qu'on les en empêche ? Je peux m'en charger* », émit 2×2×2.

Ann s'arrêta de nager un instant ; elle était responsable de la mort de beaucoup d'hommes déjà, et le massacre étalé sous ses yeux ne le lui rappelait que trop bien. Les cadavres se gonflaient d'eau peu à peu, leurs pupilles vitreuses et absentes tournaient au gré des circonvolutions de leurs propriétaires tandis qu'ils remontaient en douceur vers les scintillances de la surface… Cette vision était trop proche de ce qu'elle avait fait avec LiB autrefois.

« *D'accord*, soupira-t-elle dans un tourbillon de bulles. *Essaie de ne blesser personne.* »

2×2×2 battit deux fois de la caudale et fila comme un missile en direction du groupe. Affolés, les plongeurs s'éparpillèrent dans toutes les directions. Alors, tranquillement, le grand cachalot se laissa flotter au-dessus des caisses avec un air de propriétaire teigneux assez comique.

« *Ça ira comme ça ?* demanda-t-il à Ann de loin.

— *C'était parfait !* » rit-elle.

Les plongeurs se regroupèrent à l'écart. Masque contre masque, ils se concertaient. Ils tentèrent d'approcher, mais 2×2×2 se tourna vers eux, nettement plus menaçant cette fois.

« *Il faut que je respire*, émit-il vers Ann. *Relaie-moi.* »

Elle le remplaça tandis qu'il refaisait surface à une vitesse fulgurante. Les hommes essayèrent à nouveau de reprendre pied auprès des caisses. Elle les noya sous un flot de bulles, la gueule grande ouverte. 2×2×2 revint quelques secondes plus tard.

Les plongeurs se décidèrent à remonter en désespoir de cause. Ils ne pouvaient rien contre les deux énormes bêtes. Ann les accompagna et les regarda réintégrer le baleinier. Il ne se passa rien pendant de longues minutes et 2×2×2 finit par la rejoindre. Ils se laissèrent flotter flanc à flanc sans s'éloigner.

« *Explique-moi*, demanda enfin 2×2×2.

— *Ces hommes-là ont commis un grand crime. Mes hommes, comme tu dis, doivent récupérer ce qu'ils jettent pour le prouver.*

— Qu'est-ce que c'est, un crime ? »

Le ton du cachalot exprimait l'incompréhension et la perplexité. Ann réfléchit un moment et dit avec précaution :

« Si tu attaquais un baleineau et le tuais pour le manger, ce serait bien ? »

2×2×2 s'éloigna d'elle instinctivement. Il dit, horrifié :

« Bien sûr que non ! C'est ce qu'ils ont fait ?

— D'une certaine façon, oui, ils ont pris des jeunes et ils les ont mangés à leur manière, je ne peux pas t'expliquer.

— Et tes hommes vont empêcher ça ?

— Je l'espère. »

Ann s'aperçut qu'en fait elle n'en était pas sûre du tout. Marc ne savait pas dans quoi ils étaient tombés. Il venait parce qu'elle l'avait appelé, point.

2×2×2 se mit à décrire de larges cercles autour des navires. Il était dans une rage noire ; cela se voyait à sa gueule grande ouverte et au flot incessant de bulles qui s'en échappait. Elle eut beaucoup de mal à le convaincre que c'était inutile. Lorsqu'elle y parvint enfin, un mouvement se fit sur les ponts. On ôtait les dais, et visiblement on était en train d'y monter quelque chose. Elle les regarda faire, perplexe. Cela ressemblait à des…

« Que font-ils encore ? » grinça 2×2×2.

Des affûts.

« Je ne sais p… » Elle s'interrompit puis hurla : *« En plongée ! En plongée, vite ! »*

Le harpon tiré par le canon du premier navire les manqua d'un mètre à peine, il s'enfonça dans les eaux claires en même temps qu'eux. Le deuxième fit feu une seconde plus tard.

*

Nous parvînmes au point de contact ; la mer avait une étrange couleur. Des colorants bleus et jaunes y étaient répandus. Ils s'étendaient en longs filaments miroitants entre deux courants. À certains endroits, on n'évoluait plus que dans une espèce de soupe verte qui virait peu à peu en une bizarre consistance de gelée, semblable à certains de ces abominables desserts anglo-saxons. Deux ondes de choc s'étaient répercutées dans l'eau quelques secondes plus tôt, nous remontâmes en surface le plus vite possible pour examiner la situation. C'est alors que je compris que les bateaux avaient pris Ann et son compagnon pour cibles et qu'ils s'apprêtaient à tirer à nouveau. Je contactai le Pequod sur la radio de mon casque avec un simple mot « Venez ». Sur le canal, j'entendis Élisabeth ajouter « Vite ! ».

Il y eut un échange bref que ma radio répercuta sans le décrypter entre le second et son capitaine. Puis le surfeur nous fit signe de replonger et de rester en arrière en attendant les renforts. Je me laissai couler. J'essayai de contacter Ann via le Pequod qui devait me relier à la balise, sans succès. Nous savions qu'ils étaient là, leurs ID étaient clairement affichées sur les écrans, mais ils ne répondaient pas, et dans cette bouillie nous ne voyions pas à deux mètres.

Nous restions groupés, en vue les uns des autres. Nous sentions, grâce aux remous, qu'il y avait une intense activité non loin de là, mais nous ne pouvions rien distinguer. Quand le premier cadavre dériva vers nous, silhouette imprécise, agitée de mouvements lents, je crus tout d'abord qu'il s'agissait d'un autre plongeur venu d'un des navires. Je me plaçai devant Élisabeth afin de la protéger de toute agression éventuelle. Puis j'identifiai la chose et je compris enfin dans quoi nous nagions.

*

Ann était sûre de ne pas avoir été touchée. Et lorsque le troisième harpon plongea vers elle, elle se contenta de se laisser couler plus profond, presque dans la faille à côté des caisses. 2×2×2 l'y attendait déjà.

« Un autre bateau arrive, ce sont tes hommes ? Il y en a trois dans l'eau, un peu plus haut, droit devant. » Il ajouta d'un ton dégoûté : *« Ils portent les choses qui font des bulles. Tu es sûre que ce sont des amis ? »*

Malgré l'urgence de la situation, Ann ne put s'empêcher de rire intérieurement.

« Oui, les bulles, ça ne veut pas dire qu'ils vont attaquer. Ils respirent comme ça, tout simplement.

— *Ah !»* fit-il, dubitatif. Il insista d'un ton un peu boudeur : *« Pourtant, j'en ai vu qui plongeaient sans bulles !*

— Lorsque nous prévoyons de vous approcher et que les eaux sont tièdes, nous nageons avec des tubas ou en apnée. Nous savons que vous n'aimez pas les bulles. Mais ici l'eau est trop froide. Ce n'est pas possible...

— *Ils ont crevé des caisses avec leurs dents volantes* », fit 2×2×2, changeant de sujet.

« *Oui*, répondit-elle distraitement. *Ne t'inquiète pas, le Pequod va les attraper.*

— *L'eau a un goût désagréable. Si nous partions ? Ils peuvent se débrouiller sans nous maintenant, non ?*

— *Tu as raison,* soupira-t-elle. *Allons-y.* »

Il se détourna et prit la direction du grand large. Elle s'insinua dans son sillage en s'étonnant de son intérêt faiblissant pour la situation et surtout du peu d'envie qu'elle avait de voir Marc, soudain. Elle avait cru l'attendre avec impatience. Mais non, elle était prête à partir, à suivre 2×2×2 et reprendre le cours de sa vie paisible de cachalot naissant. Ils parcoururent ainsi un bon demi-mille. Les bateaux s'amenuisaient dans le lointain. Mais l'un d'entre eux commençait à les suivre.

Ann goûta l'eau avec un plaisir intense, rit et balaya les flancs de 2×2×2 avec toute la force insistante de son sonar qui en faisait l'équivalent d'une énorme chatouille. Il se renversa sur le dos et ouvrit un peu la gueule dans une fausse menace tendre. Elle insista. Il lui fit face d'un bloc et lui retourna le compliment. Le sonar remua les entrailles d'Ann qui hoqueta de gaieté et le lui rendit avec une puissance qu'elle s'ignorait. C'est ainsi qu'elle perçut l'onde de choc du lancement. Sans réfléchir, elle fonça sur son compagnon et le poussa violemment sur une dizaine de mètres. La première torpille le rata *in extremis*.

« *Qu'est-ce qui te prend ?* » fit 2×2×2.

La torpille explosa sur un récif tout proche. La seconde les manqua encore, mais de bien plus près.

« Bordel ! Mais comment font-ils pour nous localiser ? Nous sommes déjà trop loin pour le sonar ! » gémit Ann.

Lorsque la troisième frappa, elle comprit enfin.

* *Marc ! Ils ont nos codes ID ! Ils nous détectent par la balise !* *

Il y eut un silence crachotant sur la ligne.

* *Marc ?!* *

Elle n'entendit pas de réponse. Il y eut une explosion. L'impact de la quatrième torpille la fit basculer, queue par-dessus tête.

2×2×2 s'envola. Le léviathan fut projeté hors de l'eau à une hauteur incroyable où il sembla s'arrêter une seconde, puis son corps déchiqueté retomba en pluie de sang autour d'elle.

*

Il fallait qu'on sorte de là en vitesse. La mer était contaminée sur un bon kilomètre carré par les produits de transmnèse non dilués. Ils étaient non seulement hautement toxiques, ce qui n'était pas très grave vu l'étanchéité de nos combinaisons, mais surtout terriblement radioactifs. Nous devions faire surface, là où les liquides étaient le moins concentrés et nager au plus vite jusqu'au dinghy. Le néoprène ne nous protégerait pas longtemps. Je vis les premiers poissons morts s'élever vers la surface, le ventre en l'air.

Je montrai les cadavres des pauvres bêtes à mes compagnons et leur fis signe de remonter en vitesse. La radio sous-marine était efficace, mais ils ne perdirent pas de temps en me répondant et nous émergeâmes aussi rapidement que possible. C'est alors qu'on nous tira dessus au fusil mitrailleur. Les deux baleiniers nous avaient repérés au sonar et l'un d'entre eux avait fait mouvement sur notre gauche, coupant la voie vers le dinghy. L'autre s'était détourné et tirait à la torpille dans une direction différente. Je priai qu'Ann et son compagnon se soient éloignés suffisamment pour leur échapper, puis me concentrai sur notre propre problème.

Le bateau qui nous avait pris pour cible se rapprochait dangereusement. Il était toujours trop loin pour risquer de nous toucher. Mais, dans l'affolement, l'équipage n'en tenait pas compte et faisait feu quand même. Apparemment, ils n'avaient pas encore détecté le Pequod, sinon ils auraient pris la fuite sans s'occuper de nous. Ils ne devaient pas disposer de lance-torpilles sur leur bâtiment ou alors nous ne serions bientôt qu'un vague souvenir sur les manifestes comptables de la Fondation. Le message d'Ann me parvint à cet instant précis. Il me frappa comme un coup au plexus.

Élisabeth avait reçu la communication, elle aussi. Elle me lança un regard interloqué et ôta son embout.

« Comment… ? C'est impossible ! Ils ne peuvent pas avoir les codes ! »

Je fermai les yeux un instant, puis la fixai bien en face.

« Il n'y a qu'une seule explication… »

Le surfeur m'interrompit sèchement :

« Ben, les détails, plus tard. Faut qu'on sorte de là, et vite ! Replongeons et passons dessous ! »

Il désignait le second baleinier de la main.

« Non ! (Élisabeth était véhémente.) Nous serions obligés de traverser *ça* ! »

Elle montra un courant plus vert que les autres. Un instant, nous demeurâmes silencieux et indécis devant les remous pulsants de leur couleur malsaine.

« Décontamination ? » demanda le surfeur avec une économie de mots remarquable.

Je secouai la tête.

« Non. Nous serions rôtis par les radiations avant d'arriver au bout. »

Les hommes des navires l'avaient compris eux aussi. Ils arrêtèrent de tirer et je vis du remue-ménage sur le pont.

« Que font-ils, bon sang ? s'écria le surfeur d'une voix tendue.

— Ils vont faire d'une pierre deux coups », sanglota Élisabeth.

Un flot de bidons tomba des plats-bords et les tirs reprirent. Mais cette fois ils visaient les barils. Les liquides colorés se répandirent dans l'eau en bouillonnant. Avant de remettre mon embout, je criai :

« Plongée ! On les prend de vitesse, on passe le plus bas possible. »

Le surfeur fit non du menton.

« On n'y arrivera jamais ! Il faut descendre trop bas. »

Élisabeth fila derrière moi et il n'eut pas d'autre choix que de nous suivre. Les vagues empoisonnées roulaient au-dessus de nous en gros nuages aux couleurs mouvantes. Ils nous rattrapaient pendant la descente avec une lenteur sûre et inexorable.

« On va tous y passer, on n'est pas assez rapides ! » gémit le surfeur.

J'allais lui répondre sèchement quand je fus interrompu par un contact de la balise satellite.

* *Marc ? J'arrive. Continuez à descendre, je vous prends au passage.* *

* *Ann ? Non ! Ne venez pas, les eaux sont toxiques !* *

* *Je sais.* *

Et elle coupa la communication.

Elle surgit du tourbillon coloré, ombre gigantesque entourée de remous et de turbulences et s'immobilisa devant nous. Élisabeth la contempla un instant. La rigidité de son corps disait assez bien sa terreur à la vue du léviathan matérialisé comme par magie. Mais lorsque Ann tendit ses ailerons latéraux afin que nous nous y accrochions, la jeune chercheuse n'eut pas une seconde d'hésitation. Elle empoigna l'une des nageoires solidement tandis que je prenais place à ses côtés. Le second du Pequod fut plus timoré, puis je le vis hausser les épaules et s'amarrer à son tour. Ann eut un grand coup de caudale et fonça au cœur de la faille avec une force et une rapidité terrifiante.

Je craignis un instant qu'elle descende trop pour nous et que la pression fasse le travail des trafiquants. Mes tempes pulsaient et le chant du sang sous mon crâne s'intensifiait. Cependant, Ann avait l'air de connaître très exactement la profondeur qu'il ne fallait pas dépasser.

Elle enfilait le ravin sous-marin à une vitesse inouïe, sur une trajectoire erratique qui me sembla inadaptée, tout d'abord. Mais l'explication vint lorsque deux explosions très proches ébranlèrent les soubassements rocheux derrière nous. Le second navire, celui qui était armé d'un lance-torpilles, avait à nouveau localisé Ann. Ils nous auraient eus, je pense, si l'intense radioactivité du secteur n'avait perturbé quelque peu les émissions radio, brouillant le contact avec les identifications satellite.

Ann se faufilait entre les pics acérés. Son allure vertigineuse ne faiblissait pas et nous manquions de nous écraser à chaque fois d'un cheveu. Un instant, l'image incongrue de Luke Skywalker entre les parois de l'Étoile Noire s'imposa à moi. Je bénis mentalement ce rappel d'enfance qui m'empêchait d'avoir peur. Je tremblais, mais je compris que j'avais confiance en la force. En la force d'Ann.

Ce fut à cet instant que nous émergeâmes. Mes tympans me lâchèrent juste sous la quille du Pequod.

Ann ajusta sa vitesse et se présenta devant l'échelle le long du flanc du navire. Nous dûmes nous jucher sur son dos pour la saisir. Le surfeur manqua sa prise et tomba une fois à l'eau pour remonter aussitôt et y parvenir enfin. Élisabeth et moi grimpâmes sans difficulté avant de nous effondrer sur le pont.

Je m'agrippai au bastingage pour me relever, me penchai et émis :

* *Ann ! Partez maintenant ! Partez vite !* *

Il y eut une longue minute pendant laquelle des parasites, sans doute causés par la radioactivité qui commençait à grimper terriblement dans le secteur, firent crachoter la ligne. Enfin, un message me parvint.

* *Le continent cétacé.* *

Puis la ligne devint muette, et le Pequod commença à distancer le cachalot collé contre lui. Le grand dos blanc inerte disparut dans le sillage de la frégate, comme la coque ballottante d'un trois-mâts naufragé. Je contactai la balise, et poussai un cri d'horreur : l'ID d'Ann venait de disparaître des écrans.

Définitivement.

Le reste, je ne m'en souviendrai jamais. On me le raconta plus tard.

Il paraît que j'ai supplié Darlan en sanglotant de me procurer un portable à l'infirmerie. Et que j'ai tapé mon rapport jusqu'à ce que je m'évanouisse. Pendant ce temps, le capitaine a donné la chasse aux baleiniers et les a rattrapés sur la banquise à une vingtaine de kilomètres du QG de SevenSeas. Leur lance-torpille ne pouvait pas grand-chose contre notre Pequod.

On m'a dit qu'ils avaient leur propre base, la sœur jumelle de la nôtre, et que leur matériel portait l'estampille de la Fondation. Les marins de Darlan, à la manière des Seals, firent prisonnier tout ce qui bougeait, et saisirent tout ce qui ne bougeait pas pour l'entreposer dans les cales de notre frégate. Ils déménagèrent ainsi quatre labos clandestins de transmnèse et leur personnel. Les preuves étaient accablantes.

Dans la nuit, tandis que nous naviguions vers l'Europe, Darlan vint reprendre le portable à l'infirmerie. Elle compléta mon rapport et, sans en référer à personne, balança tout sur le réseau à toutes les rédactions de la planète, avec des photos prises par ses hommes pendant l'assaut.

*

Nous les avons coincés, les autres. Ça n'a pas été sans mal, car notre propre hiérarchie nous mit des bâtons dans les roues avant que les gouvernements eux-mêmes s'en mêlent. Mais nous étions déterminés et surtout nombreux : l'équipage du Pequod, les membres de la base de Dakshin, sans compter les opérateurs satellites de Monaco et leurs divers relais dans le monde entier qui s'étaient fait un devoir de diffuser l'information sur les réseaux pratiquement en temps réel. Le « Rapport Darlan/Sénac », comme on l'appelle maintenant, a fait le reste. Si bien que rien n'a pu être étouffé.

Dans la clinique où je me remets lentement, la vieille infirmière acariâtre m'apporte les journaux en pinçant les lèvres. Elle n'aime pas que ses malades s'agitent. Je la soupçonne de rêver d'être de garde à la morgue, tant elle met d'enthousiasme à nous gaver de somnifères.

D'ailleurs, elle n'aime pas que nous soyons dans la même chambre, Élisabeth et moi. Pourtant, nous ne pouvons guère nous livrer à quelque activité répréhensible que ce soit, ficelés comme nous sommes par les tuyaux de toutes tailles qui nettoient notre organisme. Le surfeur est dans la chambre mitoyenne, nous nous supportons toujours aussi peu, même si nos rapports se sont détendus jusque vers un respect poli et prudent.

Ce sera long et désagréable, mais il paraît que nous allons nous en sortir. Le surfeur aussi.

Je peux à peine feuilleter les grandes pages des journaux tant je suis épuisé en permanence. Les gros titres indignés qui font état du démantèlement d'un monstrueux réseau de trafiquants de corps vivants pour le compte de quelques riches et privilégiés me fatiguent la vue. Le scandale est si énorme qu'il éclipse totalement *notre* petit scandale.

Parce que les nations de chasse ont fini par comprendre ce qui s'était passé avec les baleines. Quelques-uns de nos mécènes ont mangé le morceau, si j'ose dire. Il faut noter qu'ils n'en étaient pas à leurs premiers aveux, vu qu'ils sont mouillés — qu'on me pardonne à nouveau cette image malheureuse — jusqu'au cou dans *l'autre* histoire.

Je m'en veux terriblement. J'aurais dû comprendre. Lorsque l'argent est entré à flots dans les caisses de SevenSeas pour soutenir notre projet, j'aurais dû me rendre compte que quelque chose n'allait pas. La survie des espèces menacées fait peu partie des préoccupations des grands de ce monde en général. Cela n'intéresse que quelques illuminés dans mon genre, celui d'Élisabeth, celui d'Ann et même, Dieu me pardonne, celui du surfeur. Le fait de me retrouver en compagnie d'Einstein et d'Oppenheimer dans le club des chercheurs dépassés par le résultat de leurs recherches ne me console pas.

Ce sont nos travaux qui ont permis cette horreur. Tout ce que nous avons réalisé avec Ann a été le premier pas vers la transmnèse sur de vrais individus et non des clones. Ils nous ont financés, surveillés, espionnés. Ils ont précédé Ann dans les eaux australes et ont suivi ses déplacements et ses données biologiques. Branchés sur l'émetteur de la base de Dakshin, ils ont attendu de voir si la mnèse d'Ann tenait. Quand ils en ont été sûrs, ils ont commencé leur trafic, si proches et invisibles, dissimulés par le terrible climat de cette terre inhospitalière, où seul un cachalot peut se sentir à l'aise.

Seul un cachalot…

Nous ne savons pas au juste combien de gens ont trouvé la mort ainsi. Les estimations sont déjà atroces. Quelques bonnes centaines sans doute. Des gens enlevés dans les fragments de l'ancien empire soviétique notamment, ou dans des endroits de ce genre. Les pays africains et l'Amérique du Sud ont été épargnés, en fait, par une sombre ironie qui voulait que ces messieurs n'imaginaient pas se réincarner dans le corps d'un Noir ou d'un Indien. Certains potentats d'Afrique noire avaient même programmé leur réincarnation dans des « réceptacles », comme ils disaient, caucasiens. Dans le but de rejoindre le grand requin blanc en haut de la chaîne alimentaire, je présume.

Mais les Asiatiques ont payé leur tribut ; quelques-uns des commanditaires étaient originaires de nations du Sud-Est.

Tout à l'heure, le notaire d'Ann est venu me voir. Elle m'a légué tous ses biens. J'en suis à la fois ému et soulagé. Soulagé, parce que désormais je ne suis plus obligé de travailler et j'avoue que je n'envisage pas de reprendre mes activités de transmnésiste. C'est au-dessus de mes forces et l'imaginer seulement me donne la nausée. Je n'ai pas besoin de ça, les médicaments s'en chargent très bien tout seuls.

Je suis ému aussi qu'Ann ait pensé à moi. Même si je sais qu'elle n'avait personne d'autre au monde. Même si j'ignore ce que je vais faire d'une immense baraque victorienne dans le Kent. Élisabeth aura peut-être une idée. Je l'inviterai à m'accompagner pour la visiter et jouir avec moi de la moue pincée de Mr Batten.

Ann me manque. Terriblement. Comme elle ne m'a pas manqué toutes ces années où nous nous sommes perdus de vue.

Tout à l'heure, Élisabeth s'est éveillée ; elle passe beaucoup de temps à dormir et ce n'est pas chez elle un effet des médicaments. Elle est très courageuse, cette fille, mais cette aventure l'a choquée au-delà de ses forces.

Elle a tourné la tête vers moi.

« Marc ? »

Sa voix douce est encore très rauque ; elle a avalé de l'eau, là-bas, et les toxiques ont attaqué ses cordes vocales.

« Oui ?

— Qu'est-ce que c'est, “le continent cétacé” ? Rosebud ? »

Elle sourit timidement pour faire passer la comparaison avec le film de Welles. Je me rends compte qu'Élisabeth sourit toujours timidement.

« Je ne crois pas. »

Je me renfonce dans mes oreillers, et j'ajoute en fermant les yeux :

« Ann n'a jamais été une enfant. »

Au XIXe siècle, les populations de grands cétacés se comptaient en centaines de milliers d'individus.
En 2005, 71 000 cachalots, 50 000 rorquals communs, 11 000 grands rorquals bleus, 5 000 baleines à bosses, 3 000 baleines noires et 3 000 baleines franches croisaient encore dans nos eaux. Certaines sous-espèces ne comptaient déjà plus que quelques centaines d'individus, ce qui ne constitue pas un réservoir génétique suffisant et viable.

Mais inutile de nous énerver maintenant : même si nous arrêtons la chasse, la pollution et les filets pélagiques achèveront le travail...

ARIA FURIOSA

Première parution dans Stratégies du réenchantement,
Griffe d'encre, 2010.

Pour Valérie W., amie de cœur...

Le colonel Seifert a toqué à l'entrée du château à 19 heures sonnantes. C'est l'heure imprimée sur les bristols d'invitation pour l'anniversaire d'Orlando. Un officier S.S. ne peut faire moins que de se présenter avec ponctualité, d'autant qu'il n'est pas invité. Inutile de l'informer qu'à Paris un homme du monde arrive avec au moins une heure de retard, par égard pour ses hôtes.

Je lui ouvre avec réticence et mon regard soudain torve rebondit sur l'émail vide et vert de ses pupilles. Le colonel Seifert n'a que peu d'intérêt pour l'humeur d'une gouvernante. Il veut voir Orlando, seulement lui. Je l'abandonne sur le perron, prétendant vérifier si mon Maître reçoit. Par cette délicieuse soirée de mai, ce n'est pas un acte de résistance d'une portée nationale, mais cela me fait du bien. L'idée des bottes cirées, ces miroirs de noirceur, sur les tapis d'Aubusson vieux rose tendre d'Orlando me donne des spasmes.

Seifert fait mine de ne pas comprendre. Repoussant

le vantail avant que je le ferme, il pénètre dans l'antichambre et s'installe de lui-même dans le petit salon. Son parfum citronné envahit le couloir, il manque de me faire éternuer. Chaque pas sur la laine ancienne m'est un coup de couteau dans les reins, de même les regards clairs qu'il rive sur moi avec une froideur de lézard. Je me redresse et, par une fierté imbécile liée aux deux poignards émeraude plantés entre mes omoplates, je me refuse le confort de l'ascenseur. Je grimpe l'escalier d'honneur aussi vite que mes jambes me le permettent. Une fois sur le palier supérieur, mes genoux protestent violemment. J'espère ne pas avoir trop tiré sur les ligaments, sinon demain je ne pourrai pas marcher, et le docteur Mivielle me vouera aux gémonies.

Orlando n'en est même pas à sa toilette. En chemise, il vocifère contre Palomito. Je n'ai pas la moindre idée de ce que cette petite roulure a encore pu faire, de l'œil à quelqu'un, je suppose. Je ne l'aime pas et, si la jalousie n'y est pas étrangère, elle n'est pas la première raison de cette antipathie. Palomito s'accroche au Maître comme le lierre au mur. Le jeune ténor compte bien que les relations du Maître lui serviront. Je pense qu'il se fait des illusions. Même amoureux à mourir, le Maître est sans indulgence pour le manque de talent. Il ne compromettra pas son nom pour Palomito. Orlando le couvrira de diamants, mais Garnier ou la Scala, c'est une autre histoire. Je crains, que dis-je, je suis bien heureuse que les portes ne s'ouvrent pour Palomito qu'au niveau des fauteuils d'orchestre.

Je toussote pour attirer l'attention du Maître. Il est parti dans une diatribe qui dérape dans les aigus, il va se faire mal. Lui aussi devrait se ménager. Il s'arrête et me fixe, un peu hagard. Il ne m'a pas entendue entrer. Palomito va se jeter dans une bergère de soie cerise, avec un air d'enfant gâté et boudeur qui me donne une horrible envie de lui coller une claque.

« Oui, Marie ? »

Orlando a recouvré son calme d'un coup, sans effort apparent, juste une inspiration, et le rideau est tombé sur sa colère. Il n'est plus que sérénité et attention tournées vers moi.

« Il y a un S.S. en bas, Orlando. »

De tous les domestiques, je suis la seule à pouvoir l'appeler Orlando. C'est que nous avons travaillé longtemps ensemble. Il m'a engagée lorsque mon accident m'a à tout jamais interdit de danser sur scène, et il n'a jamais oublié ce que j'ai été. Il me témoigne un respect qui m'est à la fois un vrai réconfort et une terrible torture. Souvent, j'ai envie d'effacer de ma mémoire que j'ai été autre chose que la gouvernante zélée d'un chanteur d'opéra mondialement révéré et aujourd'hui à la retraite.

Orlando soupire.

« Que veut-il ?

— Il ne me l'a pas dit.

— Ça m'étonnerait qu'il soit seulement venu gâcher mon anniversaire. En général, ces gens ont des visées plus hautes.

— Je crains qu'à court terme, cela gâche quand même votre anniversaire.

— Pour ça, il a une heure de retard de toute façon », rétorque-t-il avec un regard noir à l'adresse de Palomito, qui se renfonce dans sa bergère avec une moue vexée. « Bon, j'y vais ! »

Je n'ai pas le temps de sortir qu'il envoie déjà promener sa chemise de nuit. C'est la seule chose qui me gêne chez lui, ce manque de pudeur. Cela vient sans doute des années passées dans des loges jamais bien closes. C'est aussi lié au fait que je ne présente aucun intérêt sexuel pour lui. J'aimerais que l'inverse soit vrai.

Avant de m'enfuir, j'ai le temps de voir ses pectoraux et le dessin presque hellénistique de son aine. À quarante-cinq ans, il est très bien conservé. Je déboule dans le couloir, rouge comme un coquelicot. J'ai chaud aux joues.

Sur le palier, je m'accorde une pause, le temps de me traiter de tous les noms pour la énième fois. Il est parfaitement stupide de tomber amoureuse de son patron. Cela tient de la débilité profonde lorsque celui-ci est homosexuel. Et du masochisme avéré quand, en prime, il s'agit du dernier castrat.

Le fait que je ne sois pas la seule femme sur terre qu'Orlando mette dans tous ses états ne me console pas. Il n'y a rien de réconfortant dans l'idée d'appartenir à une cohorte de sombres idiotes et de péronnelles idolâtres. La bêtise en chaîne me donne la nausée. Je préférerais de loin être une imbécile unique, je n'aurais pas l'impression d'avancer les yeux ouverts vers l'un des plus vieux pièges du monde.

Orlando ignore tout de mes sentiments. Il me traite en camarade et en pièce de collection fragile. Je crois qu'il a de l'affection pour moi, mais avec lui on ne peut jamais savoir : il reste toujours si parfaitement maître de lui. Il n'y a que Palomito qui parvienne à lui faire perdre son sang-froid. Cependant, je serais prête à parier que c'est un avantage dont ce godelureau se passerait aisément.

Lorsque le Maître sort du petit salon, dix minutes plus tard, il est furieux, et c'est un état dans lequel je n'ai pas l'habitude de le voir. Les invités commencent à arriver, il se charge de les accueillir. Avant de se détourner, il me confie Seifert avec ordre de m'occuper de lui. Je conduis l'officier jusqu'au buffet dans un silence de mort que les rires des nouveaux venus ne parviennent pas à masquer. D'ailleurs, lorsqu'ils découvrent la haute silhouette en uniforme vert-de-gris dans le grand salon, leurs voix baissent d'un ton. Seifert me jette un regard par-dessus sa coupe de champagne.

« Vous devriez convaincre votre maître d'accepter, ma chère. »

C'est un homme cultivé, il n'a pas une trace d'accent.

« Accepter quoi ? »

Je suis acerbe. Je me contrôle avec difficulté.

« De chanter pour nous lors de la visite du maréchal Rommel. Voyez-vous, cet homme est un héros, il mérite une réception parisienne digne de ce nom. Et il adore la musique.

— Orlando ne chante plus depuis cinq ans. »

Seifert balaie l'argument d'un revers de la main.

« Il fera une exception pour nous. Sinon…

— Sinon ?

— Sinon, poursuit-il, Orlando risque par exemple de

se trouver confronté à une regrettable absence de personnel domestique, ma chère. »

Appuyant ses dernières paroles d'un toast moqueur, il fixe l'étoile de David qui brille à mon cou. D'un geste réflexe, je pose mes doigts sur le pendentif comme pour le protéger. Je suis glacée. Seifert me congédie d'un geste, tandis qu'une ravissante évaporée se pend à son col dans un envol de plumes, de perles et de rouge à lèvres prune en se déclarant ravie de le rencontrer là. Je les abandonne, souhaitant bien du plaisir à Lisa Marquan, chanteuse de music-hall qui ne doit son bristol qu'à ses relations *amicales* avec Jaumet, le directeur de l'opéra.

Je ne conserverai aucun autre souvenir de cette soirée.

Le lendemain, je réveille Orlando à 8 heures. Il laisse dormir Palomito et va s'exercer dans la salle de travail, comme tous les matins, qu'il pleuve ou qu'il vente. Je m'installe dans le couloir sur le banc du majordome pour l'écouter.

Quelques notes au piano, le Maître s'accompagne lui-même. Les premières vocalises me font frissonner des pieds à la tête. Une douce chaleur envahit mon visage. Je ferme les yeux. Je me noie dans la musique, indifférente aux ratés, aux reprises accompagnées de jurons. Le chant évoque tant de choses, couleurs et sensations, et cette voix, mon Dieu, cette voix inhumaine ! Je pleure tranquillement, voluptueusement, sur mon banc de bois, le dos contre le mur.

Orlando termine sur l'air de Chérubin des *Noces de*

Figaro, mon préféré, et le plus ironique dans sa bouche. Toutes les femmes font palpiter Chérubin, et le Maître les rend folles sans leur accorder l'ombre d'un regard. Pourtant, il donne au supplice de Chérubin des accents de vérité poignante, et la douleur contenue du désir sans fin et sans cause du héros de Mozart me frappe au plexus, comme toujours.

Puis il se lance dans son contre-ut, la voix grimpe, grimpe la gamme comme si elle gravissait sans effort les marches d'un escalier de cristal sur des talons aiguilles. Je me protège les oreilles par réflexe. Un tintement de verre brisé arrête l'ascension de la note unique. Une flûte à champagne vient de payer son tribut aux dieux pour le talent de mon Maître. Orlando doit être heureux, il ne parvient pas tous les jours à réaliser ce qu'il feint de dédaigner et qu'il appelle un *numéro de cirque*.

Le Maître sort en trombe. Son visage de marbre aux traits marqués est encore plus sombre qu'à l'ordinaire.

« Comment m'as-tu trouvé ? »

Son ton rude inhabituel et la question me sidèrent. Il sait bien que je l'écoute tous les jours, mais nous n'en parlons jamais.

Orlando a cessé de chanter pour le monde depuis que le Pape a réitéré l'interdiction des castrats, juste avant la guerre. Moreschi, le professeur d'Orlando, aurait dû être le dernier d'entre eux, le Maître est passé entre les mailles du veto papal. Il y a une autre raison à son départ de la scène, mais Orlando n'y a jamais fait plus qu'allusion : une espèce d'accident bizarre survenu pendant un oratorio. Un spectateur est mort dans les rangs d'orchestre. Je sais par les rumeurs qu'il s'agissait de l'ami le plus proche d'Orlando. À l'époque, le Maître a déclaré que le chant n'avait pas sa place dans un monde où des millions d'hommes partaient se massacrer joyeusement les uns les autres ; il aurait ajouté que les mélopées funèbres n'étaient pas son style.

J'avale ma salive avant de lui répondre. Ma tête ravagée doit pourtant être parlante. Je n'essaie pas de me lever, mes jambes ne me portent pas encore. Je tremble trop. Je tente d'articuler :

« Il me semble que l'attaque sur le *Non so più cosa sono* était un peu faible, un peu rauque peut-être… »

C'est ma voix à moi qui sonne un peu rauque ! Mais Orlando acquiesce lentement. Il sourit à mes frissons et, à ma grande surprise, incline vers moi sa tête sombre de corbeau à la voix de rossignol.

« Merci, Marie. Pas seulement pour ce matin. Pour tous les autres… »

Il prend ma main et dépose un baiser léger et froid, une plume morte sur ma paume glacée.

« Ma dernière et plus fidèle spectatrice… », murmure-t-il.

Ses lèvres ont chatouillé ma peau et, je ne sais pas pourquoi, je ne peux pas me retenir :

« Vous n'allez pas céder à Seifert, Orlando ? »

Il se rembrunit, hésite et finit par répondre :

« Non. Je ne suis pas aux ordres de la kommandantur. »

Il prend brutalement congé et se rue vers sa chambre. Je vaque à mes occupations quotidiennes, faites de menues contrariétés et de victoires éphémères contre le chaos que génère une grande maison d'homme du monde. J'essaie de ne pas penser.

Le Maître et Palomito sont de sortie ce soir. Ils sont invités à un dîner chez Jaumet, l'ami de l'évaporée. Je ne les ai pas vus partir, mais leur retour n'est pas discret. La voix d'Orlando porte jusqu'à ma chambre dans un coin du premier étage. Il est furieux contre Palomito, pour changer. Cette fois, la petite roulure le prend de haut et répond du tac au tac. Le ton monte. J'entends un bruit de porcelaine cassée. Palomito a tendance à passer ses nerfs sur le mobilier et la vaisselle. La dispute décroît, je me retourne sur mon oreiller et me rendors sans conviction.

Au matin, quand je vais réveiller le Maître, il est seul dans son lit. Il ouvre les yeux et suit mon regard consterné vers l'oreiller déserté à côté du sien. Il hausse les épaules en se redressant.

« Ce n'est pas grave, Marie, Palo a cru malin d'aller faire du charme à Seifert hier soir.

— Il était invité chez Monsieur Jaumet, ce sale type ? »

Orlando hausse à nouveau les épaules.

« S'il veut que son théâtre ouvre tous les soirs… »

Puis il envoie balader ses couvertures et file, nu comme un ver, à la salle de bains. Je fuis devant ce spectacle autrement déstabilisant que le tour de chant du matin.

On sonne à la porte quelques minutes après la fin de ses exercices vocaux. Deux soldats s'encadrent dans le chambranle. Ils portent quelque chose de lourd sur leurs épaules, le laissent tomber sans précautions à mes pieds et tournent les talons sans un mot, ni un salut. Un peu de sang gicle jusqu'à mes souliers vernis, je me recule sans réfléchir.

Bouche bée, je contemple le corps à mes pieds ; il me faut trente bonnes secondes pour recouvrer assez de voix et appeler au secours. Orlando arrive le premier et se penche sur la pauvre chose brisée en murmurant son nom :

« Palo ! Palo ! »

Un accent suppliant trouble sa prononciation d'habitude si précise. Il prend Palomito dans ses bras pour l'emporter dans leur chambre. Je sonne le majordome et lui ordonne de monter eau tiède, pansements et antiseptiques chez le Maître, puis j'appelle le docteur Mivielle.

Lorsque je le rejoins, Orlando a déjà déposé le corps sanglant de Palomito sur le lit, sans se soucier de tacher le splendide couvre-pied de cachemire. Il l'a déshabillé et recouvert d'un drap. Il me jette un coup d'œil suppliant :

« Je ne sais pas ce qu'il a exactement ! Il a été violé, c'est tout ce dont je suis sûr. »

Effectivement, je regarde le pantalon de Palomito que le Maître a laissé tomber à terre. Il y a de larges traces de sang à l'intérieur, une odeur de sueur et de sperme séché flotte dans l'air. Ce parfum lourd, associé pour moi aux matins doux et somnolents des réveils amoureux, me fait mal : de promesse et souvenir de la volupté, il est devenu menaçant et atroce.

Orlando secoue la tête sans fin, ses mèches noires balaient son large front. Il gémit :

« C'est de ma faute ! Il a essayé de séduire cet homme, il prétendait qu'il était comme nous. »

Il me jette un coup d'œil pour savoir si j'ai compris. J'acquiesce pour l'encourager, mais je ne suis pas sûre d'avoir effectivement saisi. Orlando lève mes doutes en ajoutant :

« Je lui ai dit que, même si c'était vrai, Seifert ne serait pas heureux d'avoir été deviné. Palo a insisté, affirmant qu'il pourrait arranger cette histoire idiote. Je me suis moqué de lui, alors, il est parti. Le résultat… »

Orlando fourrage dans son épaisse chevelure, il a l'air égaré et presque malade de chagrin. Sa souffrance me fait mal, alors je me détourne vers le blessé afin de commencer à nettoyer ses blessures.

Le torse du jeune homme est couvert de bleus et de coupures. Il n'a aucune blessure sérieuse apparente, même s'il saigne encore — et beaucoup — d'une plaie à la tête, mais cela n'explique pas l'état comateux. Le docteur Mivielle arrive à cet instant, il examine le blessé sans perdre de temps.

Il ne demande pas comment c'est arrivé, ne jette de coups d'œil soupçonneux sur personne. C'est pour ça que j'apprécie cet homme, c'est un soignant avant tout. Il ne se prend pas pour Dieu le Père, la Loi et la Morale comme nombre de ses collègues : il est là pour soulager ses patients, pas pour ajouter le fardeau d'un jugement de valeur sur leurs épaules accablées. Et, surtout, il ne ment pas. Jamais. Mivielle est une perle rare qui assume le poids de ses diagnostics. C'est lui qui m'a annoncé que je ne danserais plus jamais, les yeux dans les yeux, plein de compassion mais ferme, quand les autres m'évitaient et se perdaient dans de longues circonlocutions évasives.

Il demande qu'on l'aide à mettre Palomito sur le ventre. Je souhaiterais quitter la pièce, mais Mivielle me le déconseille d'un geste, désignant Orlando, blême, debout à côté du lit. Le Maître ne doit pas rester seul. Tandis que le docteur examine Palomito, j'oblige Orlando à s'asseoir. Je n'ai pas la force de me détourner et la nausée me monte aux lèvres quand ce qu'on a fait à Palomito apparaît dans toute son horreur.

Je ne comprendrai jamais ces choses-là, je crois. J'espère. Les hommes qui ont commis cela ne partagent sans doute pas les goûts de mon Maître, en apparence en tout cas. S'ils ressentent le même genre de désirs, ce doit être caché au plus sombre de leurs cerveaux malades et frustrés. Ils ont agi par sauvagerie et aussi pour humilier Orlando. Palomito, lui, doit à peine exister plus qu'un chien à leurs yeux.

Mivielle hoche la tête sobrement.

« Il va s'en tirer.

— Merci, docteur. Mais pourquoi reste-t-il inconscient ? »

Orlando peine à former les mots, sa langue bute sur ses dents comme sur un mur. Il bafouille et postillonne.

« Le choc sans doute, répond le médecin avec douceur. Attendez ! Non, ce n'est peut-être pas tout… »

Le docteur se penche sur la tête de Palomito, de profil sur l'oreiller. Il examine un petit dépôt blanchâtre à la commissure des lèvres. Ouvrant la bouche du jeune homme, il renifle précipitamment à l'intérieur.

« On lui a fait boire quelque chose.

— Quoi, docteur ? »

C'est moi qui l'interroge, Orlando n'est plus en état de parler. Je me détourne. Voir le Maître sans voix est un spectacle qui tient de l'insulte.

— Je ne sais pas. Un produit chimique quelconque à forte odeur acide. Ça a brûlé la bouche, la langue et sans doute tout le reste jusqu'à l'estomac…

— Il faut le faire vomir ! Je vais chercher une bassine !

— Non ! Surtout pas ! tonne Mivielle. Ça ne fera qu'empirer les choses. Du calme, Marie, l'estomac peut supporter bien des choses, et il y en a très peu d'aussi corrosives que les sucs gastriques eux-mêmes. »

Orlando a relevé la tête. Il fixe le médecin, l'épie presque et se reprend à deux fois avant de pouvoir articuler :

« Vous dites que ce qu'ils lui ont fait avaler a rongé la bouche et la gorge ?

— Oui.

— Les cordes vocales aussi ? »

Mivielle lui rend son regard. Il prend cet air ferme qu'il a eu pour moi, autrefois. Je rentre ma tête dans les épaules, je connais déjà sa réponse.

« Oui. Selon toute probabilité, il ne pourra jamais plus chanter. Je ne suis même pas sûr qu'il puisse reparler correctement un jour. Mais il peut en mourir aussi. »

Le Maître reste hagard, quelques secondes, comme s'il n'avait pas entendu ou comme si les mots lui parvenaient un par un, dans le désordre. Puis la compréhension vient, les larmes avec elle. Il se lève, très raide, et quitte la pièce.

Je m'assois à côté du blessé, tout mépris et antipathie envolés. L'art lyrique n'y perdra rien, sans doute, Palomito n'avait guère de talent, mais il a donné sa jeunesse au chant. Des années durant, il a suivi un entraînement auprès duquel celui des soldats ou des grands sportifs ressemble à des vacances. Toute sa vie, Seigneur ! Je cherche inconsciemment à deviner mes cuisses sous le tissu de ma robe, puis je prends la main de Palomito.

Le téléphone sonne, Orlando décroche. Je le vois par l'entrebâillement de la porte, il ouvre la bouche, comme s'il allait parler, mais il la referme pour écouter attentivement son interlocuteur. Son visage terni devient de pierre. Ses yeux s'étrécissent. Il ne dira qu'un mot, qui sortira comme le dernier soupir d'un mourant :

« D'accord. »

Il raccroche, revient vers nous et me cherche du regard.

« Marie ? On va venir te chercher, mais ne t'inquiète de rien. Je ferai ce qu'ils demandent. »

La main de Palomito toujours serrée dans la mienne, je ne lui réponds pas. Je n'ai pas compris. Orlando me remplace auprès de son amant et détache les doigts fins et aristocratiques du jeune homme de ma petite patte rougeaude, humide de sueur glacée. Il dit sans lever la tête :

« Les soldats arrivent. Tu resteras sous leur garde jusqu'au jour du spectacle. Ils te libéreront dès le lever du rideau, sois tranquille, Seifert me l'a assuré. »

Ils viennent tout de suite. Je les suis, j'en suis persuadée parce que, ensuite, je me revois dans la cellule. Je reste là-bas quinze jours. Je ne m'en souviens pas. Je crois qu'on ne m'a pas maltraitée.

Je ne reprends conscience de moi-même que lorsqu'on me traîne dans le bureau de Seifert. J'entre comme une somnambule. Très poliment, il m'invite à m'asseoir dans un fauteuil tapissé. J'obéis, notant le parfum de cigare et l'odeur de poussière chaude qui imprègnent la pièce. Alors seulement, je m'aperçois qu'il fait encore jour.

Seifert est assis à son bureau et ne me regarde pas. Il cure ses ongles sans faire mine de remarquer ma présence. Je le laisse à son silence calculé, il veut seulement me faire peur. Malheureusement pour lui, c'est déjà fait au-delà de ses prévisions, cela ne me touche plus. Depuis que j'ai quitté la maison du Maître, je me contente de respirer, alors j'attends sans impatience.

Il finit par relever la tête, le sourcil froncé. Mon manque de réaction, qu'il interprète de travers, l'agace, car il l'interprète comme une marque d'insolence ou de bravade. Curieusement, le fait qu'il puisse se tromper me rassérène : je lui rends son regard sans ciller.

Il hausse les épaules et désigne quelque chose sur le grand canapé de cuir fauve près de la fenêtre ouverte. Une robe de soirée en satin émeraude, imprimé de longues feuilles semblables à des algues, s'étale en renvoyant la lumière. Les feuilles partent de l'ourlet et remontent vers la taille. C'est une merveille qui évoque la mer et les lagons tropicaux. Elle n'aurait pas été déplacée dans les pages de la métaphore marine de Proust.

« Elle est pour vous, dit-il brièvement. Mettez-la. Nous allons à Garnier. Vous pourrez nous quitter dès que votre maître aura commencé son tour de chant. »

J'acquiesce lentement. Je lis dans ses yeux toute l'indifférence que je lui inspire. Infirme, femme et juive, je n'ai pas plus de valeur à ses yeux qu'un cafard. Je suis un outil qu'il jette après usage. C'est en tout cas le message qu'il essaie de me faire passer. Et ça ne fonctionne pas non plus, car je ne le crois pas. On ne tente pas d'effrayer un cafard, on l'écrase.

Son irritation monte d'un cran.

« Changez-vous ! Nous partons dans une demi-heure. Qu'est-ce que vous attendez ?

— D'être seule, colonel. »

Je lui réponds avec calme, une dignité sereine dont Orlando serait fier, lui qui y tient tant. Mon sulfureux Maître est le chantre de la tenue et de la correction. C'est un paradoxe apparent qui m'a toujours fait sourire. D'ailleurs, mes lèvres frémissent et je sens mon œil près de pétiller.

Seifert se penche au-dessus de son sous-main de cuir doré. Il siffle :

« Il y a un paravent, là ! Dépêchez-vous ! »

Il pointe une monstruosité qui n'a de chinoise que l'inspiration et qui me paraît sortir tout droit d'une maison close. Je me demande *in petto* si cette *chose* est là d'habitude, ou si on l'a portée juste pour moi.

Je fixe Seifert sans répondre, mes mains sagement

posées dans mon giron. Je ne bougerai pas. Il le sent, hésite, puis capitule. Il sort en soufflant fortement par les narines, toutefois, il se contient et ne claque pas la porte.

Cette menue victoire me réjouit tandis que j'enfile, non sans mal, la splendeur satinée. Elle est trop longue pour moi, mais la taille aux entournures est la bonne. Les petits chaussons de soie assortie sont une bénédiction, j'ai l'impression de chausser les pantoufles de vair.

Le paravent n'a pas été disposé à mon intention, les traces de poussière au sol, autour des montants, en témoignent. Une coiffeuse est dissimulée derrière, des pots d'onguents et de fards y ont été déposés. Un flacon de Shalimar trône en bonne place. Je le porte à mon nez juste pour le plaisir, Guerlain m'a toujours paru trop complexe pour moi. Il y a aussi une simple eau de toilette au chèvrefeuille et à l'orange amère, voilà qui me convient mieux.

On frappe. Je suis prête. Deux soldats m'encadrent, nous prenons place dans la voiture du colonel. Il me conduit à l'opéra en silence. À l'arrivée, il me confie à mes deux gardiens et leur donne l'ordre de m'accompagner à la loge que nous sommes censés occuper, en face de celle du maréchal.

Je profite de la manière à peu près courtoise avec laquelle il m'a traitée pour demander aux soldats de me suivre en coulisses. Je veux voir Orlando *avant*. Non. Je veux simplement le voir, à toute force, désespérément. Je me rends compte alors à quel point il m'a manqué. Les deux hommes hésitent, mais acceptent finalement.

Nous pénétrons ensemble dans les entrailles de

Garnier. Mes deux chiens de garde sont mal à l'aise, c'est évident à leur façon de scruter les coins et les recoins comme s'ils dissimulaient une menace indiscernable. Je les comprends. Lorsque j'étais rat, ici, c'est un sentiment qui m'a souvent étreinte. Les souvenirs des élèves de l'école de danse regorgent d'histoires à faire peur que nous alimentions pour notre plus grand délice. Le contraste entre la partie publique de l'opéra et les couloirs obscurs réservés au personnel et aux troupes de spectacles est saisissant. D'un côté les ors, les cristaux étincelants et le velours rouge, de l'autre la nuit, la poussière et les toiles d'araignées.

Nous nous faufilons dans les couloirs devenus boyaux étroits et sombres. Parfois bas de plafonds, ils sentent le renfermé et l'humidité antique. D'autres fois, le regard se perd dans l'obscurité des cintres. Instinctivement, on rentre la tête dans les épaules en sachant que là-haut, au-dessus de nos têtes, un enchevêtrement de poutrelles, de filins et d'objets indistincts bouge sans cesse au gré de manipulateurs invisibles. Il peut choir n'importe quoi des hauteurs.

Les sources de lumière parfois trop violentes, le plus souvent chiches et jaunâtres, diffusent une atmosphère étrange. On plisse les yeux et tous ceux que l'on croise prennent des allures inquiétantes d'apparitions fugitives entre deux lacs de ténèbres. Les ombres transforment un machiniste pliant sous le fardeau d'un projecteur en un monstre grotesque, une danseuse entrant et sortant de sa loge se fait vaporeuse et fantomatique.

Garnier a toujours enflammé l'imagination. Les rats se chuchotent des légendes où le Destin, la Fatalité et la

Mort sèment les larmes, les échecs et les drames dans les coursives sombres, croisant de temps en temps le Fantôme de l'Opéra. Celui-ci, on l'espère en tremblant de terreur. La tradition veut qu'il choisisse parfois une cantatrice et lui donne le talent pour affronter le rôle de sa vie. On ignore le prix à payer pour cette faveur insigne et l'on soupçonne qu'il est énorme. On peut aussi l'appeler, dit-on, mais, dans ce cas, l'addition est terrible.

Ce soir, en outre, il règne dans les coulisses un silence pesant, fort loin du joyeux chaos habituel des jours de premières. Pourtant, l'absence de bruit, la morne placidité apparente dissimulent bien mal la fièvre sous-jacente. La présence de Rommel en compagnie de tout l'état-major de l'occupant glace chacun d'effroi.

Aussi, lorsque nous toquons à la porte d'Orlando et entrons dans l'îlot de chaleur et de lumière, sommes-nous, mes gardiens et moi, intensément soulagés.

Orlando est à sa toilette. Il se maquille devant le grand miroir, un fond de teint très blanc, des yeux de charbon et des lèvres rouge cerise. Une grande perruque aux cheveux très longs et très sombres, presque bleus, attend sur le mannequin.

Il me reconnaît dans le miroir, ses lèvres dessinent un sourire cerise, mécanique, sans joie.

« Bonjour, Marie. Ça va ? Palomito est mort. »

Il dit cela d'une voix plate, sans se rendre compte de l'effet surréaliste de sa phrase. Je mets quelques secondes à comprendre. C'est tout lui, ça. L'essentiel tout de suite, on discute du détail plus tard.

Je m'assieds, ou plutôt je me laisse tomber dans le

canapé derrière lui. Je ne trouve pas de réponse. La peine que je ressens me surprend et me soulage à la fois. J'ai souhaité souvent le départ du ténor. Je me sens coupable *a posteriori*, ma tristesse me dédouane à mes propres yeux.

« Comment allez-vous, Orlando ? »

C'est tout ce que j'ai trouvé, et encore les mots ont-ils eu du mal à passer. Ma gorge me fait mal.

« Je suis heureux de te voir. Tu restes pour le spectacle ?

— Oui. Seifert tient à ce que j'y assiste à ses côtés. »

Il a soudain l'air contrarié, mais ce n'est qu'un éclair dans ses yeux assombris par le fard. Il pose sa houppette de poudre et réfléchit. Il semble prendre une décision, fourrage dans un tiroir dont il tire quelque chose de brillant, puis il se tourne vers moi.

« Marie ? J'aimerais que tu acceptes ceci. »

Il me tend d'un air suppliant une petite boîte d'argent délicatement travaillée. Elle tient dans ma paume ouverte. Sur le couvercle, une sirène d'émail rose semble appeler un navire invisible. C'est une antiquité charmante, une de ces boîtes à pilules ou à bonbons que les dames glissaient autrefois dans leurs manchons.

« Qu'est-ce… »

Je tâtonne le fermoir ouvragé, quelque chose roule à l'intérieur.

« Ne l'ouvre pas maintenant ! Mets-la dans ta pochette ! »

Sa voix a claqué. C'est un ordre formel, comme il m'en a rarement donné.

« Quand pourrai-je l'ouvrir ?

— Tu le sauras quand viendra le bon moment.

— Le bon moment ?

— Oui. »

Je connais ce ton, il n'en dira pas plus.

Je glisse l'objet dans ma pochette de soirée, les perles cousues sur la soie font tinter le métal. Les deux soldats s'agitent dans mon dos. Ils sont nerveux, ils ne savent pas si Seifert approuvera cette visite. Je hoche le menton dans leur direction pour leur signifier que je n'en ai plus pour longtemps. Ils se rassérènent tandis que je fixe à nouveau Orlando.

« Merci », dis-je d'une voix sourde.

Je parle de son cadeau inattendu bien sûr, mais aussi de son sacrifice en ma faveur. Il ne s'y trompe pas et me répond avec un agacement visible :

« De quoi ? Mes amis ne doivent plus payer mes additions. »

Devant ma pauvre mine, il se radoucit. Il se penche sur moi à nouveau. Je n'anticipe pas son intention et me recule vivement, mais il me saisit aux épaules, m'attire à lui et pose un baiser sur mon front. Je suis sidérée, presque anéantie, l'étoile qui commence à brûler la peau sous la racine de mes cheveux me fait l'effet d'une balle de fusil. Je vacille comme si cette balle m'avait réellement frappée. Il me retient.

« Allez, Marie, dit-il avec calme, tes cicérones s'impatientent. »

Je hoche la tête, muette, avec la trace de ce baiser qui me transperce. Je m'empêtre dans ma robe trop longue et emboîte le pas à mes gardiens. Le crissement du satin sur le marbre me crispe. J'ai froid, je resserre mon étole sur mes épaules.

Le soldat blond me propose son bras pour me soutenir dans l'escalier d'honneur. Il a remarqué que je pliais difficilement les genoux. Il me sourit gentiment quand il voit que j'ai envie de refuser.

Mon Dieu ! Je ne veux pas me rendre compte que ce ne sont pas tous des monstres ! Il se recule légèrement pour me signifier que j'ai toute latitude. Sa délicatesse me touche enfin et je dépose mes doigts gantés de chevreau sur la manche de sa vareuse.

Dans la loge, Seifert est déjà arrivé. Il me désigne le fauteuil à sa droite, les soldats se plantent dans notre dos, debout. Deux lieutenants s'installent avec nous. Je laisse mon regard errer dans la salle. Les rangs sont remplis jusqu'au paradis. L'armée d'occupation s'est réservé les meilleures places, mais tout Paris est là. On ne boycotte pas l'ultime concert d'Orlando.

La galerie présidentielle est encore vide, si l'on excepte les soldats en faction. Soudain, une agitation saisit la foule, une houle qui fait ondoyer les rangs des spectateurs, et Rommel paraît. Nous sommes placés juste en face de lui, à une cinquantaine de mètres de distance. J'ai le temps d'observer attentivement le Renard du désert.

D'après ce que j'ai compris, il rentre d'une inspection en Normandie. On dit qu'il s'est fait mitrailler sur la route par des avions alliés. Je suis surprise de lui trouver quelque chose de familier, une concentration absolue sur tout ce qui l'entoure. Il me rappelle Orlando. Il paraît que c'est un génie militaire. Peut-être que tous les génies se ressemblent, quel que soit leur talent ?

En tout cas, c'est le seul à afficher un air humain parmi les visages de pierre de ses subordonnés. Il s'ennuie. Et férocement. Je ne sais s'il est amateur d'opéra, mais il est évident que seules ses obligations mondaines l'ont conduit ici. Je n'arrive pas à lui en vouloir d'être la cause des agissements de Seifert. Lequel soupire profondément à mes côtés. Ses yeux brillent d'une ferveur bizarre à la vue de Rommel. Je ne sais pas pourquoi, tout à coup, je me sens gênée, comme si j'avais intercepté un secret intime. Seifert me jette un coup d'œil. Il devine que je l'ai surpris et son regard se charge d'une haine aussi brûlante qu'incompréhensible. Il se dandine sur son siège. Il a peur de moi soudain, pourtant je ne démêle pas la raison de cette terreur. Mon air interloqué semble le rassurer, et je comprends brutalement qu'il n'en a pas fini avec moi, quel que soit son marché avec Orlando.

Seifert me quitte des yeux à regret quand le rideau se lève. La scène reste vide un moment, puis les musiciens s'installent sous la houlette du chef d'orchestre qui s'incline devant la foule. Indécis, les spectateurs contemplent le décor sobre à l'excès, une toile peinte de ciel plombé et une espèce de rocher plat.

Orlando s'avance dans le silence. J'ai un hoquet d'étonnement. Il s'est travesti, ce qu'il faisait rarement autrefois. Il porte une longue robe noire à traîne, parsemée de paillettes d'argent, et des postiches gonflent sa poitrine. La grande perruque a été dénouée, la chevelure artificielle s'écroule sur ses épaules nues. Il devrait être ridicule, il est d'une incroyable beauté. La Reine de la Nuit se dresse devant nous, gantée d'obscurité, belle à damner une armée. La trace du baiser sur mon front recommence à m'élancer.

Il chante *a capella*. Puis l'orchestre se glisse entre ses mots avec discrétion, comme s'il avait peur de déranger la perfection de cette voix. Les fourmillements familiers envahissent mes membres, je me penche pour recevoir en plein cœur l'amour de la Tosca pour son amant défunt, et sa haine pour leur geôlier. La musique s'insinue en moi comme toujours, je me laisse emporter. Mais Seifert, qui toussote soudain, me rappelle où nous sommes et je ne peux plus supporter d'être ainsi ouverte et sans défense. J'essaie de me reprendre en analysant le spectacle froidement.

Orlando a choisi un répertoire féminin assez inhabituel. Il a dû passer ces quinze derniers jours à adapter les partitions. Il vole aux sommets de la gamme sans effort et chaque nouveau morceau est une insolence, un rappel de la raison de sa présence. À la Tosca, succèdent Brünehilde, Marguerite, Lucia di Lamermoor, et même la comtesse des *Noces de Figaro*, tous ces rôles qui déplorent des amours défuntes, des vies piétinées et de mortelles folies. Les spectateurs subjugués restent parfaitement immobiles. J'en aperçois qui pleurent et ne font rien pour étancher leurs larmes. Les yeux clos, ils se laissent aller et ne sont plus que la voix qui les emporte. Je lutte contre la tentation de les rejoindre dans cette communion.

Depuis son siège, le maréchal un peu perplexe contemple Orlando, mais un mince sourire fait frémir sa bouche. Seifert, lui, se tient raide. Il a parfaitement compris le message implicite. Lorsque Orlando attaque Orphée, seul rôle masculin de la liste, le colonel hoquette de rage. Le *J'ai perdu mon Eurydice* n'est que trop clair. Si je n'étais au bord des larmes, s'il ne me fallait toutes mes forces pour m'arracher à la voix d'Orlando, j'éclaterais de rire.

Un silence. Mon Maître se recueille. Il fait un signe au chef d'orchestre. Les premières notes de l'aria d'Elvire dans *Don Giovanni* s'élèvent. Je ne peux plus résister, je me laisse aller et mon âme fond tandis que l'amoureuse solitaire et désespérée recherche son amant. Une chaleur irrépressible me fait haleter. Je tremble, je frissonne et, moi aussi, je pleure. La salle entière est captive. Orlando module sa voix, chaque note est un grappin qui s'ancre en nous. Il nous emporte dans les rets de son chant. Il nous berce et nous entraîne. Il tisse une toile sonore. Nous sommes à lui, il nous tient.

Une dissonance douloureuse. Elle est voulue, je le sais : le Maître n'aurait pu s'égarer ainsi. Une autre. Le *Gli vo cavare il cor*, la fin de l'aria, s'envole sur une note imprévue, au-delà de la partition. Ce n'est pas Mozart, cela. Le compositeur n'aurait pas pu y mettre tant de rage, toute son œuvre est imprégnée d'amour, même le requiem. Lorsque Elvire clame qu'elle va arracher le cœur de *Don Giovanni*, elle l'aime encore. Mais, ici, ce n'est qu'un cri de haine, une colère démente, ascendante, qui enfle comme un nuage d'orage prêt à crever sur nos têtes.

La foule gémit sourdement sa souffrance. Orlando se

tourne vers notre loge. Le Maître a amplifié encore sa voix, et, comme une nuée de guêpes furieuses, elle fond sur nous. Il me semble voir l'essaim se jeter à l'assaut. Des éclats brillants tombent du plafond. Le grand lustre vient d'exploser en fragments étincelants. Il neige du cristal de Bohème sur toute l'assistance et personne ne songe à s'en protéger.

C'est un instant d'une impossible magie et, lorsque ce mot fait irruption dans ma conscience, je comprends que c'est le moment.

Je fouille dans ma pochette et ouvre la boîte d'argent. Sur le velours couleur de cyan repose un petit sachet de papier sur lequel une main inconnue a calligraphié le prénom de mon Maître. Il contient deux petites billes d'une cire pâle, un peu luisante. Je les enfonce dans mes oreilles.

Les guêpes se heurtent à la barrière et se ruent sur Seifert. Le colonel tente vainement de se défendre en levant la main en un geste vain de protection. Il se dresse à demi, puis retombe sur son siège. Ses yeux s'exorbitent, un étroit filet de sang perle à sa narine. Une bulle écarlate éclate au bout de son nez. Il s'affaisse. Il est mort.

Une exaltation sauvage coule dans mes veines. Je contemple le corps de notre ennemi à mes pieds. Orlando chante toujours. Je me lève pour l'applaudir. Il me sourit. À moi seule. Il fait quelques pas. Personne ne s'en aperçoit. Les mains pressées sur les oreilles, les deux tiers de la salle sont évanouis. Le reste gémit à terre, bien incapable de regarder la scène. Le Maréchal lui-même se tord sur le parquet ciré de sa loge.

Orlando se redresse. Je le vois ciller, et enfin se taire. Des larmes coulent sur son visage, ravageant son fond de teint. Elles dessinent des traînées corail sombre sur ses joues blanches. Affolée, je crie son nom, tandis qu'il s'affaisse à son tour et qu'une ombre d'une absolue noirceur le survole. J'aperçois dans ses volutes des reflets de soie rouge, je sais que mon Maître est mort, lui aussi.

Et je comprends qu'il s'est sacrifié deux fois.

J'ôte les billes de cire. Je ne pleure pas. Je me fonds dans la foule traumatisée qui quitte Garnier avec lenteur, cernée par un silence funèbre que rompent seulement quelques gémissements. Autour de moi, les visages sont creusés d'une morne terreur mâtinée d'incompréhension. Les gens s'enfuient chez eux. Les soldats désorientés n'interceptent personne. Pas même moi. Je ne sais trop où aller. Mes genoux me torturent.

Au centre de la place de l'Opéra, dans le vacarme rassurant des rares voitures, je lève les yeux. Là-haut, sur les toits de cuivre vert, une silhouette étrangement familière s'incline vers moi. Je l'ai déjà vue. Le souvenir de ses apparitions fugitives dans le miroir de la salle de répétition à l'école de danse remonte à la surface avec l'odeur de cire des parquets anciens. Je me revois penchée sur la barre d'exercices, en sueur, le sang coule dans mes chaussons trop serrés, et je croise à nouveau son regard tendre et sauvage, comme autrefois, comme tous les rats et les jeunes cantatrices. Comme autrefois dans mes ballerines, la douleur s'estompe dans mes genoux, dans mon cœur aussi.

Il me salue d'un geste large de chapeau claque. Je ne saurai jamais si ce salut se voulait ironique ou consolant. Les deux, peut-être.

Comme nous, les anges sont ambigus.

SAINT-VALENTIN

Première parution dans Stratégies du réenchantement,
Griffe d'encre, 2010.

À Arioch, évidemment.

Y a un nain.

Un petit.

Non, c'est pas un pléonasme : il fait pas trente centimètres. Même pour un nain, ça commence à être limite.

C'est forcément un cauchemar, vu qu'y a un nain.

Congelé.

Dans mon frigo.

Et il ose arborer un grand sourire. Y a des gens, et même des nains, ils s'invitent chez vous sans prévenir et ils rigolent. En prime, il est collé à deux doigts de mon pack de Mort Subite. S'il croit que je le vois pas venir… À moins que ce ne soit une allusion fine au fait qu'il a l'air on ne peut plus crevé : il est tout bleu et comme c'est quand même pas un Schtroumpf… Ou alors géant, le Schtroumpf.

J'hésite, je suppute, je balance. Entre ces deux déclarations :

« Chouchou, y a un Schtroumpf mort dans le frigo. »

Ou :

« Tanguy, je déteste que tu cases tes saloperies dans le frige de la cuisine. Merde, c'est vrai, quoi : t'as le tien à la cave ! »

C'est le principal désavantage de la vie conjugale avec un *serial killer*, on ne sait jamais comment il va réagir. Sinon, on ne peut pas nier que ça vous maintient en forme. Course à pied, muscu, yoga, résolution d'énigmes (que fout ce nain dans mon frigo ?), *profiling*, histoire des religions, algèbre, astrologie, astronomie, informatique, j'en passe et des meilleures. Je tire plutôt pas mal au revolver et je touche ma bille au lancer de couteau de cuisine. Je vous plante un hachoir dans une embrasure à dix pas. Au quatre cents mètres haies, je suis au top de ma catégorie et, à quarante ans, je peux encore m'enfiler tout un boulevard parisien sans me prendre les pieds dans une seule poubelle.

Woman sana in corpore sano.

Surtout si on tient à le rester, sana.

Ma copine Juliette s'est laissé aller un poil trop longtemps après sa deuxième grossesse. Je regrette beaucoup Juliette. On avait des choses en commun : des réunions Tupperware, astuces de cuisine (le gibier, c'est délicat), on se refilait des trucs pour la lessive des taches et on se prêtait nos cartes de bibliothèque. Elle était un peu claquée après son accouchement, Juliette, alors elle a manqué de vigilance. Ça pardonne pas. Résultat des courses : son aîné et son mari l'ont servie au petit dernier dans une assiette creuse. À la cuiller, quand même, je vous rassure, le bébé n'avait pas encore fait ses dents.

J'ai eu du bol, moi, j'ai Tanguy. Grand, beau, charmeur, mais surtout blanc. Les assassins en série chassent rarement hors de leur groupe ethnique et je suis aussi noire qu'on peut l'être sans abuser de sa chance. Cela dit, mon Tanguy est tout à fait capable de courir hors toutes catégories, donc je reste sur mes gardes. Et le matin, quand il n'a pas les yeux en face des trous, j'attends qu'il soit bien réveillé avant de lui adresser la parole.

C'est tout mon problème à cet instant : il n'est que 11 heures du mat' et Tanguy n'en est qu'à son premier café. Après une dure nuit de travail apparemment, si j'en juge par la montagne de vêtements souillés dans le panier à linge sale. Des fois, il me fatigue, Tanguy. Trop perfectionniste. Il croit que « série », ça veut dire « industriel ». Il se ménage pas, il en fait toujours trop.

Je tournicote dans la cuisine, indécise. Par-dessus sa tasse, Tanguy me jette un regard tendre, quoique encore glauque de sommeil :

« Tu as un souci, ma jeune fille ? »

Il m'appelle comme ça depuis notre rencontre, y a trente ans. Il est trop mignon. J'en suis toute chamboulée à chaque fois. Première option.

« Chouchou, il y a un Schtroumpf mort dans le frigo.

— Non », me fait-il avec un doux sourire.

Le « ma jeune fille » frémissant encore dans un coin de mon système limbique, je réagis mollement : « Quoi, non ? Si, bien sûr, y a…

— C'est pas un schtroumpf, c'est un elfe de maison. J'ai plus la place en bas, désolé. »

Le machin va rester à côté du gigot prévu pour ses parents, qui viennent manger demain, c'est clair. Il me fait une moue contrite adorable. Je suis cuite. Je me contente de demander bêtement :

« Tu te reconvertis ?

— Les fées ne me font plus d'effet en ce moment, m'avoue-t-il d'un ton las. Je tente des trucs, on verra ce que ça donne. »

Il se rembrunit et fixe son café d'un œil morne. Je sais ce qui le tracasse : lors des conventions départementales, ses collègues ne le prennent pas assez au sérieux. C'est sûr qu'il fait petit joueur à côté du type qui mange des cœurs de bébés et de la nana qui émascule ses amants en pleine action. Personnellement, je trouve ça vulgaire, surtout qu'elle se tire systématiquement avec son trophée *in situ*, si j'ose dire. Mais enfin, tous, ils pourraient lui accorder le mérite de l'originalité, à mon loulou. Arracher les ailes des fées, c'est quand même pas donné à tout le monde.

Bon. Je ne suis pas mécontente de *notre* changement de régime, le goût de grenouille des cuisses de fées commençait à me lasser. Ce côté poulet vaseux, vous voyez ? Même avec de l'ail et du persil. Cela dit, je réfléchis au bidule sur son étagère à côté de ma bière favorite et je frémis. En ragoût peut-être… Après avoir mijoté longtemps dans du jus de tomate et du beurre de cacahuètes, ça pourrait éventuellement faire un mafé acceptable.

Tanguy termine son café. Il déplie son corps, toujours mince et musclé à cinquante-cinq ans bien sonnés. La vieillesse ne semble pas l'atteindre du tout, ou alors c'est mon œil qui s'est arrêté le jour où on s'est rencontré. En passant, il me pique un baiser dans le cou.

Des arômes caféinés accompagnent ses lèvres, suivis de relents de poussière et de sel. On n'a pas pris de douche en rentrant, je vois. La porte claque en bas quelques instants plus tard.

La poussière et le sel… Ah. Cette odeur-là. Un long tressaillement me parcourt des orteils aux cheveux. Un frisson calme, comme détaché.

Et, brutalement, je revois la colline d'herbes mortes sous le soleil de plomb, mes pieds fouillant une large tache de sang séché dans la terre pulvérulente. La puanteur de graisse et d'acier de mon fusil, serré avec frénésie dans mes mains redevenues toutes petites, monte à nouveau dans mes narines. C'est ce jour-là que j'ai failli tirer sur Tanguy, le grand toubab aux mèches blondes qui flamboyaient dans la chaleur mouvante. Il y a trente ans.

Il ne s'est pas retourné, il s'est adressé à moi tandis que je visais le centre de ses épaules en tremblant.

« Pourquoi tu as peur ? Tu peux pas me louper d'ici. »

Je n'ai pas répondu. J'ai inspiré profondément pour caler ma visée. Si je le ratais, celui-là, le Chef me collerait une beigne soignée.

Ma vareuse pseudo militaire aux manches trop longues me gêne. J'ai dix ans et je fais partie de l'armée de gosses du colonel Djouba. Mes parents sont morts dans un massacre auquel j'ai réchappé par miracle. J'ai déjà été violée deux fois, mais ça n'arrive plus depuis que le Chef m'a prise dans son lit. Enfin, disons que j'ai un violeur officiel, maintenant. Tanguy le toubab se retourne enfin pour me considérer :

« Alors, jeune fille, qu'est-ce que tu attends ? »

Je me le demande aussi. C'est pas un des *french doctors* et c'est pas un mercenaire de chez nous. C'est forcément un salopard de colonialiste, comme dit le Chef. Il faut tirer. Il a le regard si vif, si... mobile. Mon doigt se crispe sur la détente, mais je ne tire pas. Tanguy lève doucement la main. Une chevalière d'argent étincelle à son majeur. Je fixe l'éclat de lumière. Il se jette sur moi au même instant. Son grand corps lourd, gorgé d'eau et de nourriture, écrase ma carcasse de chat maigre. Je ne peux plus bouger, mon fusil est coincé entre mes seins et ses pectoraux.

« Comme tu as de grands yeux, ma jeune fille ! »

Il rit, je ne sais pas pourquoi. Je ne sais pas non plus pourquoi mes os se liquéfient en sentant les accents graves de cette voix rouler dans la vaste poitrine qui m'étouffe un peu. Ses mains cherchent mon cou, il commence à serrer, tandis que je le regarde avec mes grands yeux. Il s'interrompt brutalement. Ses coudes en appui de chaque côté de mon visage, il pose son menton sur ses mains en coupe. Un feu sombre s'éteint dans ses prunelles claires :

« Ça te dirait de changer de cauchemar ? »

J'ai dû répondre « oui » puisque nous avons quitté la Somalie ensemble et qu'il m'a épousée dix ans plus tard.

Le cauchemar de Tanguy est quand même bien plus confortable. Déjà, y a l'électricité et l'eau courante.

Des nains, aussi.

Je m'assieds face au frigo et je fais passer la Somalie dans une longue rasade de café. Bon. Je m'apprête à me relever quand le frigo m'adresse la parole.

« S'il vous plaît ? »

Je retombe sur ma chaise.

« Il est parti, maintenant ? Je peux sortir ? »

Je me penche vers la porte blanche et l'entrouvre avec précaution. Une bouffée de jambon froid et d'humus pourrissant me saute au visage, avec un soupçon de morbier au lait cru. Le petit homme bleu se débat dans le beurre. Il me jette un coup d'œil chargé de reproches que je lui rends sans aménité. Il est en train de me dégueulasser toute la motte.

« Ben quoi ? Y avait pas de lumière ! » dit-il, hargneux.

Je m'aperçois qu'il vient de répondre à une question philosophique qui me taraudait depuis des années. Il ne me reste plus que l'histoire du bruit que personne n'entend au fond du bois. Ah, et celle de la flèche qui n'arrive jamais à destination. À moins que ce ne soit une tortue…

Pendant que je rêve de tortues et de flèches, l'homoncule s'est dégagé de mon beurrier, il se prépare à un bond maladroit sur le carrelage. Je le chope par la capuche et claque de la langue :

« Tut, tut, mon joli ! Tu restes ici. »

Je ne tiens pas des masses à expliquer à Tanguy que j'ai laissé son gibier se faire la malle.

« Si vous me laissez partir, Madame, j'exaucerai un de vos vœux ! N'importe lequel ! »

Il y a une franche supplication dans sa voix. Je le comprends. Le mafé n'est pas un plat suffisamment raffiné pour en faire une perspective d'avenir réjouissante.

« N'importe lequel ? »

J'ai l'air assez dubitatif, je pense, parce que le bonhomme se croit obligé de répéter farouchement :

« N'importe lequel. »

Je réfléchis. Je vais farfouiller dans le tiroir sous le plan de travail. Le gnome devient vert pomme quand j'en extrais le décapsuleur. Il se rassérène dès que je lui fourre l'objet dans la main et les enfourne tous les deux dans le frigo. J'entends le pop d'une bouteille sous pression qu'on débouche. Mon époux m'a appris à recevoir.

« Il y a des olives dans le pot à côté du beurre, dis-je.

— Merci, Madame », me répond-on d'une voix étouffée.

OK. Après tout, Tanguy n'avait qu'à s'assurer que sa victime était bien morte. Ce laisser-aller ne lui ressemble pas, d'ailleurs. C'est pas pro, comme attitude.

« C'est quoi, ton nom ? » demandé-je au frigo.

Il y a une hésitation, un bruit de liquide qu'on lampe, puis la petite voix trémule :

« Vous ne rirez pas, hein ?

— Promis.

— Goliath. Ma mère… Enfin, vous connaissez les mères…

— Non, dis-je gentiment. Pas vraiment. Mais j'imagine. Bon, Goliath, je vais m'habiller et, pendant ce temps, je pense à ta proposition, d'accord ?

— D'accord ! Eh, je peux vraiment réaliser tout ce que vous voulez, hein ? Tout… »

Ses mots s'estompent dans mon dos. J'ai déjà pris ma

décision, mais il faut que j'aille éclater de rire quelque part.

Goliath. Vraiment.

Lorsque je réintègre la cuisine, j'extrais une fois de plus le malheureux de mon beurrier. Il s'y est encore vautré. Au vu de sa face réjouie, je suppose que ses vêtements ne sont pas les seuls à être beurrés. La bouteille était peut-être un peu grande pour lui. Je l'informe de mon acceptation. Il esquisse un pas de gigue, puis titube dangereusement. Je le rattrape au vol à l'instant pile où il va s'écraser au sol. Je le dépose directement par terre, c'est plus prudent. Il chante. Ça commence par *Perrette était servante chez Monsieur le Curé*… Je brise net ces velléités lyriques :

« Bon, je veux une vie normale. Voilà ! »

J'ai toujours eu envie de ça : une bête vie banale, sans cadavres qui surgissent dans le frigo à l'improviste, sans fées en papillotes et, surtout, sans enfants aux yeux morts et armés jusqu'aux dents.

Il me jette un regard de biais et me fait :

« T'es sympa, toi, et vraiment gironde pour ton âge, tu veux pas… ? Je suis pas censé t'aider, hein ? Mais enfin, juste comme ça : *une vie normale*, dans ce monde, ça veut dire crever de faim en s'échinant comme un damné tous les jours, sous les bombes ou les balles de *sniper*. Tu devrais le savoir pourtant, enfin… Je dis ça, je dis rien, hein ? C'est toi qui choises ! »

Le tutoiement soudain, la voix devenue rocailleuse et le vocabulaire à l'avenant : la bouteille était vraiment trop grande.

« Je peux redéfinir ?

— Ouaip ! Te reste pas un peu de cervoise fraîche ?

— Plus de bière, Goliath », dis-je, impitoyable malgré les yeux embués qui me scrutent, désespérés. « Je veux une vie normale. Tranquille. *Middle-class.* Europe du Nord. France. »

Il lève un sourcil sceptique par-dessus ses larmes de crocodile :

« T'es sûre que tu veux pas un peu plus d'oseille ?

— Je veux pas non plus avoir à m'inquiéter pour le cours de mes actions. Salariée, ça m'ira très bien. Eh ! dis-je au moment où il se concentre vers mon lustre à breloques. Et pas dans l'édition, s'il te plaît !

— Pourquoi, pas dans l'édition ? »

Il se gratte la tête perplexe, une goutte de beurre fondu s'écrase sur le sol.

« J'ai dit que je voulais être tranquille, tu cherches à me piéger, maintenant ?

— Fonctionnaire, alors… mais pas au Trésor Public quand même ?

— Non, je ne veux pas être aussi tranquille que ça. »

*

Je me réveille au chant strident du radio-réveil. Il est 6 heures du matin. Je secoue Tanguy de l'autre côté du lit.

« Chouchou ?

— Mhm ?

— C'est l'heure. Debout. »

Il se retourne d'un bloc, s'étire dans un grognement et pète avec concentration. Je file à la douche. À mon retour, il est assis et se gratte l'entrejambe de cet air conquérant et paradoxalement absent que peuvent prendre les mecs dans ces occasions. Je me glisse avec difficulté dans mon tailleur gris dessous du genou. Tanguy se lève à son tour. Je constate qu'il a pris du poids, lui aussi. Son ventre pend mollement au-dessus du pyjama.

On dormait pas à poil, avant ? Avant quoi ? Euh... j'ai un trou tout soudain. Bon, pas grave, ça me reviendra, je vais être en retard. Un yaourt allégé cent pour cent et un jus d'orange *light* plus tard, je fonce comme une dératée pour choper mon bus. Je me faufile entre les passagers, leurs odeurs de pieds, d'aisselles, de tabac brun et d'alcool suri. La ligne 21 est heureuse de vous embaumer jusqu'à la station Glacière.

Je remonte l'avenue d'Alésia en courant. L'entrée de l'hôpital est complètement obstruée par une série d'ambulances qui n'ont pas su négocier leurs priorités respectives. Je me glisse entre les pare-chocs en priant pour que la situation ne se décante pas avec moi au milieu. Un ambulancier se penche furax à la vitre :

« Eh, Bamboula ? T'as l'impression d'arranger les choses ? »

Je me penche vers lui. Dans ma tête, une phrase du genre *Dis donc, Dugland, t'es pas poli, en plus de conduire comme un abruti ?* passe comme une flèche. Mais elle n'arrive pas à destination. Ce qui se plante dans la cible, c'est un bredouillement lamentable :

« Pardon, Monsieur.

— Je veux ! »

Je ne m'appesantis pas, pas envie de prolonger cet

échange. Je disparais derrière la guérite du gardien qui me gratifie d'un « B'jour, Ma'âme Archambaud. » auquel je réponds en coup de vent. J'enfile les couloirs du service des Troubles du Comportement, puis de la section Gériatrie. La salle d'attente des Urgences Psychiatriques suit et, un service des Accueils Longue Durée plus loin, j'atterris enfin dans mon bureau : Secrétariat Administratif de l'hôpital Sainte-Anne.

Une petite voix flûtée résonne dans mon crâne :

« Euh, désolé vraiment, mais c'est tout ce que j'ai trouvé. Z'auriez préféré la Territoriale ? »

Je secoue la tête pour chasser cet écho bizarroïde et fait face à Monsieur le directeur Gardeyval, surnommé Gardénal par tout le *staff*. Il ne fait aucune réflexion sur mon retard. Pas besoin. Son coup d'œil lourd suffit.

Je m'empresse d'aller me cacher derrière ma bécane et entame la saisie de dossiers divers. La journée est longue et morne, à peine égayée par l'irruption d'un malade totalement nu. Le malheureux hurle que sa belle-mère lui en veut et qu'elle lui fera la peau. C'est bien possible. Ce n'est pas parce qu'on est paranoïaque qu'on se trompe d'ennemi.

Le type se juche sur mon bureau. Tandis que les infirmiers survenus dans l'intervalle règlent la question, je constate que je m'ennuie à crever.

Passage à la cafétéria vers 17 heures avec les collègues. J'apprends que Duval couche avec Dupont et que Durand l'ignore encore. Je suis ravie. Je contiens à grand-peine l'extase qui me saisit lorsque la conversation croise au large du rocher de Monaco et des problèmes gynécologiques de Stéphaline (je ne sais plus laquelle des deux princesses est concernée). Lorsque nous faisons escale au port de l'homosexualité supposée du frère, une nausée formidable — le mal de mer, sans doute — s'empare de moi, au point que ma voisine se penche à mon oreille :

« Ça va aller ? Ma'âme Archambaud ? Z'êtes toute blanche. »

Elle se mord les lèvres aussitôt et se met à bafouiller. Trop tard, Gardeyval l'a entendue, il éclate d'un rire gras :

« Eh ben, Archambaud, c'est pas le jour d'être malade ! »

Euh… Pourquoi ? Y a des dates convenables pour les malaises existentiels ? Non, ça ne doit pas être ça. Gardeyval enchaîne :

« Vous avez prévu quelque chose de spécial avec votre Valentin, ce soir ? »

Argh. Quatorze février. Saint-Valentin, fête de merde ET anniversaire de mariage avec Tanguy. Il m'a promis une surprise.

Je dis « fête de merde » parce que, en général, ce jour précis plonge les copines célibs dans des abysses de prises de conscience aussi douloureuses qu'éphémères, heureusement. C'est ce jour que Juliette m'appelle pour m'annoncer qu'elle a quarante ans, pas baisé depuis dix-huit mois et pas de gosses. Là-dessus, j'ai beau essayer de signifier que j'étais au courant, merci, et de dresser un tableau apocalyptique des joies limitées de la vie de couple, Juliette raccroche en pleurant. Je sais que j'en prends pour deux mois d'orages téléphoniques avec elle.

Et les surprises de Tanguy…

Bon, c'est un banquier, hein ?

Je quitte la cafète sans un mot pour personne. Passage éclair à la maison, douche, ravalement de façade, malaise existentiel *bis* devant le miroir.

Le café Saint-André est noir de monde. Tanguy m'attend, déjà passablement ivre, il en est à son quatrième picon-bière. La séance commence dans trois minutes à l'Épée de Bois, déclare-t-il. La séance ? Dans un cinéma d'Art et d'Essai ? Euh… Une rediffusion *all night long* de la série du *Seigneur des Anneaux* ? *Star Wars* intégrale ? Enfin bref, un *blockbuster* à rallonges interminables du genre préféré de Tanguy ? Craignons le pire.

Je suis soufflée lorsque nous parvenons devant le cinéma et que je considère l'affiche sur la façade. Ça m'apprendra à jouer les vipères !

La même petite voix stridulante que ce matin chuchote farouchement :

« Putain, non ! Après tout le mal que j'me suis donné pour les raccords ! C'est pas vrai, bordel ! »

Je secoue la tête. Je dois avoir des acouphènes.

Il y a un pelé qui fait la queue avec lui-même. Ça ne m'étonne pas : même à leur sortie, les *Lettres d'Amour en Somalie* du neveu de Tonton n'ont pas déplacé les foules. Tanguy a peur de rater la séance, il me pousse en avant au risque d'écraser le pelé. D'un coup, je suis saisie d'un besoin irrépressible :

« Tu as terriblement envie de pisser, si, si ! »

Non, en fait.

« Tu veux un chocolat, là maintenant de suite ! Au lait entier, cru. Avec des croissants. »

Absolument pas, j'ai envie de voir ce film dont on m'a beaucoup parlé et qui chante la Somalie, mon pays d'o… D'o… quoi, déjà ?

« Des fraises, alors ? » fait l'acouphène avec une angoisse stridulante.

Non, je ne veux pas de fraises, scrogneugneu, je veux entrer. Mais qu'est-ce qui m'arrive ?

Tanguy a payé, il me tend le bras. Nous nous faufilons dans le corridor.

« Il fait noir, y a personne, susurre-t-on d'un ton désespéré. *Tu veux pas récompenser un aussi bel essai romantique, mhm ? Une petite gâterie à la parisienne, ni vu, ni connu ? Dans les toilettes ? »*

Je m'ébroue pour arrêter ce sifflement persistant. Nous ne sommes pas plus tôt assis que Tanguy s'endort benoîtement. Il ne va pas pousser le sacrifice jusqu'à suivre le film, tout de même !

Le rideau se lève sur un appartement parisien, mais bientôt la voix off sereinement désespérée du narrateur nous emporte dans son exil qu'il espère libérateur. La Somalie. Son histoire écarlate s'entremêle à la tristesse sans recours du héros anonyme. C'est très lent, très beau. Très chiant, dirait Tanguy, s'il ne ronflait pas déjà. Les Italiens croisent les Anglais et les Éthiopiens. Un répondeur s'active dans un salon européen désert. Des hommes et des femmes aux corps de gazelles et aux yeux immenses s'effondrent, tandis que leurs enfants si beaux s'éparpillent en bandes armées aux regards de glace. On raccroche un téléphone sur une interminable sonnerie « occupé ». Des flots de haine traversent des fleuves de larmes et, sous le soleil de plomb, les collines aux herbes mortes surgissent de la terre pulvérulente couverte de sang séché dans la chaleur mouvante.

Je connais cet endroit.

Je connais cet endroit.

Une étoile brûlante éclot entre mes seins et sa chaleur se répand dans mes veines, j'ai mal, je m'effondre contre Tanguy. Il se réveille en sursaut. Les derniers mots que j'entends se mélangent en salade incompréhensible.

« Ça ne va pas, chérie ? »

« Eh ben, on n'est pas dans la merde ! »

Rideau.

*

Il est 14 heures. Philippe Meyer discute avec une marchande d'oignons à Brive-la-Gaillarde et Tanguy se penche sur moi. Il arbore le visage de quelqu'un qui a quelque chose de coincé quelque part. Je n'ai pas le droit d'être malade. Lui, il agonise au moindre rhume, mais il fait la gueule quand je tousse. Des fois que j'en tirerais avantage pour lui refiler la corvée de linge, je suppose.

Non, ce n'est pas vrai. Je sais que ce n'est pas vrai. Je lutte contre le tombereau de clichés anti-mecs qui déferlent. C'est pas moi, ça. Ce n'est pas Tanguy (le vrai Tanguy, le mien, serait déjà dans la cuisine en train d'affûter quelque chose dans le but d'abréger mes souffrances). C'est la *vie normale* selon un homoncule d'un kilo cinq, bleu, beurré et beurré. Je me souviens de tout. Je suis encore un peu étourdie, mais je suis sûre d'une chose : je n'en veux pas, de sa *Vie Normale*.

Le combat qui se livre sous ma permanente atteint des proportions titanesques. Je m'agrippe à mes vrais souvenirs fuyants de toutes mes forces tandis que les faux tentent de les recouvrir comme un vilain placage Ikea. *Scènes Sinistres de la Vie Conjugale* vs *La Saint-Valentin de la Femme du* Serial Killer. Pour la première fois de ma vie, je prie pour la victoire du nanar contre le clone de Bergman au box-office.

Et je gagne.

Tout me revient.

En revanche, quelque chose a pris les commandes de mon corps et n'entend pas que je déroge à la scène « L'héroïne est tombée dans les pommes, monsieur ne sait pas comment gérer la situation ».

« Où suis-je ? »

Mon Dieu.

« Tu t'es évanouie, ma chérie. Mais ça va aller maintenant. Ne t'inquiète pas, je suis là. À l'hosto, ils ont dit que tu avais juste besoin de repos. »

Tanguy me tapote la main vaguement et grommelle, l'air d'autant plus emmerdé qu'il doit aller bosser à sa banque. Un sourire éthéré, demi-martyre, demi-dame aux Camélias, s'installe sur mes lèvres avec l'intention manifeste d'y camper jusqu'à pétrification.

« Oui, mon chéri. »

Mon ton d'une révoltante niaiserie me fait frissonner. On est très loin des joies délicates et longuettes des grands moments du cinéma suédois, là. Le nain a dû passer les trente dernières années à regarder des *soap operas* brésiliens dans une pension de famille. C'est la seule explication raisonnable que je trouve à ce dialogue lamentable. Tanguy me repousse avec douceur, il prend un air ferme et déterminé et file, sa sacoche en main, annonçant qu'il m'appellera quand il sera au bureau pour voir si tout va bien.

En son absence, je constate que j'ai récupéré la maîtrise de mon corps. J'en profite pour me lever. Je m'habille en quatrième vitesse et sors sur le palier. Il faut retrouver Goliath et le sommer de me rendre ma vie. Ma vraie vie. La *pas normale*. C'est la seule solution, ou je vais finir par habiter là où il m'a trouvé du boulot. En tant que pensionnaire, cette fois.

Je quitte l'appartement pour me rendre dans le coin le plus isolé du parc Montsouris, dans la roseraie, là où ça ne choquera personne de m'entendre hurler :

« Goliath ! Montre-toi, bordel ! Goliath ! »

Je n'ai plus de gorge lorsque le vent m'apporte enfin un murmure que je saisis à peine :

« Pas question. UN vœu, c'est UN vœu. »

Ah, tu le prends comme ça ? OK, c'est ce qu'on va voir.

Je le savais. Un nain dans un frigo, c'est forcément un cauchemar.

Je marche sans trop savoir où je vais. Dans ma vraie vie d'avant, je n'aurais eu qu'à aller voir Titania et à m'arranger avec elle. La reine des fées est toujours prête à aider la famille, des fois qu'on lui proposerait de laisser ses filles tranquilles, ne serait-ce qu'un moment. Mais, coincé entre les murs de papier gris du réel selon

Goliath, Tanguy est hors d'état de nuire et ne le sait même pas. C'est un bénéfice indirect auquel Titania ne doit pas être insensible, je doute franchement qu'elle lève le petit doigt pour y changer quoi que ce soit.

« Oh, putain, tout est de ma faute ! »

Inconsciemment, mes pas me mènent devant Sainte-Anne. J'avise les toits d'ardoises et les murs de briques rouge sale. Bon sang, mais c'est bien sûr…

Hannibal Lecter !

Ce n'est pas son véritable nom. Dans nos registres, il est connu sous l'identité d'Émile Krôn et, dans les médias, lors de sa brève période de célébrité, on l'avait surnommé « l'Ogre de Montfermeil ». Je fonce au bureau et passe comme une flèche devant Gardeyval interloqué :

« Eh ben, Archambaud, ça a l'air d'aller mieux, on dirait ? Votre mari avait pourtant dit que vous ne viendriez pas aujourd'hui.

— Oui, Monsieur. Tanguy exagère un peu en ce moment. Excusez-moi, j'ai une foule de dossiers en retard. »

Je me jette sur l'armoire des archives et en tire le dossier de Krôn. Il a *grosso modo* la taille d'une bible comptant deux Anciens Testaments et une version non censurée de l'Apocalypse. J'évite le dossier proprement médical qui contient notamment des photos de ses deux derniers déjeuners avant son arrestation et sa relégation chez nous pour irresponsabilité.

Je subtilise deux feuilles que je fais disparaître dans le broyeur à documents. Je me faufile à travers l'embrasure du bureau de Gardeyval :

« Monsieur ?

— Oui ? »

Il est un peu scié, Gardeyval, je ne pénètre jamais dans son bureau sans que ce soit une question de vie ou de mort. Argh, non. C'est une résurgence du scénar débile de Goliath, ça. Je refoule en vitesse cette tentative de prise de contrôle.

« Je viens de m'apercevoir qu'il manque la signature du patient numéro 77666 ac et ses formulaires d'admission. Vous pouvez valider ma fiche de visite ? »

Tandis qu'il tamponne puis paraphe le petit papier d'une signature de ministre, je planque le nom du patient sous mon pouce. Bénis soient les monosyllabes.

Après un crochet rapide aux stocks de pharmacie, où je me fournis discrètement de quelques échantillons du tableau A sous prétexte d'inventaire, je retourne au parc Montsouris que je parcours de long en large. Quand personne ne peut me voir, j'enterre furtivement une partie de mon chargement.

Je n'ai conservé qu'une seringue lorsque je cours au bâtiment des Agités. On ne le désigne plus comme ça sur les plans de l'hôpital, mais les traditions ont la vie dure dans l'administration. L'infirmier en faction est un peu surpris : en général, la population féminine de Sainte-Anne ne se bat pas au portillon pour visiter les locaux.

« Vous avez agacé Gardénal, Archambaud ? » demande-t-il finement en classant ma fiche.

Cependant, il s'abstient de m'appeler Clarisse.

Dans la vraie vie, tout ce qu'on trouve à la cave, ce sont les chaudières et les produits d'entretien, je grimpe au quatrième étage. Le couloir bleu ciel est désert. L'odeur d'eau de Javel tente d'avoir une vie propre. Il règne un silence pesant.

Je tapote à la vitre d'une chambre. Le grand corps allongé ne réagit pas, on l'a gavé de neuroleptiques. J'ai bien fait de me munir de ma petite seringue. Je passe ma carte visiteur dans la serrure électronique, saisis le bras musculeux qui pendouille au bord du lit et y injecte le contenu de la seringue. Il y a, entre autres, assez d'amphétamines là-dedans pour stimuler un troupeau d'éléphants. Je ressors en vitesse, je veux avoir le temps de négocier avant qu'il essaie de me boulotter.

Je regarde les effets de mon cocktail énergétique parcourir la montagne effondrée sur le matelas sans draps. La respiration s'accélère. L'énorme poitrine se soulève de plus en plus vite. Un grognement. Il se redresse et se gratte la tête. Couché, il avait quand même l'air moins impressionnant, et qu'il est laid, bon Dieu ! Ses doigts énormes qui fourragent dans sa tignasse arborent des ongles, certes limés par les soins de l'équipe d'infirmières, mais présentant tous les aspects de griffes formidables. Il me lance un regard à travers la vitre. Il semble assez calme. J'ouvre le judas.

« Bonjour.

— Oui, c'est ça, fait-il, que voulez-vous ? »

Sa voix cultivée aux accents rauques me surprend un peu. J'avale ma salive :

« J'ai un marché à vous proposer. Ça vous dirait de sortir d'ici ? »

Ça lui disait. Et sauter du quatrième étage ne lui a pas posé l'ombre d'un problème. Le plus dur a été de trouver des fringues à sa taille. Je lui ai fait un joli pansement pour dissimuler son visage inhumain. On ne voit que ses yeux sous le chapeau et la fente pour la bouche. Il reste inquiétant, on se croirait dans le *Retour de la Momie*. Les gens se retournent, mais aucun flic n'essaie de nous arrêter. Je suis pendue à son bras tremblant sous les effets secondaires de l'injection. Il semble juste tétanisé par la timidité d'un premier rendez-vous. Compte tenu de son physique, ça reste une couverture plausible.

Nous n'avons pas énormément de temps devant nous : son absence sera vite remarquée. Pour l'instant, il faut retourner à Montsouris, Krôn a besoin d'une nouvelle dose d'amphétamines avant que les neuroleptiques dont on le gave depuis cinq ans ne reprennent le dessus. Les médocs sont mon assurance-vie dans notre marché : je les lui délivre au compte-gouttes. Ils le maintiendront éveillé jusqu'à ce qu'il retrouve Goliath. Il n'y a que lui qui puisse faire ça pour moi. Seul un ogre véritable peut mettre la main sur un elfe de maison en cavale dans ce monde épouvantablement euh... rationnel ? Mollasson ? Et ogre, Krôn l'est, garanti sur facture, avec un tableau de chasse à faire pâlir Gilles de Rais. Au point que, lorsque les gens normaux ont fini par le coincer, personne de notre monde ne s'est porté volontaire pour le tirer de la mélasse où il s'était fourré.

Devant l'étang des canards, Krôn se fait une injection. Il soupire.

« J'ai bien cru que j'allais passer toute l'éternité là-bas, vous savez. »

Je ne réponds pas. Je ne tiens pas à passer les trois prochaines minutes à m'apitoyer sur le sort du plus grand tueur d'enfants de la région parisienne depuis quatre siècles.

« J'ai la tremblote comme un enfançon au maillot, dit-il platement.

— Ça fait cinq ans que vous dormez dix-huit heures par jour et qu'on vous nourrit à la cuiller, qu'est-ce que vous croyez ? Que vous serez prêt demain à croquer le marmot ?

— À propos, j'ai une faim de loup ! Une faim d'ogre, même. »

Je lui tends un paquet de cacahuètes et un yaourt dérobés au self à son intention. Il me jette un long regard sans expression, de l'eau se répand dans mes muscles, mais je réplique calmement :

« Désolée, à cette heure tous les gosses sont rentrés de l'école. Non, en fait, rectifié-je, je ne suis pas désolée : je l'ai fait exprès. »

Je lui coule un coup d'œil froid emprunté à Tanguy dans ses mauvais jours. Krôn cille et tente de me retourner le compliment :

« Vous mangez bien des elfes, vous, non ?

— Je n'y tiens pas plus que ça, soyez-en sûr. Je suis tout à fait prête à changer de régime si quelque chose de plus intéressant — et de plus gros — se présente ! »

Nouvel emprunt à Tanguy : je souris, et la température chute d'un coup autour de notre banc. Il réceptionne l'allusion cinq sur cinq. Il se racle la gorge.

« Oui, bon. On va peut-être se mettre au boulot, alors ?

— Vous avez une idée ? La question de l'habitat naturel des elfes de maison ne m'a jamais effleurée jusqu'ici.

— Un elfe de maison, ça traîne jamais très loin de son trou. L'idéal serait d'apprendre où votre époux l'a piégé.

— Ça risque d'être difficile, dis-je. Mon mari ne semble pas avoir conservé quoi que ce soit de notre vie d'avant.

— On va quand même essayer. Il m'arrive d'avoir des effets surprenants sur la mémoire des gens. »

Je me lève, lui s'ébranle, littéralement — le banc vert du parc en pousse un gros craquement de soulagement. La maison n'est pas très loin, même à pied, nous nous y rendons en silence sous la pluie.

*

Lorsque Tanguy rentre enfin, il nous trouve confortablement installés. Krôn visionne *Shreck* sur le lecteur D.V.D. du salon en fulminant — j'ai refusé net de regarder *Le Silence des Agneaux* pour la centième fois. Tanguy est un peu interloqué, et Goliath lui a considérablement ralenti les réflexes, je pense. Ça expliquerait pourquoi Krôn n'a qu'à tendre la main et le choper par le cou avant que mon époux ait le temps d'articuler un mot.

Il se retrouve saucissonné en quelques secondes dans les cordelières mordorées des rideaux verts de la baie vitrée. Oui, je préfère vraiment mourir plutôt que passer encore deux jours dans un monde où la déco intérieure dérape à ce point. Ça m'encourage pour la suite, lorsque Krôn pend son gibier, tête en bas, à la tringle de bronze doré figurant une liane sinuant autour de la fenêtre. Je n'avais pas noté ce détail, j'en frémis.

« Bien, fait Krôn, nous allons pouvoir passer aux choses sérieuses ! »

Tanguy roule des yeux affolés, ça me fait presque mal tant ça ne lui ressemble pas. Il ouvre la bouche et la referme sans cesse comme un poisson hors de son aquarium. Il ne comprend pas, ne se rappelle de rien, Goliath a vraiment bien fait son taf.

Krôn l'interroge grâce à des méthodes qui en disent long sur ses relations passées avec l'Inquisition.

Je les laisse tous les deux à leur conversation musclée et je vais m'asseoir dans le canapé pour réfléchir, grimaçant lorsque les gémissements de mon époux franchissent les frontières du supportable.

Machinalement, je tends la main vers la sacoche de Tanguy sur le tapis et j'y farfouille à la recherche de je ne sais quoi ; un truc pour oublier ses geignements lamentables à quelques mètres de moi, je suppose. Je ne peux décemment pas aller me coller devant un « solitaire » sur la bécane du bureau.

Je feuillette distraitement l'agenda et je sursaute à la lecture d'une note datée de trois jours. Je passe le carnet à Krôn. Il déchiffre péniblement en fronçant les sourcils, ce qui, avec ses arcades sourcilières, donne un résultat atroce, puis se penche sur sa victime. Il tente de prendre un air fin, c'est presque un exploit compte tenu de ses traits approximatifs :

« Dis donc, banquier, tu foutais quoi dans un monastère, mercredi dernier ? »

Et il lui colle devant les yeux la ligne *12 h : Maison de retraite du monastère des Gourgandines de la Conception du Christ-Roi.*

Mon époux secoue la tête, il est pâle comme la mort elle-même, ses mèches d'or clair pendouillent, lamentables et couvertes de sang qui sèche. Il ne sait pas. J'arrête la gifle de bûcheron qui prend son élan en direction des pommettes de Tanguy.

« Laissez tomber, Krôn, c'est là. »

Je ne vois pas d'autre endroit dans le quatorzième arrondissement où l'on puisse visionner Les Feux de l'Amour pendant trente ans, tous les midis. Ou alors en enfer. Nous abandonnons Tanguy sur le tapis du salon, malgré les protestations de Krôn qui trouve la tringle plus sûre et plus fun. Avant de quitter les lieux, je lui fais une nouvelle injection en le prévenant que c'est la dernière. Nous avons deux heures devant nous avant qu'il ne retombe dans son sommeil chimique. Il frissonne et n'insiste plus à propos de la tringle.

L'avenue de l'Amiral Mouchez me semble interminable, nous tournons le coin pour enfiler l'avenue Reille et stopper devant un haut portail gris et discret aux alentours du numéro 20.

Il pleut doucement. Ce pourrait être une douce soirée d'hiver, soyeuse et humide, comme seul Paris sait en produire, si le carrefour en bas de la rue n'était pas bloqué par une horde de voitures de police, toutes sirènes hurlantes.

« Je crois que quelqu'un s'est avisé de votre disparition, dis-je à mon compagnon. Il va falloir faire vite. »

Il approuve sans un mot et entame l'ascension du mur couronné de tessons de verre sur lesquels il s'installe comme sur les coussins Empire de mon salon. (Mon Dieu, des coussins Empire ! À glands dorés. Avec des cordelières à l'ourlet, oui, je vous le jure ! Je veux sortir d'ici. Pitié.) Il se penche, tend la main pour me réceptionner et, dans le même mouvement, me balance dans le petit jardin de l'autre côté. J'ai un peu de mal à récupérer mon souffle.

La porte vitrée à petits carreaux XVIIe ne résiste pas aux assauts de Krôn, mais il réussit l'exploit de la forcer en silence. Je comprends mieux comment il a fait pour être si redoutable en son temps, il est vraiment très habile de ses mains. Passage d'horreur rétrospective à basse altitude, je remonte mon col, l'air d'avoir froid.

Le couvent est silencieux, si l'on excepte un fond sonore télévisuel agrémenté de quelques ronflements. L'air est chargé de parfums bizarres et contradictoires : violette et pisse fraîche mal nettoyée. Les saintes sont fatiguées. Nous enfilons le couloir, je pousse doucement la porte de ce qui semble être le salon et nous tombons sur une image du bonheur domestique qui me fera faire des cauchemars pendant le reste de ma vie.

Une demi-douzaine de sœurs à des stades avancés de décrépitude fixent un écran plat d'un mètre sur deux. Elles nous tournent le dos. Aucune ne fait mine de noter notre présence, même lorsque nous nous plantons carrément devant elles. Les visages parcheminés et paisibles baignent dans la lueur à dominante bleutée de la télévision.

Les moniales sont enfoncées dans d'antiques fauteuils sombres qui semblent en phase de prédigestion de leurs occupantes. Il y en a deux ou trois qui dorment, des filets de bave discrets luisent sur leurs mentons. Les autres ont un air béat qui vire de temps en temps au vide abyssal quand le programme change. Celles-ci sont éveillées, mais paraissent moins vivantes que les endormies.

Un énorme cœur en crépon frangé dégueule du plafond tandis que ses petits frères contaminent les murs. Je bénis l'obscurité qui en rend la couleur indéfinissable. Et je me demande si, dès qu'on se sera tirés, je ne vais pas exiger l'excommunication du cerveau malade qui a imaginé de faire célébrer la Saint-Valentin à ces pauvres femmes. J'ai d'ailleurs une petite idée sur l'identité du coupable.

Krôn fronce le sourcil. Avec l'air allumé du labrador sur la piste d'un lapin, il renifle, puis tombe presque en arrêt devant un fauteuil un peu plus bouffi que les autres, occupé par une dame plus vieille, plus grosse, plus ronflante et plus ensuquée que toutes ses commensales. Je lève un sourcil mou : aucune chance que cette femme obèse soit notre proie. L'ogre secoue la tête avec un rictus ironique. Du doigt il désigne la jupe de la dame. J'essaie d'accommoder péniblement dans la lumière chiche. Effectivement, il y a un truc vaguement bleu roulé en boule qui fait des efforts désespérés pour avoir l'air d'un chat maigre sur les genoux de mère sup'. Je ne l'aurais jamais repéré.

Krôn cueille délicatement la chose par la peau du cou d'un geste vif et fluide. En réaction, la mère sup' n'émet qu'un ronflement plus prononcé. Krôn bâillonne le truc qui s'apprête à couiner. Nous filons sans demander notre reste.

Dehors, les sirènes policières continuent leur concert, cela rend la conversation difficile dans les allées de buis taillé du jardinet désert.

« Si vous ne me relâchez pas immédiatement, je fais débouler les flics ! » menace Goliath, toujours plus ou moins chat. « Je contrôle encore pas mal la situation, vous savez ? »

Je hoche la tête sans rien dire et fais signe à Krôn de me suivre. J'ai repéré la cuisine en arrivant. Nous nous y glissons. Elle est aussi déserte que le reste de l'institution. Je passe la pelote de fil à gigot à l'ogre, qui entreprend de déshabiller Goliath et de le barder avec les tranches de lard qu'il a découvertes dans le frigo. Krôn me commet aux oignons et aux carottes et s'active à la préparation d'une sauce dont il faudra que je lui demande la recette avant que nous nous séparions.

Les sirènes se sont rapprochées. J'entends qu'on frappe violemment à la porte. Quelqu'un a dû tenter de sonner pour réveiller les propriétaires, mais j'ai pris soin de déconnecter le circuit électrique de la sonnerie dans le tableau général. Ils n'y parviendront pas. Malgré tout, nous jouons la montre, et Goliath semble déterminé à gagner la course.

Allongé dans un plat à four et couvert de graisse d'oie, le gnome conserve encore un peu de sa superbe.

Il craque lorsque Krôn, armé d'une gousse d'ail, entreprend de la lui glisser là où le soleil n'est pas censé luire.

« Dans la vie, y a deux sortes de gens, petit, ceux qui passent à table et ceux qui sont posés dessus. Toi… »

Krôn feule plus qu'il ne parle.

« Votre Seigneurie, gémit le gnome, je ne peux pas faire ça, j'aurais des comptes à rendre !

— Goliath, l'ail en suppositoire est un remède connu contre les comptes à rendre, tu sais. »

Pour illustrer mon propos, j'allume le four.

« OK ! OK ! OK ! Rentrez chez vous, Madame, et allez vous coucher ! Je vous promets de tout remettre en place cette nuit. »

Krôn le fixe, l'air soupçonneux. Goliath insiste précipitamment :

« Je vous jure, je peux pas faire ça avant. S'il y a trop de gens réveillés, ça complique les ajustements. Mais je vais le faire, promis ! Sur la tombe de ma mère !

— Ils ont des mères, les elfes de maison ? » demande Krôn en me jetant un coup d'œil dubitatif.

J'acquiesce tandis que Goliath, outré, se lance dans une description hardie des mères ogresses. Krôn le pose sur la table, près d'un couteau de boucher très aiguisé. Au gnome de se débrouiller pour se détacher. Sa tirade, relative aux métiers exercés par les ogresses en général, s'interrompt net.

« Voilà, j'ai rempli ma part du marché, fait Krôn. À vous, maintenant.

— Suivez-moi. »

Nous quittons la cuisine, poursuivis par les geignements de Goliath, la gousse d'ail en guise de bâillon n'étouffe pas tous les sons.

La sortie sur l'avenue Reille est impraticable pour cause d'uniformes bleus très énervés par la surdité conventuelle. Je les entends supputer sur l'opportunité de pénétrer par effraction et sans mandat dans une maison de retraite de l'Évêché de Paris. Un officier, un peu plus politicien que la moyenne, finit par convaincre son monde d'y renoncer. Cependant, ça ne suffit pas à les éloigner tout de suite.

J'entraîne mon compagnon dans un renfoncement de la courette qui donne sur l'autre côté du pâté de maisons, en face du parc Montsouris. Nous passons les deux grilles comme des fleurs.

Nous nous dirigeons au centre du jardin. Des bosquets dissimulent la voie de R.E.R. qui traverse Montsouris de part en part. Nous dévalons les pentes abruptes jusqu'aux rails. Nous remontons un peu le chemin. Enfin, je m'arrête :

« C'est là », dis-je en désignant un amoncellement de cartons et d'ordures diverses.

Je farfouille dans une des boîtes et en tire un petit sac qui contient une unique seringue.

« Tenez. Ceci vous désintoxiquera définitivement. C'est un antagoniste des antidopaminergiques qu'on vous a injectés si longtemps. Vous n'aurez plus besoin des amphètes pour rester éveillé. L'aiguille est assez grosse, ça va faire mal. Vous voulez que je vous aide ? »

Krôn hoche la tête avec une reconnaissance qu'il s'efforce de dissimuler. Il me tend son avant-bras…

… et s'endort comme une masse avant que j'aie fini de retirer l'aiguille. Il en a pour quarante-huit heures, j'appellerai les flics en rentrant à la maison. Il sera de retour dans sa chambre, cette nuit.

Je suis une garce.

Mais bon, c'est parce que j'aime bien les enfants aussi que j'ai pas voulu en avoir.

*

J'ouvre un œil en sursaut vers 4 heures du matin. Je viens d'avoir une idée :

« Chouchou ?

— Mhm ?

— Et les licornes ? T'as pensé aux licornes ?

— Pas la place dans le frigo, jeune fille », maugrée-t-il en se rendormant le nez dans mon cou.

Tout va bien.

PASO DOBLE

Première parution dans Stratégies du réenchantement,
Griffe d'encre, 2010.

Celle-ci est pour mon père : anda jaleo, Papa !

La vache frémissait sur la paille souillée. Sa respiration haletante faisait monter de petits nuages de vapeur dans une atmosphère salée et humide. Ses flancs roux, tremblants, palpitaient sous la lumière crue et une dernière onde les traversait comme une vague au reflux. Les sabots du petit surgirent. Enfin.

On n'avait plus l'habitude de ce genre de choses et on avait cru les perdre tous les deux.

La *señora* vétérinaire tendit ses mains gantées de plastique magenta que le sang et les déjections maculaient de rouge et de brun. Elle saisit vigoureusement les pattes entre ses doigts crochés et tira d'un geste lent et continu. Elle posa le veau près de la mère qui dégagea les restes du placenta de sa grosse langue râpeuse. Un œil vif apparut. Le veau donna un coup de tête dans les phalanges de la *señora*. Déjà belliqueux.

Il fut bientôt sec. La *señora* fit remarquer les reflets fauves qui jouaient sur le pelage ébouriffé. Le *Jefe* nous regarda et laissa tomber :

« Zinzolino. »

La *cuadrilla* approuva chaudement. La coutume aurait voulu que le veau porte le nom de sa mère. Mais ce n'était qu'une Hereford, une porteuse tirée des batteries à viande du *Jefe*. Elle n'avait transmis aucun de ses gènes au nouveau venu.

Zinzolino, c'était un beau nom pour le père d'une race renaissante.

Après presque deux cents ans d'absence, les taureaux Miura posaient de nouveau le sabot sur la Terre.

Dans un coin, deux petits gitans anonymes contemplaient leur futur qui peinait à se dresser sur ses pattes graciles.

*

On était sept déjà dans la *cuadrilla* quand le *Jefe* nous a confié les deux gosses. Alors, on ne les a pas très bien accueillis. Joselito, le chouchou du *Jefe*, encore moins que les autres. Il craignait, non sans raison, que l'un des deux lui vole la vedette. Sinon, *peones* comme *picadores*, on n'aimait pas trop les gamins comme eux. C'étaient des gitans, n'est-ce pas ?

La journaliste venue pour assister à l'événement confirma les craintes de Joselito lorsqu'elle interviewa le *Jefe*. Elle ne plut à personne avec son petit nez plissé de dégoût par les odeurs de fumier et son tailleur pixellisé qui agaçait les vaches dans les boxes. On sentait qu'elle ne sortait pas souvent de son Enclave. Cordovan, le doyen des *peones*, l'avait bien cernée. Encore une « *no sexo / no tabaco* ». Mais bandante, avait répliqué Joselito.

« Don Jaime, vous augurez bien de votre place dans les prochains jeux ? »

Le *Jefe* fronça les sourcils et commença à agiter ses mains comme chaque fois qu'il abordait un sujet qui lui tenait à cœur.

« Oh, tout à fait ! J'ai assisté WorldGenetics pour la sélection, je suis certain qu'avec Zinzolino nous ferons nos preuves à Mexico. Ses successeurs seront de la même trempe.

— Alors, le retour de la corrida, vous y croyez vraiment ? »

On sentait qu'elle désapprouvait, la journaliste qui avait chroniqué les combats de gladiateurs les plus sanglants de la planète. Mais c'était pas pareil, n'est-ce pas ? On faisait du mal à des bêtes. Peu importait si la réouverture des arènes signifiait la résurrection miraculeuse d'une espèce disparue dont quatre-vingts pour cent des individus ne connaîtraient jamais la *lidia* et passeraient une vie libre et sauvage dans les champs déserts des *ganaderías* ; mieux traités que les deux tiers de la population humaine, même si au final leur destination resterait encore l'abattoir. Peu importait également à cette bêcheuse que son steak quotidien provienne de vaches sans pattes et sans cornes, sous perfusion dans les fermes-batteries étincelantes. Ça, ça n'était pas en public, alors c'était moins grave.

« Absolument, le public en a assez des spectacles grandiloquents et décadents des *reality-shows* sur fond de *black metal*. Les gradins déserts aux derniers mondiaux ont démontré à quel point les scandales qui ont éclaboussé les fédérations américaines et japonaises de *DeathGames* leur ont fait du mal. La course de taureaux, c'est le retour vers une tradition de jeux populaires pure et noble. Un art que l'on ne peut pas truquer. On n'achète pas un taureau, vous savez ?

— On peut toujours acheter un torero. »

Le *Jefe* se carra dans son pantalon et la fixa d'un air égrillard.

« En effet, mais moins facilement qu'une puritaine pisseuse de copie… N'est-ce pas ? »

Elle cilla sous son regard et chercha une réponse cinglante qui ne vint pas. Le caméraman derrière elle regarda ailleurs, résolument. Le *Jefe* faisait souvent cet effet aux gens.

« Laissez tomber, continua le *Jefe*. On n'est pas là pour ça. Seulement, n'essayez pas de me coincer, petite. Vous avez d'autres questions ? »

Elle hésita, se redressa un peu et enchaîna :

« Oui, s'il vous plaît. Votre challenger américain est John Minœnder, le P.-D.G. de Rhadamante Inc. La rivalité entre les entreprises Rhadamante et les vôtres est de notoriété publique. Vous avez décidé de déplacer vos différends dans l'arène, tous les deux ?

— Rhadamante est spécialisée dans la transmnèse et je réprouve ce procédé de A jusqu'à Z, ça aussi c'est de notoriété publique. Minœnder et moi ne sommes pas concurrents.

— Mais ZegrisInc produit des clones de transmnèse…

— Produisait, Miz, produisait… »

Il insista, goguenard, sur le « Miz », c'était tout à fait le genre de nénette à pinailler pour qu'on l'appelle ainsi, même si elle venait des Enclaves Francophones de Strasbourg.

« Après l'affaire Darlan-Sénac, continua-t-il, le conseil d'administration de ZegrisInc a décidé de réorienter totalement la production vers les greffes partielles.

— Vous parlez du scandale des biologistes qui ont mis à jour un trafic de corps non clonés en vue de transmnèses illégales ?

— Oui. Ces transmnèses ont démontré qu'elles étaient stables, au contraire de celles pratiquées à partir de clones. Curieusement, l'âme humaine s'accommode mal avec le vivant synthétique, l'équipe Darlan-Sénac l'a confirmé. Nous avons fait place nette et réorganisé les chaînes de production. La philosophie de ZegrisInc ne peut s'accorder avec un monde où quelques vautours richissimes gagnent l'immortalité en volant le corps des autres. Les dérives potentielles du procédé de transmnèse sont énormes, nous avons décidé de nous en retirer. Même la transmnèse à partir de clones nous a semblé contestable moralement. Ne parlons pas de ce qui se fait sur les corps d'animaux en ce moment.

— Vous réprouvez l'utilisation des Rats Pénitentiaires™ ? Cela a pourtant eu un impact non négligeable sur l'engorgement des prisons et…

— … et surtout ça coûte moins cher à l'État Fédéral Européen d'entretenir des petites cages pleines de rats, plutôt que des prisons aux normes sanitaires acceptables. Franchement, je vous le déclare hors micro et je vous interdis de me citer, je crois que tous ces pauvres types seraient mieux morts. On peut revenir au sujet, Miz ? »

La voix du *Jefe* avait repris son ton tranchant, la fille obtempéra *illico* :

« On dit que vous n'avez toujours pas formé votre équipe. Votre challenger américain est déjà à la tête de deux *cuadrillas*. Avez-vous quelque chose à déclarer à ce sujet ? »

Le *Jefe* se rembrunit quelque peu. Il répliqua du bout des lèvres :

« John Minœnder est un homme d'affaires avisé, mais je crois que la vieille Europe a encore des choses à apprendre au Nouveau Monde, sur le plan de l'éthique notamment. Laissez-moi finir, Miz, s'il vous plaît. La corrida est un art d'hommes nobles et désespérés, qui ont su faire face à de vrais défis nobles et désespérés. Manger tous les jours par exemple. Faire manger les siens. Ça n'est pas pour les sportifs nourris aux O.G.M., gavés d'hormones et tenus par la main. J'ai recruté mon personnel dans le vieux terreau d'autrefois, parmi les gens du peuple. *MON* peuple. Je n'ai pas encore attribué les places dans ma *cuadrilla* et j'ai d'autres candidats en tête. La première *lidia* se déroulera dans trois ans, nous verrons à ce moment-là. Ce sera tout ?

— Ce sera tout, Don Jaime. Merci d'avoir répondu aux questions que se posent tous nos spectateurs. »

On n'était pas franchement d'accord avec le *Jefe*. On ne se sentait pas nobles du tout. En revanche, désespérés, ça oui, on l'avait été. Mais il nous avait tirés des Enclaves Suburbaines Tolosanes et, désormais, c'en était fini de la queue aux services sociaux pour faire bouffer aux gosses autre chose que la merde sortie des usines à Synthés. Depuis qu'on était là, ils mangeaient comme la nénette, nos gamins. Et puis on avait un vrai boulot et une vraie maison, loin de la pollution et des rues excavées de la Capitale Fédérale des Pyrénées.

Plus tard, on a beaucoup regretté de ne pas avoir compris que les deux petits venaient d'une merde plus puante encore que la nôtre.

Le *Jefe* les avait tirés des ruines du *Sacromonte* à Grenade, où leur clan s'accrochait avec entêtement, crevant de faim et d'oubli. Don Jaime était allé visiter l'Alhambra avec la *señora* pour leur voyage de noces. Ça avait tellement plu à l'Anglaise qu'il le lui avait reconstruit ici.

Ça faisait un peu bizarre, ce palais mauresque à quelques kilomètres de Lourdes. Les remparts d'ocre rouge tranchaient crûment avec la pierre blonde dont on se sert dans le coin. Pourtant, depuis que l'Andalousie n'était plus qu'un immense marais salant à cause de la montée des Eaux, le *Jefe* n'était pas le premier à tenter de recréer un bout de la mère patrie, n'importe où ailleurs en Europe. Les hauts plateaux espagnols n'avaient pu recevoir tout le monde.

On dit que l'Alhambra, le vrai palais, a bien résisté, là-bas sur son piton rocheux au pied de la *Sierra Nevada*.

En tout cas, ce fut cette nostalgie qui poussa le Jefe à nous recueillir tous, et les gamins ensuite. Même si, déjà, il avait tendance à adopter les chatons orphelins. Ce n'était pas un mauvais bougre, le *Jefe*. Juste un homme très riche qui avait envie d'entendre à nouveau les accents langoureux de sa langue natale, noyée sous le raz-de-marée (c'était le cas de le dire) anglo-saxon.

Un jour, Cordovan avait dit :

« On a eu du bol que le *Jefe* soit si attaché à ses origines, hein ?

— Ouais, avait ricané Joselito. N'empêche, pour son lit, c'est une blondasse qu'il a ramassée, eh ! »

*

En deux ans et demi, tout le monde avait pris du poids, même les deux petits. On avait fini par leur donner des noms. Carmín, l'aîné, et Tinto, son petit frère, parce qu'ils avaient tendance à piquer un fard du plus loin qu'ils apercevaient Joselito. Ils se retenaient de lui tomber dessus. Le *Jefe* était très clair sur le destin de ceux qui se battaient sur le territoire de la *ganadería*.

Et, tous, on préférait apprendre l'art du combat *de pie*, dans le sable de l'arène privée du *Jefe*. Les petites vaches nerveuses, sœurs plus jeunes de Zinzolino, nous fournissaient des adversaires plus qu'honorables. Carmín et Tinto étaient très doués. Ils en remontraient même à Joselito.

C'étaient de braves gosses, raisonnables, mais leur sang bouillait facilement. Ils étaient très sensibles au défi. On ne comptait plus les fois où on les avait coincés comme ça.

Croyez pas qu'on ne les appréciait pas, ils parlaient

notre langue après tout. Mais ils n'étaient pas tout à fait des nôtres. Moins encore finalement que nos voisins tolosans. Ils n'avaient pas connu comme nous la Traversée des Pyrénées sur les pas de nos parents, vers l'exil. Ils ne s'étaient pas assis au col de Collioure pour regarder en arrière. Ils n'étaient pas descendus vers les Camps, puis les Enclaves. Ils n'avaient éprouvé que la liberté de crever lentement et fièrement sur le sol noyé de leurs ancêtres.

Jusqu'à ce que le *Jefe* débarque et fasse à leurs parents une offre qu'ils ne pouvaient refuser. Ils prétendaient n'être venus que pour la *lidia* et ils en tiraient orgueil. En fait, on ne savait pas vraiment qui snobait qui. On aurait pu faire un effort. C'était nous les adultes, après tout. Mais ils s'accrochaient l'un à l'autre et faisaient face à nos railleries, chacun gardant le dos de son frère. Ils décourageaient les tentatives de rapprochement les plus sincères. Il y en eut peu, faut dire. Et elles s'interrompirent tout à fait après les trois ou quatre premières rebuffades. On n'avait pas compris l'étendue de la misère d'où ils sortaient. On n'a pas su tendre la main, encore et encore, jusqu'à ce que nos jeunes loups cessent de se sentir obligés de mordre. La plupart d'entre nous ont fini par se contenter de les ignorer, mais Joselito n'arrêtait pas de leur chercher des noises et d'essayer de les prendre en défaut. Cordovan a dû intervenir quelquefois pour calmer les ardeurs de notre Premier.

Autrement, on ne les aidait guère. Chaque fois que le *Jefe* s'absentait, on s'arrangeait pour éviter de les avoir dans les pattes. Joselito les envoyait nettoyer les boxes des chevaux ou travailler aux étables, comme ça nous étions tranquilles dans les arènes. Ça semblait leur convenir autant qu'à nous.

Un soir, ils ne se sont pas présentés au repas dans la salle commune et cela ne nous a pas étonnés. Personne ne s'est remué pour aller les chercher. Jusqu'à ce qu'un des *peones* déboule :

« Eh ! Venez voir ce que magouillent les deux *niños* ! »

On l'a suivi jusqu'à l'arène de bois, derrière les étables. Les gosses n'avaient pas allumé les projecteurs, ils travaillaient sur le sable dans une demi-obscurité. Ils avaient fait main basse sur le *carreton* — en fait une paire de cornes montées sur une armature de bois tendre, flanquée de deux roues de bicyclette — qui faisait office de taureau pendant nos après-midi d'entraînement. Muleta en main, l'épée droite et haute alignée sur son frère agrippé aux brancards de sapin, Carmín attendait la charge. Sa pose était parfaite, son dos cambré et son pied sûr. Le *carreton* a surgi de l'ombre, Carmín a fendu l'air de sa lame et estoqué en plein centre de la cible. Un geste d'une précision totale et d'une aisance fluide qui nous a tous laissés pantois et muets.

Le vent léger portait jusqu'à nous les parfums de la Cour des Myrtes, le patio préféré du *Jefe*. Quelqu'un s'est raclé la gorge. Ils nous ont aperçus. Ils ont levé la tête vers nous. Leurs regards jumeaux nous ont fixés sans ciller. La lune naissante accrochait des reflets liquides dans leurs prunelles sombres.

Joselito a eu un hoquet qu'il a transformé en ricanement.

« C'est pas mal du tout, ça, Carmín, eh ?! Et toi, Tinto ? Tu fais aussi bien que lui ?

— Non, a répondu Tinto calmement. Je suis meilleur aux banderilles.

— Ah. Eh bien, nous allons voir ça, d'accord ?

— Si vous voulez », a fait Tinto en haussant les épaules.

Les deux frères avaient tout de même un peu appris à composer, surtout quand Don Jaime était absent. Tinto savait que pour se débarrasser de Joselito, il valait mieux laisser du mou et en passer par là où il voulait. Il est allé chercher une paire de banderilles derrière les talanquères.

Joselito a éloigné Carmín qui avait l'intention de pousser le *carreton* et a pris place entre les brancards. Tinto s'était à peine avancé et positionné que notre Premier a foncé, d'une charge lourde et puissante. Tinto a levé les bras, banderilles tendues au-dessus de son front clair.

Le choc a été terrible. Joselito l'a cueilli au milieu du ventre de plein fouet. Au dernier moment, il avait relevé les cornes factices et accompagné la manœuvre d'évitement de Tinto après la pose des banderilles. C'est une chose qu'un taureau ne fait jamais. Le *banderillero* place ses dards et s'écarte de la trajectoire au même instant. La bête continue tout droit, le temps de se rendre compte qu'elle n'a plus personne en face. Joselito n'avait pas respecté la règle du jeu. Inutile de dire qu'il l'avait fait exprès.

Tinto gisait sur le sable, les deux mains pressées contre son ventre, sans gémir. Carmín s'est penché et l'a aidé à se relever, muet lui aussi. Les yeux de Tinto papillonnaient, il avait peine à tenir debout. Le gosse n'était pas blessé, mais il devait avoir sacrément mal. Il s'est appuyé sur l'épaule de son frère et ils ont regagné leurs quartiers. Carmín et lui n'ont pas jeté un coup d'œil vers Joselito goguenard qui les a regardés s'éloigner, un sourire satisfait fendant son visage d'une oreille à l'autre. Il a cherché l'approbation de la *cuadrilla*.

« Je les ai remis à leur place comme il fallait, eh ?

— Je sais pas. Toi, en tout cas, tu étais bien à la tienne », a fait Cordovan, acerbe, en tournant les talons à son tour.

Mais les autres ont approuvé bruyamment Joselito, ça a été une joyeuse soirée à la cantine.

*

Tinto était le plus nerveux des deux, celui qui avait le plus besoin de tranquillité. Quand la pression devenait trop forte, il se réfugiait dans les champs du Domaine. Nous autres, fils des villes surpeuplées, on ne se sentait jamais très bien dans ces campagnes désertes où pointaient de temps en temps les ruines des vieilles fermes et des villégiatures abandonnées. Le silence et l'immensité des collines aux courbes douces et blondes nous mettaient mal à l'aise. Paradoxalement, la barrière des montagnes blanches au sud augmentait encore cette impression d'immensité. On n'aimait pas ça du tout. On préférait rester entre les murs du Palais, même si on les trouvait un peu ridicules, ces grands remparts rouges, conçus pour résister à des armées disparues.

Pourtant, on était souvent obligés d'aller chercher le gosse dans la cambrousse avec les 4x4 du *Jefe*. C'était interdit d'approcher les taureaux à pied. Le jour de la *lidia*, Zinzolino ne devait pas avoir vu d'homme. Mais Tinto adorait observer le *bicho*, alors il se faufilait dans son sillage. Zinzolino était peut-être le seul être vivant qu'il aimait, son frère excepté.

Le *Jefe* laissait couler, il nous envoyait à sa recherche seulement quand son absence avait trop duré. Il devait se sentir une fraternité quelconque avec Tinto, dans leur amour commun du grand taureau qui commençait à accuser ses cinq cents kilos de muscles.

Cependant, Joselito ne se gênait pas pour coller une bonne taloche au gamin sur le chemin du retour. Pour lui apprendre à nous emmerder. Comme si on n'avait pas autre chose à faire que d'aller le tirer d'un arbre ou d'un buisson. Et, là, Cordovan ne trouvait rien à redire.

*

Résister à la tentation de casser la figure au Premier de la *cuadrilla* devenait de plus en plus difficile, Joselito ne cessait de les persécuter. C'est pour ça qu'on aurait dû se méfier quand Joselito est brutalement devenu le meilleur ami de Carmín.

Ça a coïncidé avec la visite de Minœnder au Domaine.

On ne l'a pas apprécié non plus, celui-là. Le contraire

aurait été étonnant, vu la réputation qu'il avait. Il avait été un des fondateurs des combats de *DeathGames*. Ses équipes gagnaient trop souvent aux dires de certains. Et salement. Fils d'un milliardaire crétois et d'une W.A.S.P. du Massachusetts, il était connu pour sa fortune colossale et sa brutalité, en affaires comme dans le reste. La femme d'un des *peones*, grande lectrice de presse *people*, nous avait appris qu'il était en instance de divorce — le cinquième — et que son épouse réclamait des dommages et intérêts pour cruauté mentale et tortures, pas toutes psychologiques.

Le jour où il s'est pointé, on nous a fait mettre en rang dans la cour pour le recevoir. Cordovan a sifflé entre ses dents :

« C'est rien d'autre qu'un vieux charognard sénile !

— Ouais, un vautour qui a aussi bien réussi, moi, j'appelle ça un aigle ! »

C'était Joselito, bien sûr, qui a ajouté :

« Et puis vieux, il va pas le rester très longtemps, z'allez voir ! »

Tout le monde a frissonné. La transmnèse n'avait pas bonne presse dans les classes pauvres comme la nôtre. Faut dire que tout ce que nous risquions d'en voir un jour, c'était à travers les yeux d'un Rat Pénitentiaire™. Personne n'avait les moyens de s'acheter un corps cloné plus jeune, ou comme il paraît que cela se faisait de plus en plus, un voyage touristique, sous le crâne d'un Tigre™. Joselito a ricané encore :

« Ça tombe super bien que ceux qui peuvent pas s'offrir la jeunesse éternelle n'en veuillent pas, hé ?! »

Le *Jefe*, qui n'aimait pas plus que nous Minœnder, l'avait confié aux bons soins de Joselito, seul volontaire, qui lui a fait visiter le domaine. Chaque concurrent avait le droit d'aller constater de visu les progrès de l'adversaire, et Minœnder était là pour ça. Le *Jefe*, lui, n'a jamais usé de ce droit. Lorsque Minœnder a quitté la propriété, le soulagement a été général. Ses domestiques nous fichaient la frousse. Ils semblaient toujours sur le qui-vive et se muraient dans un silence buté quand ils déjeunaient en notre compagnie. Joselito a prétendu qu'il fallait savoir le prendre. C'était rien qu'un foutu psychopathe avec trop d'argent, mais il lui arrivait d'être affable et même de bon conseil. Joselito ne nous a jamais dit de quels conseils Minœnder avait pu se fendre à son égard.

Carmín et Joselito ont de plus en plus traîné ensemble. Joselito embarquait le môme dans ses raids vers les Enclaves, dont ils revenaient souvent ivres, toujours très émoustillés. Et le jour où le *Jefe* a annoncé que Carmín prendrait la tête de la *cuadrilla* et que Joselito serait son *mozo de espada*, personne ne s'est étonné de voir Joselito féliciter son nouvel ami, le premier moment de déception passé.

Seul Tinto a piqué un fard devant les accolades de Joselito à son frère. On a pensé qu'il était jaloux, simplement. Les sorties de Carmín avec Joselito ne l'incluaient jamais, et les deux gosses ne vivaient plus leurs journées collés l'un à l'autre comme autrefois, lorsqu'ils faisaient front contre notre indifférence ou nos moqueries.

Surtout que pour Tinto, Joselito n'avait pas changé

ses manières et qu'il continuait à le harceler. Du coup, Tinto accomplissait ses tâches avec mauvaise volonté, quand il le faisait, et il passait de plus en plus de temps dans les collines. Même Carmín a fini par le lui reprocher. Alors, Tinto est devenu insupportable. Il avait perdu le soutien inconditionnel de son frère, ses manières s'en ressentaient gravement.

Cordovan l'a pris à part, un jour :

« Écoute, petit, faudrait revoir ton attitude. La *cuadrilla* a besoin qu'on soit tous soudés. »

Tinto l'a fixé de ses yeux sombres et ourlés de longs cils. Il était beau, le gosse. Mince et nerveux, étonnamment grand pour un gitan.

« La *cuadrilla* se fiche de moi. Je lui rends ce qu'elle me donne, c'est tout, a-t-il rétorqué le menton haut.

— T'es pas content pour ton frère, c'est ça ? »

Tinto a choisi de prendre la question de travers :

« Bien sûr que si. C'est bien qu'il vous ait tous enfoncés. Ça vous fait quoi, qu'un minable petit *gitano* vous tienne la dragée haute ? »

Cordovan a soupiré, comprenant qu'il ne tirerait rien de sensé du gamin.

« Reste à l'écart des ennuis, c'est tout. C'est pour toi que je dis ça. Si le *Jefe* te renvoie aux Enclaves, tu sais ce qui t'attend là-bas. T'es trop joli pour pas y rencontrer très vite de gros emmerdements. Tu sais ça. Et recommence à faire correctement ton boulot, d'accord ? »

Tinto a rougi et fini par acquiescer d'un ton boudeur :

« D'accord. »

Mais Cordovan a bien senti que leur accord n'était que de surface, même si Tinto s'est remis au travail avec un acharnement qu'on ne lui avait pas connu jusque-là. Enfin, comme la situation semblait s'apaiser, le vieil homme a laissé couler.

On n'a jamais vraiment su ce qui s'était passé. Sauf qu'un jour, à peine deux mois avant la *lidia*, on a découvert le cadavre éventré de Carmín à quelques mètres de son 4x4 dans l'une des pâtures. Zinzolino paissait avec ses femelles, non loin de là.

Tinto n'a pas pleuré. Il s'est contenté de rougir lorsque Cordovan, consterné, lui a annoncé la mort de son frère. Il a quitté la cantine du personnel sans un mot et filé dans les collines. Cette fois, le *Jefe* nous a interdit d'aller le chercher et a nommé Joselito à la place de Carmín.

Tinto est revenu quelques jours plus tard et s'est rendu droit au bureau du *Jefe*. Là, à la grande stupéfaction du *señor*, il lui a demandé son compte.

On a tenté de le dissuader, mais il s'est obstiné. Le *Jefe*, désolé, a fini par lui accorder son congé. Comme il aimait bien le gosse, il lui a octroyé une confortable rallonge, un billet de faveur pour les jeux et le trajet en avion jusqu'à Mexico. Le *Jefe* était vraiment un brave type.

On a su bien plus tard que Tinto avait converti le vol en un aller simple pour Boston.

On l'a un peu regretté, mais la *cuadrilla* avait autre chose à penser. La fièvre qui gagnait tout le monde à l'approche de la *lidia* a très vite éclipsé le triste accident. Comme d'habitude, Cordovan a résumé l'histoire par une phrase définitive et, comme d'habitude, Joselito a répondu par une remarque finaude qu'on a oubliée aussi vite que Tinto et son frère.

Nous avons assisté au départ de Zinzolino, une semaine après la mort de Carmín. Les autorités sanitaires en avaient décidé ainsi pour respecter les normes de quarantaine et garantir l'impossibilité du dopage. Mais cela ne nous rassurait pas de savoir que ce serait des experts américains qui seraient chargés des vérifications.

À Mexico, on s'est tous un peu sentis perdus. Même Joselito faisait moins le faraud. C'était la première fois qu'on quittait la France et la plupart d'entre nous n'avaient jamais connu un pays où tout le monde parlait castillan mieux que nous. Y avait cet accent étrange aussi, et dans l'ensemble on se sentait… disons décalés. Le climat n'était guère agréable. Nous étouffions dehors et crevions de froid dans nos chambres climatisées.

À l'hôtel, on nous traitait comme des rois en visite et nos moindres désirs étaient exaucés. Cela accentuait terriblement cette impression d'irréalité qu'on ressentait à l'approche de la *lidia*. Heureusement que Don Jaime ne nous lâchait pas d'une semelle, sinon certains d'entre nous auraient sûrement craqué. Il nous a traînés dans les églises exubérantes, les petites ruelles colorées de rose et de bleu, devant les murs ornés de fresques vives de la place des Trois-Cultures. Nous retrouvions un peu du Vieux Pays entre les tours étincelantes des gratte-ciel et les chabolas de tôles disjointes. Les *cantinas* ont achevé le travail. Nous en sommes sortis définitivement convaincus par le Mexique, et ivres morts.

Joselito a été le premier à se reprendre vraiment et, lorsque Cordovan est venu lui porter son habit de lumière, il était déjà presque totalement rasséréné. Il a paradé des heures devant la glace, autant pour travailler ses poses et ses gestes que pour s'admirer sous toutes les coutures.

Cordovan ne disait plus rien. Il remplissait ses tâches de valet d'épée avec une tête encore plus sinistre que d'habitude. Joselito avait décidé de porter la coleta, le chignon des toreros confirmés, alors qu'il n'avait pas reçu l'alternative, l'intronisation dans l'arène par ses pairs. Le vieil homme désapprouvait cette prétention malhonnête. Même si, comme l'avait fait remarquer Joselito, il n'y avait plus personne au monde qui soit capable de la lui conférer et qu'il fallait bien que quelqu'un se décide à réintroduire la tradition.

Cordovan s'est rendu au *sorteo*, comme c'était son rôle. Le valet d'épée se doit d'assister au tirage au sort des lots de taureaux. Il est revenu annoncer les résultats d'un air assez mitigé. Il n'avait pas aimé que ce soit un ordinateur qui fasse le travail. Il ne faisait pas confiance à l'impartialité d'une machine qu'on peut programmer. En tout cas, Zinzolino nous revenait. Et tous les autres s'accordaient pour penser que c'était une bonne chose. Zinzolino était à nous. Il ne nous ferait pas démériter. Don Jaime a pourtant tiqué, et Cordovan a été le seul à s'en apercevoir.

Les Mexicains nous ont fait un accueil triomphal quand on s'est rendus aux arènes. On a laissé Joselito se recueillir dans la Chapelle, tandis que nous échangions des regards prudents et des paroles mesurées avec nos adversaires. Nous savions que le torero de Minœnder, un *chicano* du sud des États-Unis, passerait en premier. Il était plus âgé que Joselito de quelques années à peine, mais cela lui conférait la priorité. Il partait grand favori. C'était presque l'enfant du pays après tout. Cependant, les gens ne nous l'ont jamais fait sentir.

Dans notre salle de repos, nous avons entendu les ovations que la foule lui a adressées. Cela augurait vraiment bien de l'avenir de la corrida. Le torero de Minœnder a combattu bravement, en tout cas, et s'est vu attribuer les deux oreilles. Puis ça a été notre tour.

Nous avons suivi Joselito dans le sable brûlant tandis qu'il se dirigeait vers la tribune officielle. Bizarrement, la place de Minœnder était encore vide. Joselito a marqué un temps d'arrêt. Il a levé sa *montera* afin d'offrir le combat au *Jefe* qui nous supportait de là-haut. C'est alors que quelqu'un a pris le siège de Minœnder. Joselito en a laissé tomber son chapeau de saisissement.

Sanglé dans un superbe costume blanc cassé, Tinto a croisé ses jambes nerveuses sur le fauteuil tendu de pourpre et nous a souri, âprement. Cordovan, pour se donner une contenance, a ramassé la *montera* et l'a tendue à Joselito, qui a eu du mal à ne pas la laisser échapper une seconde fois. Puis Cordovan a soufflé :

« C'est pas Tinto ! Regardez ses yeux, c'est que son corps ! Il s'est vendu à ce vautour ! »

À la tribune, Tinto a relevé sa manche, l'air de rien. Le code-barres bleu argenté des clones se lisait sur son avant-bras, même de loin. Minœnder signifiait ainsi à tous ses voisins qu'il avait été transféré dans un clone parfaitement légal. Son sourire s'accentuait tandis qu'il nous fixait les uns après les autres, mettant la *cuadrilla* et son mécène au défi de le dénoncer.

Le *Jefe* était blême. Apparemment, il était arrivé à la même conclusion que nous. Il a fait mine de se lever, la bouche entrouverte, comme s'il allait déclarer quelque chose. Le sourire de Minœnder s'est agrandi quand il s'est penché pour murmurer quelques mots à l'oreille de Don Jaime, une main posée sur son avant-bras. Le *Jefe* a encore pâli et s'est effondré dans son fauteuil. Il a carrément tourné le dos à Minœnder, si monstrueusement à l'aise dans le corps jeune et beau de notre ancien camarade. Il semblait sur le point de vomir. Minœnder a lâché la manche du *Jefe* qui s'est levé. Chancelant, il a quitté la tribune et n'est plus reparu.

Joselito s'est repris. Il avait toujours été le plus réactif et le plus adaptable d'entre nous. Un rictus sardonique s'est dessiné sur son visage. À l'indignation de toute la *cuadrilla*, il a offert la mort du taureau à Minœnder en lui lançant sa *montera*.

Cordovan a failli se jeter sur notre torero lorsque le couvre-chef a atterri dans les mains fines du gosse qui avait autrefois fait partie des nôtres. On a dû s'y mettre à quatre pour le retenir.

Minœnder a salué Joselito, acceptant l'hommage

avec une expression tout à fait curieuse. Une satisfaction repue, l'air de celui qui, à table, attend le dessert.

Le président de la course a donné le signal.

La porte du toril s'est ouverte. Normalement, on aurait dû forcer Zinzolino à sortir. Les taureaux sentent bien que le danger est là, dans la lumière aveuglante devant eux. Ils ne s'y aventurent pas volontiers. Pourtant, il s'est avancé tranquille, au centre du cercle. Son poil noir brillait de ses reflets roux dans le soleil de la fin d'après-midi. En face de la tribune, son énorme tête s'est penchée vers le sol, comme s'il saluait.

Joselito l'a observé un moment. Zinzolino ne faisait pas mine de choisir un point de retraite. Tous les taureaux font ça. Il y a un endroit de l'arène qui leur sert de refuge. L'art du torero consiste à le déterminer et à éviter de se placer entre le taureau et ce point. Couper cette retraite à l'animal, c'est le mettre aux abois et le rendre infiniment plus dangereux.

On a déroulé les capotes lie de vin et chacun a tenté d'attirer le taureau vers lui. Zinzolino nous a regardés approcher, impavide. Ses cornes ont accroché la lumière et Cordovan a poussé un juron.

« *Joder* ! Il a été *afeitado* ! »

On s'est penchés pour mieux voir. Effectivement, on avait raccourci les cornes de Zinzolino, très peu mais de façon sensible. Ça se faisait autrefois lorsque l'animal était trop puissant. Mais, là, le but n'avait pas été de rendre le taureau moins menaçant : au contraire, on avait aiguisé les extrémités, et on voyait combien elles étaient acérées.

« Pas grave, a fait Joselito. Ça n'en sera que plus beau. »

Joselito, notre cynique, croyait véritablement à l'Art. C'est à ce moment qu'on s'en est rendu compte. N'empêche, on n'était pas très rassurés en faisant claquer les capotes devant le mufle formidable. Zinzolino nous a superbement ignorés. Joselito, agacé, a arraché une capote et s'est avancé à son tour.

« Eh, *toro* ! »

Cette fois Zinzolino a réagi. Il s'est approché tranquillement pour suivre la danse de la capote comme un valseur sa partenaire. C'était à la fois très beau et très indolent. Joselito enchaînait les passes, véroniques, papillons et *gaoneras* avec un art consommé. Zinzolino suivait le tissu au petit trot, sans forcer. Comme pour faire plaisir. Mais il n'y mettait aucune fougue, paraissant se promener avec Joselito. Celui-ci bouillait de colère, ne cessait de l'interpeller bruyamment, rien n'y faisait. Zinzolino ne se décidait pas à passer à la vitesse supérieure.

Fou de rage, Joselito a laissé tomber la capote et lui a tourné le dos pour revenir aux talanquères, sans se préoccuper d'une attaque éventuelle. Ce courage de Joselito a empêché la foule de clamer sa déception et lui a gagné sa faveur. Zinzolino est retourné à sa place au cœur de l'arène, ignorant les épaules offertes de Joselito.

Le président a fait signe aux picadors. La foule les a sifflés. Par tradition, on n'aime pas les picadors. Pourtant, sans eux la corrida ne pourrait avoir lieu. Ce sont eux qui, blessant le taureau, l'empêchent de porter ensuite des coups en hauteur. C'est une garantie supplémentaire de survie pour le torero.

Le premier picador s'est préparé à la charge de Zinzolino, qui n'est pas venue. La foule s'est mise à murmurer : un taureau brave charge tout ce qui bouge. Mais Zinzolino restait toujours aussi placide. Il attendait. Alors, le cavalier a éperonné et foncé, pique en avant.

Zinzolino s'est déporté, la pointe ne s'est pas enfoncée où elle l'aurait dû, au bas du morillo, la bosse de chair avant le garrot. La grande bête supportait l'assaut avec un calme sidérant. Pourtant, le picador penché en avant poussait de tout son poids sur sa lance afin de forcer le passage entre les muscles tendus qui se couvraient de sang.

Zinzolino a immédiatement baissé les cornes, si bien que le président a levé un doigt. Compte tenu du peu d'énergie déployé par le taureau, il n'accordait pas de pique supplémentaire. Le crâne de Zinzolino faisait l'angle parfait, inutile d'insister. Joselito se rembrunissait de plus en plus.

On aurait dû poser trois paires de banderilles. Le président ne nous en a accordé que deux. Joselito nous a fait signe de nous en charger. Il ne s'en occuperait que pour la mise à mort. C'était tout ce que Zinzolino méritait. Le *tercio* de banderilles a été aussi frustrant que celui de piques. On a regagné les talanquères, presque honteux, pour laisser place à Joselito et au *tercio de muerte*.

Joselito s'est avancé, souriant aigrement à la foule qui ne lui tenait pas rigueur de la lâcheté de son taureau. Au contraire, elle l'a applaudi à tout rompre.

La muleta en main, il a défié Zinzolino et le manège décevant a repris. Le torero enchaînait les passes et Zinzolino suivait sans entrain. Las de cette parodie, Joselito a demandé son épée d'un claquement de doigts et Cordovan la lui a apportée avec célérité. Ça a été la seule fois où ils se sont accordés sur quelque chose : il était temps d'en finir.

Dès que Joselito a eu l'épée en main, le combat a changé de visage. On aurait dit que Zinzolino n'avait attendu que ça. Que le torero soit armé. Naseaux fumants, cornes haut levées, sabots ardents, il a foncé sur Joselito. Notre premier ne s'y attendait plus, il a failli se faire avoir au premier coup. La corne, plus pointue qu'un poignard, l'a raté d'un cheveu sous la muleta.

« *Joder*, a juré Cordovan. Il le voit derrière la cape ! »

Et c'était vrai. Zinzolino ne suivait plus le tissu pendant les passes, il essayait de deviner le corps dissimulé derrière. Ça n'aurait pas dû se produire. Il n'avait pas eu la possibilité d'apprendre ça dans les deux minables *tercios* qu'il nous avait offerts.

Joselito s'en rendait compte. Il était blafard. La survie d'un torero tient à ça. Au leurre de la cape. Et le leurre ne fonctionnait pas. Mais c'était un homme brave, malgré ses nombreux défauts. Il a fait face, l'épée au poing, alignée sur la charge à venir de Zinzolino…

Il y a eu un temps mort. Zinzolino a fait paisiblement le tour de l'arène. Ses sabots lustrés faisaient voler le sable lumineux. Il a fixé le torero de ses grands yeux liquides, puis il a majestueusement baissé ses cornes. Il y avait quelque chose d'incroyablement délibéré dans tous ses mouvements. C'est peut-être à ce moment que Cordovan et Joselito ont compris ce qui se passait en réalité.

Mais il était trop tard. Pour tout le monde. Zinzolino a chargé. Joselito s'est envolé et son corps désarticulé a décrit un improbable soleil au-dessus des cornes déjà sanglantes. Lorsqu'il s'est écrasé à terre dans un bruit plat et mouillé, Zinzolino s'est acharné sur lui. Cornes fouillant les chairs à la hauteur des cuisses, sabots piétinant le crâne. Cordovan s'est précipité, capote en main, pour détourner le taureau de sa victime, mais celui-ci l'a ignoré et a continué à étriper méthodiquement Joselito. Le torero n'était plus qu'une bouillie sanglante et inerte, à peine tressautante sous ses assauts.

Le silence est tombé sur la foule d'un coup.

Zinzolino a relevé le mufle, laissant derrière lui une tache écarlate qui semblait ne pas vouloir cesser de s'élargir.

« Eh, *toro* ! » a fait une voix claire.

Minœnder se dressait dans la tribune, une winchester au poing braquée sur la bête. Zinzolino l'a fixé sans trembler. Lorsque la balle a fait éclater son œil noir, il s'est effondré en douceur, par paliers, comme s'il se couchait après une longue journée dans les prairies de la *ganadería*.

La foule a ovationné le milliardaire. Le coup avait été parfait et la victime ne méritait rien d'autre.

La *cuadrilla* a quitté l'arène, emportant le cadavre de Joselito tandis que les servants crochetaient celui de Zinzolino. Les deux traces pourpres se confondaient dans le sable qui les absorbait. C'est là qu'on a su ce que Tinto avait fait, quel marché il avait passé avec Minœnder, en échange de sa beauté et de sa jeunesse…

*

L'homme se tut et avala le reste de son verre d'un trait. En face de lui, le journaliste hésita avant de se résigner à éteindre son enregistreur :

« Et c'est là toute l'histoire, Don Cordovan ?

— Oui. Resservez-moi de ce vin, *señor* ! Je vous ai dit tout ce que je savais.

— Vous ne croyez pas que vous avez assez bu ?

— Non, je crois pas. J'aurai jamais assez bu. Vu que je me demanderai toujours si Tinto a vraiment compris ce qu'il avait fait.

— C'est-à-dire ?

— Pour venger son frère, pour faire boire son sang à Joselito, Tinto a tué le seul autre amour de sa vie, tout simplement. Et aussi…

— Oui ?

— Et aussi je me demanderai toujours s'il a eu le temps…

— Le temps de… ?

— De savourer son privilège : courir brave, puissant et fier sur le sable dans la peau noire d'un Miura… »

STRATÉGIES DU RÉENCHANTEMENT

Première parution dans Stratégies du réenchantement,
Griffe d'encre, 2010.

À mes quatre mousquetaires.

Je suis né pendant le Printemps. Je fus un nourrisson choyé, j'imagine, parce que mes parents légèrement trop vieux ne firent pas partie de ceux qui coururent nus sous leurs tee-shirts devant les milices encaparaçonnées. Je poussai mes premiers cris tandis que les drones tazzers chargeaient, en longues vagues électriques qui fauchaient tout sur leur passage. D'après ma mère, on trouva deux mille cadavres rôtis parmi les manifestants le jour de ma naissance.

Je bénéficiai donc avec toute ma génération, sans trop l'avoir mérité, même pas par héritage, des retombées désormais connues du Printemps. Et ce, malgré son échec patent. À savoir pour n'en pas citer l'une des moindres : la Deuxième Libération Sexuelle.

Dans un premier temps.

Bref, nous baisions tous et jouissions sans entraves dès la puberté venue. À condition d'avoir fait un saut chez l'implanteur. Celui-ci shuntait nos fonctions reproductrices, comme au siècle dernier on posait un piercing au gland, sans rendez-vous et pour un prix modique. Et, comme autrefois, je pense, on passait les premières semaines à le dissimuler aux parents, inconscients encore de la poussée d'hormones dans les neurones de leurs petits.

Vous connaissez la suite. Tandis que ma génération s'éclatait au plumard, parce que c'était tout ce qu'on lui avait laissé, IL refit surface après des années d'hibernation plus ou moins contrôlée.

Et IL se rua sur nous avec la voracité de l'ours émergeant de sa caverne à la fin d'un long et terrible hiver.

J'ai la vague impression d'avoir passé mon bel âge à suivre des corbillards. Quand j'y repense, ce n'est qu'une longue file de couronnes de lys blancs collées au cul de bagnoles sinistres ornées de rideaux de velours noir à glands d'or. D'une façon ou d'une autre, avec le Sida4, on en revient toujours à un gland, c'est grotesque. Ou tragique.

Par chance, je traversai la période sans choper plus grave qu'une chaude-pisse ici ou là, alors que je ne prenais pas plus de précautions que mes camarades déjà morts. Un miracle, pensais-je, lorsque par hasard je m'arrêtais cinq minutes de rêver pour réfléchir. Ce n'était qu'un sursis.

Je fus pourtant très heureux à cette époque. Bien sûr, la disparition progressive de mes amis me flinguait brièvement le moral, de loin en loin. Mais, et d'une, je n'en tirais aucune vue d'ensemble et ne prévoyais rien de l'isolement qui me guettait au final, et de deux, je n'arrivais pas à me sentir concerné par le danger.

L'ouverture des premiers camps de relégation à l'usage des malades ne m'arracha même pas un soupir de révolte. Je cueillais les filles à brassées, comme des fleurs, je me perdais dans leurs sourires, leurs cheveux, leurs parfums et leurs corps. Mes nuits étaient sereines et chaudes, parfois d'une tendresse infinie qui me montait dans l'âme comme un souffle d'étoile. Il n'y avait ni fin, ni temps au monde, l'ensorcellement était perpétuel et l'univers riche de couleurs à chaque fois plus fraîches et plus vives. Je m'émerveillais d'une rose en bouton, de ses rouges flamboyants à venir, du soupçon de son parfum futur, du contact satiné de ses pétales enturbannés. Je pleurais parfois d'un lever de soleil. Et si je quittais de temps en temps mes compagnes d'une nuit avant leur réveil, ce n'était ni dégoût ni mépris de ma part, mais désir profond, irrépressible, de partager avec l'aurore la joie qu'elles m'avaient donnée.

Puis je rencontrai quelqu'un. La Poison. Pardonnez-moi, mais même maintenant je ne me résigne pas à utiliser son prénom. Elle me calcina le cœur et l'âme avant de piétiner mes restes et de disparaître à son tour, emportée par la vague létale qui déferlait sur le pays. Après la Poison, j'avais compris la leçon. Je repris ma route désordonnée, mais quelque chose était définitivement perdu, la magie peut-être, je ne sais pas. Le rouge était moins vif, plus rare, le gris omniprésent et je commençais à traverser la vie de loin comme un voyageur blasé. Ou l'invité à son propre enterrement.

J'eus le temps de me reproduire avec une autre, un peu par goût de la provoc et énormément par hasard. Cependant, j'ai beau haïr sa mère désormais, ma fille

Édeline reste l'une des grandes fiertés de mon existence, l'une des raisons qui la rendent moins vaine. La seule, en fait.

Et puis, je ne suis pas très juste avec Sophie, je savais ce qu'elle était en la baisant : le joyau unique de la famille du Premier Secrétaire Magnon, ultra conservateur et profondément opposé à toute forme de contraception. Il avait fait poser sur le cou de sa fille le logo et la puce *interdiction d'implant contraceptif*, que les religieux avaient obtenu de prescrire à leur progéniture jusqu'à leur majorité sexuelle. Laquelle est relevée à vingt-cinq ans, chez les intégristes. Ce fut l'un des avatars les plus paradoxaux du Printemps, cette histoire. Au nom du sacro-saint droit à la différence, on permit aux sectes de tous poils et autres groupuscules ethnico-nationalistes d'imposer leurs « exceptions culturelles » aux endroits les plus inattendus — et parfois, les moins respectueux de la Constitution.

En outre, force m'est d'avouer que ce n est pas par accident que ma queue s'est retrouvée d'abord dans la bouche, puis dans le ventre de Sophie. Non, je n'ai pas glissé sur une peau de banane, j'y suis allé la fleur au fusil, presque amoureux, autant que je le pouvais depuis la Poison, et avec une certaine satisfaction perverse. Qu'elle soit ce qu'elle était devait me faire bander encore plus dur. Je n'ignorais pas non plus que son anti-implant désactivait aussi les fonctions du mien. On est très con parfois à vingt ans. Et ça ne s'arrange pas vraiment avec l'âge.

Donc, après avoir mis Soph' en cloque, je l'ai laissé tomber salement pour une musicienne aux cheveux noirs qui l'habillaient toute entière et dont j'ai oublié le nom. Ce dont je me souviens bien en revanche, c'est de Sophie débarquant un soir dans ma chambre d'étudiant. Elle devait avoir accouché depuis un an environ, elle était redevenue baisable et ne demandait que ça.

Et pour cause.

Après une nuit torride sur le thème « la dernière fois », elle me quitta sans rien dire avec un baiser ironique. J'ai appris deux mois plus tard qu'elle s'était jetée d'un drone de transports en commun. Morte sur le coup. Comme, juste à ce moment, j'avais en main la feuille d'analyse médicale qui prouvait noir sur blanc qu'elle m'avait refilé le 4, j'eus un peu de mal à exprimer la compassion de rigueur. D'autant plus que sa lettre d'adieu attestait amplement qu'elle l'avait fait en toute connaissance de cause, la garce. Enfin, la garce, je grognais ce mot la plupart du temps. Mais, certains matins, lorsque je me regardais dans la glace, j'arrivais presque, je dis presque, à comprendre son geste. Surtout quand ma toute petite fille débarquait dans la salle de bain et reculait devant mes lésions de Kaposi.

J'avais gagné au moins ça. Par un autre miracle, le deuxième de mon existence, les juges n'avaient pas estimé recevable la plainte de mes beaux-parents pour m'empêcher de voir Édeline au motif que j'étais malade. Je crois que c'est cette gosse qui m'a rendu humain, à défaut d'être adulte.

En tout cas, pour elle, pour la regarder grandir, j'ai tout traversé. Les thérapies, les bithérapies, les trithérapies, les décathérapies, la relégation, les rémissions, les rechutes, les visites aux copains mourants, leurs cortèges subséquents et même les réunions de parents d'élèves pour lesquelles j'obtenais mes permissions de sortie et les cicérones obligatoires, armés jusqu'aux dents.

Tout, je vous dis.

Et surtout le vide abyssal de ma vie affective en dehors d'elle.

Parce que, ça, ce fut le troisième et avant-dernier miracle de ma vie : normalement le 4 aurait dû me couper à jamais de toute émotion humaine avant de me priver du reste.

Cette saloperie a pour effet secondaire de proliférer dans le cerveau et, à terme, d'inhiber les neurones impliqués dans les capacités émotionnelles. En gros, notre système immunitaire essaie de se défendre et sauve quelques meubles à grands coups d'anticorps déménageurs. Notamment : aucun 4 ne chope jamais de méningite, au contraire des 3 autrefois. Mais le 4 ressemble désormais tellement à certaines de nos propres cellules grises qu'après le passage des déménageurs, la pièce est un peu trop propre, voyez-vous. Plus de virus, certes, mais plus d'affect non plus. Le grand nettoyage par le vide. Une putain de réaction auto-immune, comme grince mon psy quand il n'a pas eu son café du matin. Sans compter que ça ne nous sauve pas pour autant : le 4, ayant échoué à la bibliothèque avec le chandelier, file s'attaquer à la salle à manger avec une clé à molette ou aux chiottes avec le revolver. Et, pendant ce temps, nous avons désappris à rire, à jouer et surtout à partager.

C'est pour ça que nous sommes quasiment tous

enfermés : nous sommes dangereux. Aucune empathie, aucun remords ni regret. Que de l'envie, et rien, pas le moindre surmoi qui nous empêcherait de prendre ce que nous désirons à l'instant où nous le désirons. Ça peut être une vie, un gâteau, un cul, un stylo, ce que vous voulez. Ou plutôt, ce que nous voulons.

D'après certains de mes proches, ça ne me changeait pas beaucoup. Avec ou sans le 4, j'étais un salaud. Même si, comme je l'ai raconté, je n'avais pas toujours été ainsi. Notez que je n'en tire aucune fierté, sinon celle-ci : j'ai été un salaud parfaitement clair. Je ne me suis jamais caché derrière de faux prétextes ou de fausses raisons morales pour faire ce dont j'avais envie. Je le faisais, et c'est tout. Une de mes ex m'affirma un jour que, finalement, ça me rendait plus vivable que la plupart de mes contemporains. En ceci que je ne leur collais jamais la responsabilité de mes ruptures par lâcheté et que, par ailleurs, je m'exécutais assez diligemment pour qu'il n'y ait pas de dommages irrémédiables chez mes partenaires. Si l'on excepte Sophie évidemment. Bonus : on pouvait me haïr rapidement et m'oublier encore plus vite. J'étais donc prié de débarrasser le plancher, avait précisé l'ex dans un rictus très désagréable.

Bref, quelques années plus tard, alors que le 4 avait réussi à envahir la totalité de mon organisme, je recevais tout de même la visite hebdomadaire d'Édeline, entourée de ses assistantes sociales. Et, ça, ça me faisait quelque chose. C'était aussi extraordinaire qu'inexplicable. D'ailleurs, mon psy n'y croyait qu'à moitié. Cependant, comme je faisais partie des malades

« calmes », on ne voyait pas l'utilité de me contrarier là-dessus. Vous remarquerez que je n'ai pas dit « ne pas me faire plaisir ». Le mot « plaisir » est banni des camps 4. Il n'a aucun sens pour eux. Ni physiquement, sauf aux niveaux les plus basiques, ni bien sûr moralement.

Édeline était le seul être vivant pour lequel j'avais de la considération, de l'intérêt et même de l'altruisme. Presque de l'empathie. Elle était rieuse, tendre, câline, illuminée de l'intérieur. Émerveillée d'un rien, d'un papillon, d'un nuage. Elle portait des robes dansantes où dominait le rouge cerise. Elle était vive et ses regards profonds luisaient comme des puits d'étoiles.

Je l'ai regardée grandir de la fenêtre de ma cellule. Les toubibs insistaient pour qu'on dise « chambre ». Mais, moi, une pièce avec des barreaux, une serrure que l'on ne peut actionner que d'un seul côté et un judas, sise dans un établissement cerné de miradors et de fils barbelés électrifiés, parcouru de vigiles et de chiens policiers, je ne pouvais pas appeler ça autrement qu'une cellule.

Édeline est devenue adulte très vite, trop sans doute. Et je ne devais pas être innocent de la chose. Dès ses dix ans, elle affirmait qu'elle me sortirait de là. Juste avant de demander si je l'aimais vraiment. Je répondais : « Oui, bien sûr, je t'aime. » Mais elle fronçait toujours un peu les sourcils. Ma voix n'avait jamais le bon ton. Je ne savais plus faire ça. Elle mettait du temps à se rasséréner, puis recommençait à rire.

À vingt ans, elle était le plus jeune membre fondateur du groupe de pression *FreeforFour* qui militait plus qu'activement pour adoucir les conditions de détention des 4, voire abolir leur emprisonnement.

Je n'ai jamais eu le courage de lui dire ce que je pensais de cet engagement. À savoir que c'était une belle connerie. J'en fréquentais tous les jours, des 4. Des types prêts à vous arracher la gorge sans frémir pour vous prendre la chaînette brillante qui y était pendue. Moi le premier. Simplement, l'une des choses qui m'arrêtaient presque toujours — moi, et pas souvent les autres —, c'était la notion d'économie. Je savais que je m'attirerais plus d'ennui et d'inconfort en tuant quelqu'un qu'en me refusant ce qui m'avait fait envie. Et j'appréciais encore le confort, surtout quand mon psy, inquiet d'une de mes réactions un peu limite, faisait entrer Édeline dans les paramètres dudit confort. La menace suffisait. Ma fille, elle, aurait été horrifiée si elle avait appris que je m'étais rendu coupable d'une chose pareille.

Elle avait fait de moi un vieux bonhomme qui ne vivait que pour ses visites, mais qui vivait. Après cinq lustres de maladie, c'était un exploit. J'avais enterré depuis fort longtemps la plupart des pensionnaires de notre colonie de vacances particulière entrés en même temps que moi. Dans le service, les infirmiers ne m'appelaient plus que « *Survivor* ». Certains ne devaient même pas avoir connu mon prénom.

Ensuite, Édeline sembla s'assagir et prendre sa vie en main. Elle fit médecine, réussit le concours dès la première année, puis sa spécialisation avec une facilité confondante. Elle devint virologiste, comme de juste. Elle fut engagée très vite dans une boîte dont elle ne me parla jamais beaucoup, et qui la surchargeait d'un travail dont elle discutait encore moins. Mais elle demandait toujours que je lui verbalise mon amour. Chaque fois, je me morigénais, la prochaine fois je n'attendrais pas, je le dirais avant, puis j'oubliais. Et ses visites s'espacèrent. Jusqu'à cesser. Je ne la relançai pas. Je n'osais pas. Je pensais qu'elle m'avait tant donné déjà. Qu'il était temps qu'elle vive sa vie sans moi. Mais je commençais à mourir, à la consternation de mon psy — toujours le même. Il m'aimait bien, je crois.

Cela dura trois ans. J'agonisais lentement mais sûrement.

Un matin, Édeline franchit à nouveau la porte de ma cellule. Je ne la reconnus presque pas. Elle portait un de ces abominables tailleurs de tweed sombre qui se meurent en jupe droite au-dessous des genoux, des bas si opaques que la lumière crevait dessus, un chignon retenu par un vérin hydraulique, au moins, et le logo du mariage catholique strict imprimé sur la tempe gauche. Je n'ai pas crié d'horreur ni de stupéfaction, parce que le 4 me met à l'abri de ces manifestations involontaires.

Je la laissai s'asseoir à côté de moi et me prendre la main sans manifester de réaction. Elle me fit un souffle de baiser sur la joue, plutôt un pincement de lèvres d'ailleurs. Elle redressa ses lunettes rondes sur son nez toujours adorable et commença à me faire la lecture d'un livre édifiant, édité par je ne sais quel ennemi du genre humain puisqu'il y était largement question de supprimer de la surface de la Terre tout ce qui était susceptible d'apporter un semblant de plaisir à quiconque. Je restai muet.

Lorsqu'elle eut terminé son chapitre, elle m'annonça son mariage récent avec un grand ponte de sa boîte, indiquant incidemment que c'était lui qui, dans son immense charité chrétienne, l'avait convaincue qu'il était de son devoir filial de rendre visite au pécheur. Elle reviendrait la semaine suivante. De toute l'entrevue, jamais ses prunelles grises ne me regardèrent en face.

Je n'ai pas pleuré parce que je ne savais plus comment faire depuis très longtemps. Mais j'espérais être mort avant le samedi. Je ne sais même pas ce qui me poussa à allumer le livre qu'elle avait laissé sur ma table de nuit. Je fis défiler les pages numériques en me demandant qui pouvait passer autant de temps à haïr son prochain avec autant d'acharnement que le type qui avait commis cette chose. Je faillis le balancer à travers la pièce, mais un petit « commentaire » ajouté dans une marge retint mon attention. Je connaissais bien ce style ferme et laconique. C'était des réflexions d'ordre philosophico-religieuses particulièrement gratinées dans le genre niaiseux et sûr de soi. Là aussi, le livre fut près de gicler contre le mur.

Quand je remarquai enfin ce qu'il y avait à remarquer.

Dans chaque passage surligné, un mot l'était plus grassement que les autres. Un code, bordel. Ça ne pouvait être qu'un code. Ma petite chérie était peut-être autre chose que la garce frigide, fanatique et rigide dont elle m'avait donné le spectacle avec tant de talent quelques heures plus tôt.

Je parcourus tout le livre et, d'annotation en annotation, je parvins au message suivant : *Accepte le contrat jeudi, fais-le pour moi.*

Je réfléchis. Le contrat. Ça voulait dire que nous allions avoir droit incessamment à un autre vol de vautours. J'entendais par vautours la visite impromptue d'envoyés des diverses boîtes pharmaceutiques qui avaient toujours besoin de cobayes pour les ultimes phases de tests de leurs nouveau-nés chimiques. Présenté ainsi, ça ressemblait à une chance inouïe offerte à des malades dont tout le monde se foutait. Sauf que non. Parce que, déjà, ce n'était pas forcément des traitements contre le 4 qui étaient testés. C'était même très rare. La recherche dans ce domaine avait connu une baisse drastique ces dernières dizaines d'années. Après les premiers graves échecs des vaccins qui conduisirent à la naissance du 4 en particulier. Et puis, comme la solution la meilleure restait encore la prévention — à savoir renoncer définitivement à la baise —, croyez-moi, beaucoup avaient estimé que la situation n'était pas si désespérée que ça.

Je caricature un peu, bien sûr, mais je ne suis pas loin du réel. Comme toujours quand on caricature. Toujours est-il que, leurs contrats, je les leur expédiais à la gueule en général.

Si Édeline voulait que j'accepte le prochain, elle avait eu raison de prévenir. Mais pourquoi avait-elle jugé utile de me le faire savoir de si extraordinaire façon ? Voilà qui tenait du mystère absolu. Bien sûr, nos chambres étaient sous surveillance électronique permanente, mais ce n'était que pour nous empêcher d'agresser nos visiteurs et pour intervenir en cas d'urgence.

J'attendis le jeudi avec une curiosité croissante et une angoisse diffuse qui ne l'était pas moins.

Les vautours se présentèrent comme prévu avec leurs attachés-cases bourrés de papiers et leurs mines de vendeurs de dentifrice. Je retins l'envie de meurtre, pas métaphorique du tout, qui me saisissait chaque fois que j'en croisais un, et signai sans lire ce qu'on me présenta. Ce ne fut que lorsque le pingouin qui s'occupait de moi me demanda d'emballer mes affaires, si j'en avais, que je compris que le traitement serait administré ailleurs qu'au centre.

Ah.

Alors là, Édeline avait vraiment bien fait de prévenir. Si cela n'avait pas été le cas, j'aurais refusé sans l'ombre d'une hésitation. Je n'avais jamais vu revenir un seul des patients ayant accepté un test conduit en externe. Jamais. Bizarrement, sans doute, je n'arrivais pas à croire qu'ils se soient trouvés tous guéris et rendus à la liberté. Que voulez-vous, en plus d'être malade et dangereux, j'étais certainement paranoïaque.

Mais je ne pipai pas et jetai dans un sac plastique mes affaires de toilette, le vilain bouquin d'Édeline et les quelques photos d'elle que j'avais conservées au fil des années. Je ne tenais pas à ce qu'ils se doutent de ce que j'allais faire après. Ni que ça pouvait être important.

Le parking du centre était logé en sous-sol, après la morgue et l'incinérateur. Ces derniers fonctionnaient en permanence. L'espérance de vie était assez faible dans le coin. Pour se rendre au parking, on passait devant les fours, c'était cosy. Il y faisait très chaud.

Je tenais à peine debout à l'époque, j'avais trop maigri. Ça n'étonna donc personne quand je trébuchai et que mon sac plastique s'envola vers les flammes ardentes. On me releva avec agacement mais sans brutalité, m'assurant que mes affaires de toilette seraient remplacées dès que possible. En revanche, ils ne pouvaient rien faire pour les photos. Encore moins pour le livre que je regardai s'embraser dans un geyser bleu et vert au centre rouge du four.

Je grommelai que je m'en foutais. Et c'était vrai : la preuve de l'implication d'Édeline avait disparu. Tout allait bien.

Si le voyage fut long, je n'en garde aucun souvenir. On me mit sous sédatif et je me réveillai dans ma nouvelle cellule. Celle-ci ne pouvait pas renier l'appellation. Murs gris non traités de béton. Pas de fenêtre. Une porte blindée, presque un sas. L'endroit était riant. Ça puait l'armée à plein nez. Je ne savais juste pas laquelle, parce que mes gardiens parlaient toutes sortes de langues et que je n'en identifiais pas la moitié. En revanche, le recrutement idéologique était ciblé : tous portaient le macaron ou le tatouage des intégristes chrétiens. En gros, j'étais dans un nid de fanatiques qui devaient vomir à l'idée de mon existence ; tous ces gens ayant un jour ou l'autre appelé à l'élimination pure et simple des 4 dès leur détection. J'aurais frissonné, n'était le 4, mais je me préparai au pire en essayant de garder confiance en ma fille. Ce qui me fut assez difficile, je dois l'avouer.

Je me trompais du tout au tout : on fut charmant avec moi.

Les murs de ma cellule se parèrent de posters crétins mais colorés. Les scènes de la vie du Christ par les artistes sulpiciens du XIXe siècle sont assez réjouissantes lorsqu'on conserve un minimum de sens de l'humour. On me fit manger des choses délicieuses. On me prêta des livres, j'eus même droit à la télé. Et tout cela sans autre contrepartie qu'une prise de sang lors de mon arrivée et les deux jours suivants.

Le samedi, Édeline se présenta devant le sas après le déjeuner. Elle était accompagnée d'un grand type assez regardable, un peu enrobé, un gradé haut placé si j'en jugeais par ses galons chamarrés. Mais ce n'était qu'une estimation, je n'y connais rien.

« Bonjour, Père », fit-elle de sa voix la plus glaciale.

Père ? Quand m'avait-elle appelé « *père* » ? *Papounet* chéri, Olivier ou *sagouin mal embouché* les jours d'orage, oui. Mais *Père* ? C'était nouveau, ça venait de sortir, ça aussi, en même temps que la jupe atroce et :

« Je vous présente mon époux, le général de brigade Darlan. »

La mâchoire carrée, l'œil bleu et intense sous les cheveux sans doute blonds (mais allez savoir, avec le sabot de trois !). Il avait toutes les options sinistres. Sauf le claquement de talons qu'il m'épargna en se contentant d'un hochement sec du menton, à la fois salut et prise de congé, car il se retira aussitôt. Je regardai la porte se refermer en sifflant sur cette caricature d'homme, avant de me tourner vers Édeline qui semblait chercher quelque chose dans la pièce. Je l'arrêtai d'une voix plate :

« Désolé, ma chérie, tu ne pourras pas me faire la lecture aujourd'hui, ton ouvrage est parti par accident dans l'incinérateur du centre. Je te fais mes excuses. »

Je vis ses épaules se détendre imperceptiblement et une ombre de sourire faire frémir ses lèvres pincées.

« Ce n'est pas grave, Père, je vous en porterai un autre samedi prochain. Je ne suis pas en mesure de le remplacer tout de suite. »

Elle consulta sa montre :

« En revanche, puisque nous n'avons plus rien à faire pour aujourd'hui, je vais vous laisser vous reposer. J'ai beaucoup de travail. »

Elle me planta là sans rien ajouter. La semaine fut rigoureusement identique aux deux jours précédents : prise de sang tous les matins, repas fabuleux, soldats, laborantins, infirmiers d'une grande politesse et solitude quasi totale.

Édeline revint le samedi avec un nouveau livre. Elle entama un chapitre de la *Vie des Saints*, celui concernant saint Hubert, un noble chasseur que le Seigneur avait élevé en contempteur de l'adultère. Ça promettait. À la fin de sa lecture, Édeline me jeta un regard indéchiffrable, se leva en époussetant sa jupe et laissa une fois de plus son livre entre mes mains. J'attendis de longues minutes après son départ. Je ne voulais pas avoir l'air de me précipiter dessus.

Enfin, je l'ouvris, comme la fois précédente l'option « suivi de commentaires marginaux » était validée et balisée. D'après le listing, il y en avait treize. Je fonçais.

Le premier d'entre eux surlignait une phrase assez amusante : *On ne voit bien que dans la lumière du Seigneur.* Le commentaire adjacent était une vague élégie, une sorte de poème mielleux. La chose, de ses pieds boiteux à son fond mièvre, aurait donné la nausée à n'importe qui de normalement littéraire. Tous les autres, balise après balise, chapitre après chapitre, sortaient du même tonneau avec une surenchère dans le sirupeux qui finissait par en devenir admirable. J'eus beau me creuser la tête toute la journée, je ne parvins jamais à en percer le code. Je me couchai presque persuadé qu'il n'y avait rien à découvrir et que, finalement, ma fille était folle.

La lumière me vint en pleine nuit, d'un rêve stupide où il était question de Diogène virant Philippe de Macédoine qui s'obstinait à l'empêcher de bronzer. C'était bien de cela qu'il s'agissait, en effet. Je repris tranquillement le bouquin, comme si je voulais me distraire d'une insomnie tenace et revins au premier commentaire. Là. Oui. Un espace pas du tout nécessaire entre chaque phrase. Édeline avait caché son message en le tapant dans la couleur de la page, il suffisait de surligner et les mots apparaissaient.

Papa, j'ai disparu toutes ces années parce que le Parti n'aurait pas admis que je m'intéresse à un pécheur dans ton genre. En tout cas, pas en m'accordant l'accréditation de sécurité dont j'avais besoin pour réaliser ce que j'ai toujours voulu faire : t'aider. Fais-moi confiance. Dis-toi que la situation n'est pas tout à fait ce qu'elle te semble. Laisse-moi faire. Je t'aime.

Oui, ma chérie.

Je n'avais pas le choix, de toute façon. Je ricanais un peu jaune parce que, tout à coup, sa mère me revenait à l'esprit et que, par-delà le temps et la mort, elle me tirait la langue. C'était le genre de connerie que Soph' aurait adorée, grande fan de romans d'espionnage qu'elle était. Je n'aurais pas cru qu'il y avait un gène qui encodait le *thriller* scientifique dans notre patrimoine chromosomique.

Je passai la nuit à ressasser et à me demander ce que je foutais là. Depuis mon arrivée, on ne m'avait pas administré le moindre médicament inhabituel. Une aspirine mise à part, un soir où j'avais la migraine, et mon traitement normal était tout ce à quoi j'avais eu droit. C'était un test bizarre, non ?

J'eus toutes les réponses le lendemain parce que j'avais terminé, me dit-on, les quinze jours nécessaires de quarantaine. Inutile de vous dire que cette idée me laissa rêveur. On me colla dans un fauteuil roulant, mes jambes commençaient juste à pouvoir me porter à nouveau. On me traîna dans une salle de conférence en même temps qu'une petite centaine de 4, tous plus ou moins en phase terminale.

On nous balança le tintouin de rigueur sur le service rendu à l'humanité que j'ai toujours trouvé débile quand il s'adressait à nous, aux 4. Nous qui avions cessé depuis longtemps d'en faire partie, et que d'ailleurs cette même humanité rejetait. Enfin, je suppose qu'il s'agissait des préambules obligatoires, un peu comme le bénédicité à la table de ma fille.

Alors voilà : nous n'étions plus seuls sur Terre.

Non, je déconne, les extraterrestres n'avaient pas

débarqué. C'était pire. Les 5 étaient là. Et ils faisaient des ravages.

Je ne compris pas tout d'abord où était le problème. Les images que nous montrait l'écran n'avaient rien d'inquiétant, au contraire. On voyait des gens rire en se tenant les côtes, chanter à perdre haleine, ou assis face à la mer, un sourire d'une absolue béatitude suspendu aux lèvres, ou main dans la main, yeux dans les yeux. Cela dura une bonne demi-heure, pendant laquelle nous eûmes toutes les visions du bonheur humain sous toutes ses formes. C'était incroyablement rafraîchissant et, si j'avais pu, j'aurais souri moi aussi, comme les deux infirmiers à mes côtés ne pouvaient s'empêcher de le faire.

Mais ce bonheur, c'était la mort. La mort pure et simple. En masse. Et le plus beau venait de ce qu'elle était partie d'une bonne intention. Ça, même nos gardiens ne pouvaient que le concéder. De braves jeunes chercheurs idéalistes s'étaient évertués à améliorer la condition des 4, de leur offrir au moins la liberté, sinon la guérison, en éliminant le pire des symptômes : cette insensibilité terrible qui faisait de nous des tueurs en puissance.

Et ils avaient trouvé le moyen : le 5. Un virus fulminant, redoutable, un de ces virus à « bonne stratégie » qui, s'ils finissent par tuer le porteur, lui laissent largement le temps de les répandre à grande échelle. Un an. Les 5 avaient un an devant eux ; après, ils mouraient comme les chandelles s'éteignent, un sourire sur leurs lèvres sèches. Un sourire de tendresse totale, de bonheur absolu.

Et, qui plus est, le 5 était sélectif exactement comme spécifié, c'est-à-dire qu'il ne s'attaquait qu'aux porteurs du 4 et exclusivement à ceux-ci. Les fameuses cellules grises, triturées par cette foutue auto-immunité, étaient SA cible, et leur association générait ce que les pingouins m'appelèrent joliment une « nouvelle voie de signalisation incontrôlée ». Théoriquement, la population saine ne risquait absolument rien. Enfin, pour l'instant. Nous, en revanche, il nous suffisait de respirer l'air dans la même pièce qu'un 5 et nous étions bons pour le grand flash définitif.

Quoi qu'ils nous en aient dit ce jour-là, je ne crois pas que ce soit le souci de sauver la peau de millions d'incurables du 4 qui ait motivé le Parti. J'avais trop connu mon beau-père, Magnon, pour l'envisager une seconde. Je pense plutôt que cela tenait à trois détails sur lesquels on glissa rapidement avant de passer aux aspects pratiques des tests.

D'abord, bien souvent les 5 s'enfonçaient dans une espèce d'extase mystique très contagieuse, même pour les gens normaux, qui scandalisait les croyants ou, pire, qui les incitait à suivre comme si le malade était un saint véritable entouré de la lumière divine et porteur de sa parole. Le 5 faisait surgir tous les jours des gourous illuminés. De plus en plus de gens se ralliaient à leurs enseignements, la bouche ouverte et l'œil humide. Le XXIIIe siècle entrait dans une phase spirituelle sans précédent. Ce devait être insupportable, en effet.

Ensuite, de l'autre côté, la jeunesse avait découvert un nouveau moyen pas cher de s'envoyer en l'air. Je vous jure que c'est vrai. Il y eut des centaines, peut-être des milliers, de jeunes couillons pour s'inoculer sciemment le 4 puis le 5, afin de profiter, le court reste de leur vie, de l'orgasme perpétuel offert par le 5. Vous me direz que ceux qui ont recours à l'héroïne ne font pas autre chose et qu'en prime l'inoculation était gratuite, elle. Certes. Mais je continue à trouver cela hallucinant. Nous devons, en tant qu'espèce, avoir beaucoup de points communs avec les lemmings.

Enfin, mais ça, ils ne le proférèrent même pas, ils n'étaient pas du tout sûrs d'être à l'abri d'une mutation incontrôlée qui permettrait au 5 de s'attaquer à tout le monde.

Bon, je n'écoutai pas le reste. Je ne me sentais pas concerné. J'avais deviné autre chose : je faisais sans aucun doute partie du groupe témoin, celui auquel on balancerait les placebos en regardant crever les autres. Ou alors je n'avais rien compris aux manœuvres de ma fille, à sa parodie d'agent secret et à ses airs mystérieux à la con. Il était évident que j'étais là où elle désirait que je sois, mais qu'elle s'arrangeait pour que personne ne soit au courant. Elle faisait tout pour que ma présence paraisse le fruit du hasard, dont elle s'accommodait pieusement et sans enthousiasme. Je trouvais ça un peu ridicule. Et après ? Qui aurait pu lui en vouloir ?

Les semaines s'écoulèrent sans changement notable. Je restais dans ma chambre. On me faisait des bilans sanguins tous les jours et, tous les samedis, je communiquais avec Édeline *via* ses livres. Nous parlions des saints à voix haute, menant ce qui ressemblait à une tentative de conversion du vieux damné, tandis que nous nous racontions les années perdues dans les marges de la vie de saint Martin ou de sainte Cécile. Enfin, surtout moi. Édeline ne se dévoilait pas beaucoup et elle avait égaré la vivacité rieuse de son enfance. Je ne savais pas où.

Darlan n'était pas responsable, car il m'apparut que ces deux-là s'aimaient réellement. Édeline lui vouait une passion éperdue et, lorsqu'il était dans la pièce — ce qui arrivait régulièrement, car il mettait un point d'honneur à venir me saluer —, elle ne le quittait jamais de ce regard assoiffé que je connaissais bien. Il lui souriait seulement. Et je la voyais se détendre, tout de suite. Comme s'il l'avait embrassée. Je le trouvais un peu froid, mais évidemment, si c'était avec moi qu'Édeline avait appris à accueillir les manifestations d'affection, il devait lui sembler chaleureux et collant en comparaison.

Et « le mystère de tous SES mystères » restait entier. Un jour, elle laissa échapper à voix haute qu'elle ne voulait pas avoir l'air de fausser les résultats. Elle m'arrêta quand je tentais de l'interroger plus avant et partit avant l'heure habituelle.

J'allais mieux de toute façon, de jour en jour. Ses visites me faisaient un bien fou au moral et je recommençais à m'accrocher à la vie. Alors, je m'intéressai à mon environnement. Je ne croisais jamais aucun de mes pairs du groupe témoin, encore moins ceux de l'autre groupe. On les avait contaminés, c'est tout ce que je savais. Par conséquent, on n'allait pas nous réunir. Édeline m'assurait du bout du clavier que les résultats étaient très prometteurs, mais qu'il fallait attendre. Elle me ferait intégrer au protocole suivant si celui-ci ne fonctionnait pas, ou celui d'après encore. Elle voulait être sûre, cette fois.

Cette fois.

En lisant ses mots dans la solitude nocturne de ma chambre, je ne sais pas ce que je ressentis. Rien sans doute. Je n'étais plus en état d'identifier cela depuis très longtemps. Mais un rideau se déchira devant mes yeux. Je compris. Tout. Et surtout pourquoi ma fille, mon amour, ce soleil, s'était transformée en cette étoile singulière que la lumière fuyait à jamais.

Et je pris ma décision.

Froidement.

Parce qu'il le fallait.

Parce que je le *voulais*.

Comme je vous l'ai dit, je m'étais beaucoup remplumé, je pétais le feu, en fait. Et on ne se méfiait pas de moi, vous comprenez ? J'étais LE 4 qui était sage depuis trente ans. Celui à qui on faisait presque confiance. N'oubliez pas cela.

Alors, ce fut un jeu d'enfant.

Édeline entra dans ma chambre. Elle n'eut pas le temps de refermer la porte que je lui sautai dessus, la main contre la gorge tenant le scalpel que j'avais récupéré sur un plateau en douce la veille, pendant ma prise de sang. Les soldats m'encadrèrent, leurs doigts crispés sur les pontets, tandis que je la traînais dans les couloirs jusqu'au labo. Ils n'osaient pas tirer. Ni m'arrêter. On avait trop peur que la générale soit blessée pendant l'assaut et on ne parvenait pas à joindre le général.

C'était la panique totale, j'en abusai sans l'ombre d'un remords. Évidemment.

Je fis ouvrir le labo par un toubib affolé qui ne savait plus comment s'évanouir. Puis je refermai le sas derrière nous. J'en brisai la serrure électronique à coups de hache anti-incendie arrachée au mur du labo. Ils ne pourraient plus rentrer et je n'avais pas l'intention de sortir.

Édeline tomba à mes pieds. En sanglots.

« Papa…, coassa-t-elle.

— Non, chérie, maintenant tu vas me répondre une bonne fois. Par oui ou par non. D'accord ? »

Elle cilla. C'était presque un assentiment.

« Les jeunes connards du 5… C'est *FreeforFour*, n'est-ce pas ? »

Elle baissa la tête et se mit à sangloter sans bruit.

« Et c'est pour ça que tu es quasiment entrée dans les ordres ? Pour expier ?

— Non ! Tu ne comprends pas ! Je voulais seulement te sortir de là ! Que tu m'aimes vraiment. Seulement ça. Lâche ce truc, Papa, gémit-elle encore en fixant le scalpel d'un air affolé.

— Ne t'inquiète pas, bichette, tout va très bien se passer. »

Je me penchai sur elle et ajoutai :

« Je t'aime vraiment. »

La lame dans ma main n'arrangeait rien, et encore une fois je n'avais pas le « bon ton », je n'en doutai pas une seconde. Il m'avait suffi de la regarder pour le comprendre. Vous savez ? C'est ça, le pire dans le 4. Il paraît que certains autistes sont incapables d'imaginer ce que ressent leur interlocuteur et qu'ils n'ont pas conscience de l'inadéquation de leurs réponses. Nous, si. Nous savons. La plupart d'entre nous s'en foutent, c'est tout. C'était pareil pour moi. Mais pas avec elle. Surtout à ce moment-là, lorsque je mesurai l'étendue du malentendu entre nous. Un malentendu qui l'avait formée. Déformée même.

Je la saisis par les épaules. Elle frémit contre moi, mais ne se débattit pas lorsque je l'attachai très solidement avec les bandes adhésives destinées aux pansements. Je la laissai ainsi quelques minutes. Elle continua à pleurer doucement.

Ses pleurs en étoiles transparentes sur le sol blanc.

Je jetai un coup d'œil circulaire à la pièce. La paillasse de béton carrelée sur la gauche avait pile la bonne orientation : son muret principal de vingt bons centimètres d'épaisseur se dressait entre la porte blindée et la fenêtre. J'y enfonçai le matelas du lit d'examen pour capitonner la niche dessous.

Pour faire bonne mesure, je fis rouler un chariot de maintenance, un gros machin d'acier monté sur roulement à billes, qui devait peser une tonne, tout contre le muret. Normalement, à moins d'y aller au lance-missile, aucun projectile ne pourrait traverser ça. Puis je soulevai Édeline sous les aisselles, qui ne dit rien, se contentant de chialer. En fait, je dois reconnaître que, sans le 4, j'aurais certainement eu envie de la gifler. Les chouineuses ont tendance à m'énerver. Elle s'était tue, c'était toujours ça de gagné. Je l'enfouis dans le matelas sous la paillasse.

Après, je me dirigeai vers les armoires de conservation et je brisai un flacon sous mon nez. Puis j'attendis. On m'avait dit que ce serait extrêmement rapide. Les crétins de *FreeforFour* avaient boosté le 5, c'était quasiment du venin. Je n'aurais pas un an devant moi à ce stade. Surtout à cette concentration.

Le 5 fut plus véloce que la décision de balancer une grenade dans une porte blindée, en tout cas. Aux autres, ça leur prit vingt-quatre heures. Je ne sais pas pourquoi. Enfin si, je sais. Ils ignoraient si Édeline était toujours en vie, mais ils n'osaient pas prendre de risque. Et pendant ce temps, un fou dangereux baguenaudait dans une pièce qui contenait au moins trois bonnes façons d'infecter un pays entier. Si ç'avait été moi aux commandes, ça aurait moins traîné, je vous le promets. Ils ont peut-être eu aussi envie de tenter de récupérer le contenu du labo. Je ne sais pas non plus. Ils n'essayèrent pas de communiquer avec moi. Avec les 4… hein ?

*

Les premières larmes ont coulé sur mes joues, voyons, il y a deux heures. Puis j'ai contemplé une minuscule aspérité sur le rebord d'une paillasse. Elle affecte la forme d'un chat, ça m'a fait rire. Aux larmes, encore. Alors, j'ai continué à sangloter comme un perdu. J'ai si mal que j'en ai des hoquets qui se terminent en gloussements parce que la douleur est suave, sucrée, presque douce.

Alors, je m'assois de profil par rapport à la porte, en face d'Édeline. Et je la regarde :

« Je t'aime vraiment. »

J'ai le bon ton cette fois. Je vous jure que j'ai le bon ton. Je le vois dans ses yeux qui s'emplissent encore une fois de soleils liquides.

Il y a un ficus posé par terre à côté d'Édeline et moi. Il est beau. Il sent le vert et l'eau. C'est délicieux. Je pourrais passer ma vie à considérer les nervures des feuilles lancéolées. Je prends un petit pulvérisateur et je regarde les gouttes glisser comme de minuscules émeraudes. Ah. La nuit tombe. Je contemple les rouges francs et les bleus vifs qui s'entrelacent en plein ciel, en regrettant à peine l'idée de ne pouvoir voir l'aube pour le lui raconter, et la supplier de m'offrir un magenta ou un Véronèse.

Je suis très heureux.

Même en ce moment, pendant que la porte fond en milliers d'éclats d'acier qui déchirent mes vêtements et ma peau. Tandis que tout se mêle dans un brouillard écarlate absolument magnifique. Je suis très heureux et j'aime toujours ma fille. La seule différence est que je peux en pleurer de joie, de chagrin.

De joie, parce qu'elle me croit enfin.

De chagrin, parce qu'elle aurait dû me croire depuis toujours.

Parce que, voyez-vous, l'amour, ce n'est pas un simple truc encodé par nos synapses et notre chimie interne. Ça n'est pas un virus que notre corps peut décider d'éliminer à l'aide d'anticorps plus ou moins idoines. L'amour, c'est nous. Il ne disparaît qu'avec nous.

Je crois que Sophie aurait compris, elle.

La garce.

PRIVILÈGE
INSUPPORTABLE

Première parution dans Élément II : L'Air, *Griffe d'encre, 2010.*

On reconnaît les Niveaux Inférieurs : ils ont les lèvres bleues.

Couleur de bleuet, aurait dit son père, cyanose aurait répondu sa mère.

Ce mois-ci, tout va bien, Absal a travaillé assez pour acquérir une bouteille pleine et, dans la queue qui s'allonge de coursive en coursive jusqu'au poste de ravitaillement, il serre contre lui le précieux récipient. Il ne s'agirait pas qu'on le lui vole. Dans la cabine à côté de la leur, la voisine a été attaquée la semaine dernière. On lui a pris tout son crédit et surtout : la bombonne. Elle et son mari ont pu en racheter une en mettant en gage un bijou très précieux, un héritage d'En-Haut. Mais cela n'a pas suffi pour obtenir une part mensuelle suffisante et sauver leur petit dernier. Le gosse a été emporté par une crise d'asthme à la toute fin du cycle. Cela a duré trois jours. À vingt-quatre heures près, il aurait pu atteindre le cycle suivant, être sauvé. Absal entend encore les sifflements rauques, désespérés, du gamin, la toux si sèche que les poumons semblaient charrier du sable. Un vrai drame.

À quelque chose malheur est bon. Maintenant que les voisins sont débarrassés de leur boulet, ils respirent mieux, ce n'est rien de le dire. Malgré ses yeux rouges et gonflés de larmes, la mère est plus détendue, plus sereine, comme soulagée d'un grand poids. C'est sûrement terrible d'en être arrivé là, mais il était temps : cette famille était en train de mourir avec son enfant. Déjà, Absal n'est même pas sûr qu'on aurait dû leur permettre de le garder, le loupiot, quand on a diagnostiqué la maladie.

Il serre encore plus fort sa bouteille, dont le plastique souple et incroyablement solide colle à sa poitrine ; il est responsable, lui, il a pensé à l'avenir de son enfant à naître. Dans sa poche, les graines minuscules ne bougent pas. Elles attendent, sèches et ridées comme des vieillards, mais avec toute la jeunesse du monde au cœur des circonvolutions torturées de leurs cosses fragiles.

Elles lui ont coûté cher. Un litre. Tami, sa femme, va hurler aussi fort qu'on peut le faire en début de cycle. Les gens sont toujours un peu plus réactifs à ce moment-là : ils peuvent s'énerver sans s'étouffer à mourir. Ils peuvent aussi faire l'amour. Absal rougit un peu avec une ombre de déception. Cette fois, il sent que Tami ne sera pas réceptive du tout. Elle a horreur qu'Absal « se fasse avoir » par l'Approvisionnement. Il ne lui a jamais dit ce qu'il acquérait en retour. Il soupire. Elle devient laide avec son ventre qui s'arrondit comme un petit ballon d'oxygène dur et tiède.

On ne peut pas se contenter de la ration de base, la chose délétère parée du nom d'air qui flotte pesamment dans les couloirs. C'est impossible. L'atmosphère ténue des modules est trop chargée en azote, carbone et ozone, c'est très pollué : les zones de production ne sont pas parfaitement étanches. C'est peut-être parce qu'il y pense qu'un chatouillis légèrement irritant commence à devenir très désagréable au fond de sa gorge : les vapeurs acides du labo de chimie doivent pénétrer jusqu'ici. Il cherche fébrilement son tube jugulaire, qui s'est détaché, le remet en place puis tète un peu dans sa Personnelle. La sensation râpeuse et granuleuse qui lui donne envie de tousser s'estompe avec l'afflux nourricier qui allège ses poumons, dilatant sa poitrine d'un enthousiasme factice mais bien réconfortant.

Un contremaître remonte le long de la file, dépassant tout le monde, ses pas lourds font résonner le plancher à claire-voie d'acier terne jusqu'au dernier niveau sans doute. Absal jette inconsciemment un coup d'œil vers le bas, le vertige le prend comme toujours. Il est né dans le complexe souterrain, mais il n'a jamais pu s'habituer aux profondeurs béantes qui surgissent par transparence à travers les grilles des coursives aux Niveaux Inférieurs. Dans les hauteurs du complexe, aux Niveaux Supérieurs, les sols sont pleins. On ne voit rien dessous. C'est logique, ils doivent être isolés des autres pour conserver leur atmosphère pure et riche.

Le contremaître va être servi en premier. Ça grogne un peu dans son dos, mais personne ne bronche vraiment. Le type est trop costaud et ses lèvres ne sont pas assez bleues. En voilà un qui ne manque de rien et qui peut étaler n'importe qui d'un revers de la main. Il ne s'en prive que rarement d'ailleurs, Absal le sait bien, lui qui a souvent été victime des brutalités de celui-ci. C'est son chef d'atelier et il est très à cheval sur les quotas de production.

Absal hausse les épaules ; même s'ils en ont jusqu'à ce soir, il lui restera du temps pour ce qu'il veut faire avant le retour de Tami, elle est de 14/24 pour compenser sa future absence maternité. Lui-même s'est porté volontaire pour un 12/24, se chargeant de deux heures du service de sa femme. Il faut la soulager un peu bien sûr, dans son état. Encore deux mois avec ces horaires de fous, soupire-t-il à nouveau, mais ainsi Tami en gagnera un pour s'occuper à plein temps du nourrisson. Il avait fait acte de candidature sans trop de conviction, mais Tami a argué qu'elle ne voulait pas avoir l'air d'une mère médiocre.

Elle n'a pas tort, même s'il sait qu'elle n'est pas de bonne foi sur ce coup-là. C'est vrai que les femmes qui laissent leur époux en charge de leur nouveau-né le premier mois ont mauvaise presse et qu'on les soupçonne toujours vaguement de sécheresse de cœur. Mais surtout, Tami n'aime pas se faire remarquer et c'est cela qui la motive. Absal a cédé parce qu'il savait qu'elle ne mettait pas en doute sa capacité à s'occuper du bébé. Et aussi parce qu'au fond, il ne veut plus mettre les pieds dans les Niveaux Supérieurs, là où les enfants passent leurs premières années dans un environnement plus agréable et plus riche en oxygène. Ce n'est qu'à cinq ans qu'ils rejoignent définitivement leurs parents dans les Niveaux Inférieurs.

Il chasse ces pensées parasites, il doit absolument avoir terminé avant que Tami ne rentre, sinon ce sera fichu. Si elle découvre ce qu'il trafique avant qu'il ait terminé, elle va se mettre à discuter puis hurler et, au final, elle le forcera à y renoncer. Il ne peut pas renoncer. Cela fait trop longtemps. C'est pour l'enfant de Tami aussi qu'il continue, malgré la fatigue et l'angoisse de se faire prendre…

Une heure plus tard, Absal déboule dans leur cabine, la bombonne remplie. Il s'en débarrasse n'importe où, sur la table ou le lit pliant, il ne sait plus, avec ce manque de révérence que Tami lui reproche toujours. Il verrouille le sas : c'est son heure de Solitude Thérapeutique. Dans le complexe surpeuplé, ce sont des choses qui se font. Le jeune homme se rue dans le cabinet de toilette attenant. Au passage, il saisit la truelle et la clé de 4 qu'il a « empruntées » à l'atelier il y a des lustres, et monte le son des coms à fond. Une chanson hystérico-guillerette se répand dans la minuscule pièce par cinq haut-parleurs différents.

Il suffit d'un rien pour dévisser les cinq boulons qui retiennent le miroir fendillé au-dessus du lavabo, puis ceux du panneau d'acier noirci en dessous. La tourbe et la glaise stériles apparaissent, ainsi que la niche de deux mètres sur trois qu'il a déjà creusée pendant les absences de sa femme. Le tunnel attenant, un goulet à peine assez large pour laisser passer un homme à plat ventre, est invisible d'en bas. Un remugle âpre qui tient de la décomposition organique et de la poussière de silex s'en échappe, pourtant Absal inspire bruyamment, ça le change de l'odeur lourde du métal omniprésent. Chaque fois qu'il a fini de creuser, il remonte une petite paroi de glaise pour dissimuler l'entrée en se moquant de lui-même et de sa paranoïa inutile. Si un jour on découvre ses « travaux », leur étendue réelle sera le cadet de ses soucis.

Mais il y a consacré ses heures de Solitude Thérapeutique depuis dix ans, depuis la mort de ses parents et son installation avec Tami. Il ne peut pas se contenter de la pauvre protection du miroir. Son travail, sa sueur méritent mieux que quelques boulons comme remparts.

Absal dégage la niche de ce qui l'encombre. Il commence par en sortir le sachet de papier recyclé enfermé dans une boîte de plastique hermétique qui recèle son trésor le plus précieux : presque un kilo et demi de graines de toutes sortes acquises au prix de l'air, au fil des années.

Il ne peut pas s'en empêcher : avant de commencer, il descelle la boîte. Au lieu d'y glisser son butin et de tout refermer très vite, il étale le contenu sur une étole de velours blanc, un héritage d'En-Haut qui lui vient de sa mère. Au moins, il est sûr qu'aucun contaminant ne se glissera sur les cosses ni n'entamera les pellicules protectrices. Il fait bien attention qu'aucune graine ne roule hors du tissu.

Il enfile un gant de latex stérile et les fait glisser une par une devant ses yeux avides. Les moins précieuses d'abord : le blé, le maïs et une autre céréale qu'il n'a jamais réussi à identifier. Celles-ci ne serviront qu'une fois, les verrous A.D.N. posés par les Agros d'antan ne peuvent pas être contournés. Il y aura de beaux épis qui donneront de la farine d'une blancheur inouïe et très nutritive, mais pas de nouveaux plants. Pour cela, il faudrait s'en procurer d'autres. Il a pris la décision de laisser tomber les céréales même si elles ont l'avantage de pousser très vite : le retour sur investissement n'est pas suffisant.

Ensuite, les annuelles, celles-là se reproduiront, mais elles sont petites et leur rendement est faible. Néanmoins, dans la cosse ridée de la capucine qui luit doucement devant lui, Absal croit presque apercevoir l'orange vif de la fleur. Ce sera bon de les revoir autrement que sur la planche de papier glacé du précieux manuel laissé par son père. Ensuite, il se perd dans la contemplation des fuseaux oblongs de l'herbe, les minuscules quenouilles du ray-grass, des fétuques et des pâturins, puis viennent les capsules presque ovales des tomates, les billes sombres des ipomées, la poussière noire des pavots et enfin les plus chers : les deux glands et les trois marrons, merveilleusement caramel, luisants sous la lumière crue et jaune de la cabine.

D'un doigt tremblant, Absal en fait rouler un sous prétexte de vérifier le film protecteur qui le maintient en stase. Il retient son souffle de peur que l'humidité contenue dans sa respiration n'altère les semences. C'est stupide, la stase est censée prévenir ces aléas, mais il ne peut pas s'en empêcher. Sur son carré de velours clair, Absal croit presque voir pousser la forêt et le vent jouer dans les feuilles incroyablement vertes. Il s'empêche d'expirer juste à temps. Un peu plus, et une partie non négligeable de son trésor, ses champs, prairies et domaines, s'envolait pour toujours dans le treillage du plancher.

Il transfère non sans hâte le contenu de l'étole dans le sachet et renferme le tout dans sa boîte protectrice. Il faut se mettre au travail. Il est nu en quelques secondes et file devant le robinet où il s'humecte tout le corps avec un gant de toilette pour s'habituer au froid, puis il passe directement sous la douche en veillant bien à garder la bouche fermée. L'eau, salée, calcaire et impropre à la consommation qui sert aux ablutions est tirée directement d'une nappe immense qui jouxte le complexe ; elle est glaciale. Mais il a constaté que pour se couler entre les épaisseurs de terre et de roche, cela aidait d'être un peu humide. On glisse mieux, comme l'anneau d'or au doigt de sa mère quand il a fallu le lui retirer.

Il rampe dans le conduit en évitant la petite cuve close de compost organique, placée sur le côté. C'est la première chose qu'il ait creusée, peu avant la décès de ses parents. Et pendant trois bons quarts d'heure, il creuse, il fore, il évide, il se faufile, il s'insinue, il se tortille, il se contorsionne. Il évacue la glaise et la tourbe derrière lui. Il ne pense à rien, il est presque heureux et c'est un choc douloureux dans sa poitrine lorsque le bip furibond du chrono le ramène à la réalité. Mais il se résigne : un coup d'œil à sa Personnelle lui apprend que l'exercice lui a pris plus sur sa réserve que prévu. Même en début de cycle, ce n'est pas une bonne chose. Il faut vraiment arrêter. Alors il repart à reculons, remonte une mince paroi de glaise à l'entrée du tunnel avec une partie de son chargement, puis redescend le reste dans le cabinet de toilette. Il transfère cailloux et terre dans son manteau, il a encore le temps d'aller à la

« déchetterie » avant de rentrer se doucher. Enfin, il se lave sommairement les mains et la figure.

Il a mis du temps à trouver la solution pour évacuer les déblais. Finalement, ce sont ses parents qui lui ont donné l'idée. Le plus simple en ce qui concerne la terre reste encore le cimetière puisqu'il n'a pas accès aux Champs Élysées. On connaît l'attachement profond qu'il avait pour sa famille, ça n'étonne personne de le voir filer vers l'Achéron à la fin de toutes ses périodes de Solitude. Il fait toujours frais dans les coursives à la dix-huitième heure, le manteau gris sur ses épaules ne soulève pas de curiosité non plus. Les poches internes sont pleines de terre bien répartie, Absal est seulement un peu plus costaud que d'habitude.

Il croise le vieux Matho dans le sas de l'Achéron. Ça arrive de temps en temps, mais, en général, il n'y a qu'Absal pour se rendre ici après les cérémonies. Le bruit et l'odeur de la grande cuve incommodent tout le monde, normalement. Matho a perdu sa femme depuis peu, il n'est pas encore dégoûté. Les deux hommes ne s'adressent pas la parole, pourtant ils sont voisins. Matho pleure, on respecte le chagrin qu'on ne partage pas en l'ignorant. C'est la coutume.

Absal se recueille un instant devant la plaque de ses parents vissée au mur, il sait que c'est la ligne *delta 5115 D*, il ne lit pas les noms, c'est gravé trop petit et la paroi est trop loin. La passerelle grillagée se contente de traverser la salle en son centre au dessus de la cuve. Il sait qu'un jour une seconde plaque couvrira la leur, qui est presque totalement striée de lignes noires aujourd'hui. Son nom à lui sera sans doute inscrit sur une *êta quelque chose* que l'on superposera à la précédente désormais remplie. Puis il baisse les yeux sur la cuve. On ne peut rien en ignorer. Certaines silhouettes flottent encore à la surface. Les longs cheveux gris, vaguement verts là-bas, ce doit être la femme de Matho. Le liquide poisseux et nauséabond laisse échapper des bulles de gaz puant. Il ouvre les zips des poches intérieures de son manteau et la terre se répand entre les trous réguliers du plancher avant de couler.

Absal frémit. Il a l'impression d'entendre un sifflement méphitique dès qu'une petite motte touche le contenu gluant de l'immense bassin. C'est la terre qui rejoint les cadavres, ça devrait être l'inverse, se dit-il, même s'il sait bien qu'il ne faut pas laisser perdre toutes les protéines contenues dans les corps pourrissants sous lui. Ce serait du gâchis, et les Agros ont sans arrêt besoin de renouveler le stock de compost et de fertilisants pour les Champs. Ils sont presque hystériques avec la préservation des déchets organiques, de tous les déchets organiques. Au point que lorsqu'un suicidaire choisit d'aller se perdre en Surface, ils semblent tous prendre le deuil dans un concert de malédictions. Le mort n'est rien, mais la disparition d'un corps qui aurait pu ensemencer un champ : voilà la catastrophe !

C'est le père d'Absal, en bon Agro qu'il était, qui avait préconisé le système. Il s'agissait de pallier le manque endémique de nutriments dans les terres stériles du complexe et la faillite avérée des engrais chimiques issus des labos.

Absal se force à demeurer dans la salle quelques instants de plus une fois sa tâche accomplie. Il faut accréditer la version selon laquelle il est un peu névrosé et que ses parents lui manquent atrocement. Leur « suicide commun », en Surface justement, fut une honte terrible, un acte anticommunautaire effroyable, que les gens du Complexe ont eu à cœur de faire oublier à leur fils. Après tout, on pouvait leur pardonner de n'avoir pas su faire face au terrible cancer qui rongeait le cerveau de la mère d'Absal, et tenter de ne se souvenir d'eux qu'à travers leurs exploits d'antan, quand ils étaient les champions de la communauté, le flambeau de la liberté.

Absal s'ébroue dans les vapeurs fétides. À son retour, Tami haussera les épaules et ne fera aucun commentaire. Elle se contentera de l'envoyer à la douche en lui recommandant de se savonner deux ou trois fois. C'est vrai que l'odeur s'accroche et s'obstine jusque dans les cheveux.

C'est ce qui se passe lorsqu'il réintègre la cabine, mais les choses se gâtent après la douche. Tami a vérifié la jauge de la bombonne et elle est très remontée. Elle parle d'y aller elle-même la prochaine fois. Absal est tranquille de ce côté-là, les horaires de sa femme sont incompatibles avec ceux de l'Approvisionnement pour un bon mois encore. D'ici là, elle aura oublié, le gosse sera extrait, elle aura autre chose à penser. Et sinon, eh bien il la laissera s'en charger jusqu'à ce qu'elle le supplie de la remplacer. Il n'est pas pressé à ce point-là, il peut se permettre d'être patient. Aussi fait-il le dos rond et s'ingénie-t-il à se faire pardonner en se montrant gentil et attentionné tout le reste de la soirée.

Il va jusqu'à se contenter d'un câlin tendre et affectueux lorsqu'ils se couchent enfin. De toute façon Tami aurait dit non, donc c'est tout bénéfice : au prix d'une légère — très légère même, car il est fatigué, il faut l'avouer — frustration, il s'épargne un refus cinglant, un conflit supplémentaire et une vexation désagréable. En plus, il marque des points au niveau de la bienveillance conjugale. La prochaine fois, elle dira oui sans hésiter, en reconnaissance de sa prévenance passée.

Tami n'est pas une femme compliquée, c'est sans doute pour cela qu'il l'apprécie tant. Il suffit de tenir compte de quelques règles intangibles mais relativement définies, et tout va bien avec elle. Elle considère les actes et ne s'interroge jamais sur les motivations. C'est sans doute un peu trop complexe et subtil pour elle. Absal sait qu'elle ne l'aime pas, elle l'a épousé parce qu'il est le seul à le lui avoir demandé, que c'était plus confortable d'être mariée et surtout parce que « ça se fait ». Il ne lui en veut pas et n'en souffre pas, car lui-même s'est porté volontaire pour pratiquement les mêmes raisons, exception faite de la qualité fondamentale qui a fait d'elle la candidate idéale : le manque total de curiosité de la jeune femme.

Tami accepte les choses telles qu'elles sont sans rechigner, ni les questionner. Même les « bourdes » périodiques de son époux avec l'Approvisionnement commencent à faire partie des « choses telles qu'elles sont » et les querelles à ce sujet sont de plus en plus rares et de moins en moins violentes. Surtout depuis qu'Absal a commencé à les espacer un peu plus. Tami n'est pas rancunière ou alors sa mémoire n'excède pas un cycle, *a fortiori* il est extrêmement rare qu'elle fasse allusion à un événement survenu un an auparavant.

La seule chose qui surprend Absal à propos de sa femme réside dans le fait qu'il se soit attaché à elle. Il l'aime vraiment beaucoup et, curieusement, il la respecte : Tami fait partie de ces gens qui savent où ils sont et pourquoi ils font les choses. Sa sérénité responsable et tranquille est un bonheur qu'il lui envie, tant pis si ce même bonheur tient à un aveuglement permanent qui ressemble à la stupidité. Il faut ajouter que Tami est très consciente de ses propres limites et il comprend très bien qu'elle ne s'embarrasse pas de se colleter avec ce qui la dépasse. Il y trouve une raison supplémentaire de l'apprécier.

Absal s'endort avec un sourire, le nez dans les cheveux trop longs mais si doux de son épouse, la main posée assez loin du ventre proéminent où il lui semble percevoir de légers frémissements, la vie à venir.

Comme tous les débuts de cycle, tous les trois mois environ, le lendemain est un peu fébrile. Les gens ont les pommettes roses, ils sont presque haletants d'excitation et leurs yeux brillent. Dans deux jours, ils seront revenus à de plus justes proportions, mais ça n'empêche pas Absal de grincer des dents : il déteste cette période où ses voisins et compagnons de travail semblent reprendre espoir pour retomber si vite dans leur morne routine coutumière.

Que les Premiers Niveaux connaissent ce bonheur de respirer sans entrave tout le long du cycle, eux, ne semble jamais choquer personne. Les gens se contentent de leur bien-être périodique et c'est tout, ça s'arrête là. Pas un mot de révolte contre le préjudice qu'ils subissent jour après jour. Pas un geste. Enfin si, quand même. Il doit bien y avoir quelques révoltés de basse-fosse, qui font pousser de pauvres plantes purificatrices d'atmosphère dans le secret de leurs cabines minables. Sinon les *dealers* ne prospéreraient pas dans les coursives. Absal ne trouverait personne auprès de qui s'approvisionner. Cela dit, ses ambitions à lui sont plus vastes.

Absal regarde sa femme étendue sur la table d'opération. Ses traits tendus, sa main crispée dans celle de son époux, elle en fait un peu trop. Absal sait très bien que le transfert d'un fœtus de douze semaines ne fait absolument pas souffrir. Il tente de ne pas s'agacer de cette manifestation supplémentaire de conformisme. Surtout, il essaie de ne pas fixer trop intensément les lèvres roses de l'obstétricienne, parce que ce dernier point, en revanche, le met dans une colère noire qu'il a du mal à maîtriser. Cette femme fait partie de ceux qui s'arrogent le droit de respirer mieux que les autres. Elle lui rappelle sa mère.

Absal a beau se raisonner, il ne parvient pas à avaler ça. Depuis tout petit, depuis son exil de ces Premiers Niveaux lorsqu'il avait six ans, lorsque sa mère s'était penchée sur lui dans la crèche qu'elle dirigeait et lui avait dit en ébouriffant son épi toujours rebelle :

« Mon chéri, tu descendras demain. Tu iras chez l'oncle Anton.

— Non. »

Il se rappelle son ton buté, sa voix qu'il essayait d'empêcher de trembler.

« Non, j'irai pas.

— Il le faut, mon poussin, tu as déjà eu un an supplémentaire à cause de notre travail à ton père et moi, mais maintenant ça devient un Privilège Injustifié. Tu sais ce que nous pensons des Privilèges Injustifiés, Papa et moi ?

— Oui, mais je veux pas m'en aller, je veux rester avec vous ! »

Cette fois, sa voix avait tremblé, les sanglots n'étaient pas loin. Papa avait penché sa belle tête d'Agro, avec la barbe traditionnelle et la chemise à carreaux d'uniforme :

« On viendra te voir tous les jours, ne t'inquiète pas.

— Mais moi, je pourrai plus monter !

— Non, avait dit Maman. Mais c'est comme ça. Ce n'est pas parce que tu es notre fils que tu as le droit d'user de la Réserve Communautaire sans compter. Nous t'avons gardé avec nous un an de plus, nos devoirs nous retiennent ici, mais toi tu dois descendre et devenir un citoyen comme les autres, avec les mêmes droits et les mêmes devoirs. Celui d'économiser l'air, par exemple.

— Tout ça, c'est de votre faute ! avait-il hurlé Avant…

— Avant quoi ? Avant la Révolution ? »

Son père s'était accroupi devant lui et l'avait regardé au fond des yeux :

« Avant la Révolution, tu serais resté avec nous, c'est sûr. Et tu aurais respiré sans contrainte, c'est vrai également, mais… »

Papa avait secoué la tête, laissant mourir sa voix dans un soupir. Il avait sans doute pensé que c'était inutile. À quoi aurait-il servi de rappeler à son fils ce qu'il savait très bien, mais dont il refusait obstinément de tirer les conséquences ? La terre au-dessus de leurs têtes, désormais incapable d'accueillir la vie sous aucune forme, les bombes de la Der des Ders des Ders, le sol vitrifié, l'air contaminé si tant est que les gaz toxiques en expansion puissent se parer de ce nom-là. Et terrés, pas d'autre mot dans ce cas précis, dans le Complexe, les restes obstinés de l'espèce à l'origine de la catastrophe. Que dire de plus à un enfant ? Un enfant aussi buté qu'affectueux pourtant. Buté comme eux, Maman et lui. Après tout, eux non plus n'avaient pas *accepté*, n'est-ce pas ? Lorsqu'à la tête des partisans, ils avaient renversé le régime militaire tyrannique qui, au nom de la survie, faisait régner terreur et esclavage dans le Complexe, ils *n'acceptaient pas*. N'est-ce pas ?

Bien sûr, il était terriblement regrettable que, pendant les affrontements, des imbéciles n'aient pas compris qu'il y avait des endroits où l'on ne devait pas tirer de coups de feu. Les centrales 1 et 3 de production d'oxygène n'y avaient pas résisté. Le Complexe avait failli s'embraser entièrement. On avait sauvé ce qu'on avait pu et, au cœur des ruines fumantes, Maman et lui avaient réussi à rebâtir un endroit où, certes, il ne faisait pas très bon vivre, mais où l'on pouvait survivre. Ensemble. Sans que personne ne s'arroge plus de choses que les autres. Sans Privilège Injustifié. En commun. Et un jour, peut-être, on pourrait ressortir à la Surface, ou peut-être que les étoiles recèleraient…

Le père d'Absal avait encore soupiré. Il avait laissé

tomber sa lourde main calleuse sur l'épaule de son fils et avait terminé :

« Je t'accompagne chez Anton, Maman a une extraction de prévue, là... »

Absal avait regardé Maman enfiler les gants stériles avec lesquels elle allait soulager une femme de son fœtus afin de le plonger dans la cuve nutritive qui ferait office d'utérus artificiel pendant le reste de la gestation. Ensuite, la femme serait renvoyée en bas, elle ne reviendrait que pour s'occuper de son enfant lorsqu'il serait accouché, nouveau-né en bonne santé ayant bénéficié de la parfaite oxygénation des cuves. Elle demeurerait un mois à plein temps auprès de lui — à condition d'avoir rempli sa quote-part de travail — puis les puéricultrices le prendraient en charge. Hormis les visites quotidiennes, la mère n'aurait plus d'intimité avec son fils ou sa fille avant ses cinq ans révolus, date à laquelle il ou elle la rejoindrait définitivement dans les strates étouffantes des Niveaux Inférieurs. C'était tout ce que le Complexe pouvait se permettre pour assurer l'oxygénation des jeunes cerveaux pendant la prime enfance. Après, il fallait apprendre à haleter.

« Allez, viens ! » avait ordonné son père.

Son ton avait été sans appel, cependant il avait été obligé de porter Absal sur son épaule tout le long du chemin. Le gamin n'aurait pas fait un pas dans cette direction, sinon.

Et c'est ainsi qu'il avait été exilé des nurseries où il était né, et qu'il avait dû se passer définitivement de la présence douce et ferme de ses parents. Oh, il les voyait encore un peu, bien sûr, au début. Jusqu'à ce que, sans cesse, leurs devoirs les rappellent plus longtemps là-haut, Maman aux salles d'op, Papa aux hydroponiques et aux Champs Élysées, qui assuraient l'essentiel de l'approvisionnement en nourriture et en renouvellement d'oxygène.

Mais ce ne fut qu'à la fin de la deuxième semaine, lorsqu'il eut vidé les réserves de sa Personnelle parce qu'il y avait puisé sans compter, qu'Absal apprit ce que le mot *suffoquer* voulait dire. Et quand l'oncle Anton avait refusé pour la troisième fois de l'alimenter sur la bombonne Familiale, l'enfant avait senti une noirceur étrange se nicher dans sa poitrine torturée, tout près du cœur. Elle n'en était jamais repartie.

Tami se relève avec un pauvre sourire et un teint de cendre. Elle ne simulait peut-être pas, après tout. Mais Absal se retient de hausser les épaules. Ici, dans cet endroit particulier, il ne ressent d'empathie pour personne. Il veut seulement s'en aller au plus vite. C'est assez paradoxal, il en convient : on est bien, les odeurs de désinfectant ne parviennent pas à masquer les fragrances fraîches venues des Champs Élysées tout proches. Des fragrances si fraîches qu'elles sont presque perçues en vert par son cerveau ; il sent les alvéoles de ses poumons se dilater sous l'afflux inhabituel de l'air presque trop pur. Mais pour une fois son humeur ne s'en trouve pas allégée, au contraire, l'énergie qu'infuse le gaz vital ne sert qu'à nourrir sa nausée croissante.

Une dernière fois, Tami se penche sur la couveuse hermétique qui désormais prendra soin de son enfant, elle tapote bêtement le couvercle. Cette fois, et parce que personne ne le regarde, l'obstétricienne aux lèvres roses souriant à Tami avec un attendrissement de commande, Absal s'autorise à lever les yeux au ciel. Partir d'ici et vite !

En chemin, Tami s'appuie contre lui avec trop d'insistance. Il ne la repousse pas, mais ce n'est pas l'envie qui lui manque.

Dans l'ascenseur grisâtre qui les ramène à leur point de départ, sa femme soupire :

« J'ai hâte d'aller à la Promenade, pas toi ? »

Seigneur, comment a-t-il fait pour oublier ça ?!

« Je ne sais pas si je vais venir », répond-il prudemment.

Tami se décolle brutalement de lui et le fixe stupéfaite tandis que tout son corps tressaute aux cahots de l'ascenseur poussif. Cela lui donne une expression tout à fait stupide.

« Quoi ? Mais c'est ton Privilège de Père, la promenade avec notre enfant aux Champs Élysées. On n'y va que deux fois dans sa vie ! Je me rappelle quand j'y suis allée, petite, c'est un endroit fabuleux… Tu es fou ou quoi ? »

Il sait bien qu'il ne peut lui expliquer le dégoût et la haine qui montent dans sa gorge à l'idée de se rendre là-haut, alors il donne une Réponse Conforme, une de celles que sa femme acceptera sereinement :

« Ma chérie, j'ai presque passé mon enfance aux Champs avec mon père, j'ai largement usé de ce Privilège. Ce ne serait pas justifié, tu comprends ? Il vaut mieux préserver les Champs, ma présence est superflue. »

Tami, touchée par l'argument comme prévu, baisse la tête. Elle finit par avouer d'un ton boudeur :

« J'y ai bien pensé, pour être honnête ; mais je trouve tellement dur que notre enfant ne se souvienne pas de toi ce jour-là, quand il sera plus grand. C'est très égotiste, je sais, excuse-moi. »

Elle a une petite moue tremblante, les larmes ne sont pas loin. Il s'oblige à nouveau à la douceur et se penche pour ébouriffer les longues mèches, un peu trop longues, qui sont la seule coquetterie de sa femme.

« Ce n'est rien, mon amour. C'est très humain comme sentiment, et puis tant que tu te rends compte toi-même que ce serait exorbitant et que tu y renonces, on ne peut pas vraiment t'accuser d'égotisme, ne t'inquiète pas. »

Elle lui sourit timidement. Tami se laisse toujours avoir par les Réponses Conformes au Credo Communautaire qui fait depuis plus de quarante ans office de religion dans le Complexe — grâce aux parents d'Absal, en partie. C'est presque réconfortant. Il se sent mieux, d'un coup. Il aime toujours autant *les* battre à leur propre jeu.

*

Les semaines, puis les mois passent dans leur routine si réglée qu'Absal a l'impression de ne recevoir que des bouffées de réel de temps en temps. Ses heures de Solitude sont bien employées, c'est surtout dans ces moments-là qu'il remet les pieds sur terre. Il faut dire qu'en tout début du second cycle, il est tombé sur une cavité naturelle qui va grandement lui faciliter le travail : elle a presque la dimension voulue. Il lui suffit de creuser un peu encore et ce sera bon. Et, miracle des miracles, il a trouvé une nappe phréatique isolée et s'est ainsi créé sa propre source. Absal y voit comme un signe : il mènera son projet à bien, c'est sûr maintenant. Il n'a même plus besoin d'évacuer les déchets, les mottes qu'il arrache aux parois meubles sont religieusement étalées à ses pieds, il prépare le sol. Bientôt, il n'y aura qu'à élargir le tunnel pour y installer la cuve qui attend depuis des années dans une niche à l'angle du boyau, presque à l'entrée.

Tami devient de plus en plus nerveuse à l'approche du grand jour, mais il gère très bien l'angoisse de sa femme. Elle n'est pas très difficile à rassurer, il lui prouve tous les jours qu'il saura faire face à sa solitude sans transformer la cabine en bouge infâme comme souvent les nouveaux pères esseulés, et il manifeste juste assez de réticence lorsque l'absence de Tami est évoquée pour démontrer qu'elle lui manquera beaucoup tout de même. En fait, il bout d'impatience de la voir tourner les talons.

Lorsqu'on tient réellement compte des facteurs psychologiques, la vie en commun s'en trouve toujours facilitée : on apprend à ne pas demander aux autres ce qu'il leur est impossible de donner et à ne pas leur en vouloir pour ça, on apprend également à faire en sorte qu'ils ne vous en veuillent pas du mal qu'ils vous font parfois. C'est un truc qu'il a appris de sa mère et de son père, dommage pour eux qu'ils n'aient pas su l'appliquer à eux-mêmes. Pas si dommage que ça, en fait : leur aveuglement en ce qui le concerne lui a tout de même permis de réussir la première partie de son œuvre, autrefois.

Puis c'est le grand jour, Tami passe une tunique propre sur son pantalon de travail, elle emporte quelques effets personnels dans un petit sac de toile terne et fait ses adieux larmoyants à son époux. Lorsqu'elle disparaît, il pousse un énorme soupir de soulagement. Il ne s'était pas rendu compte à quel point elle lui pesait depuis un certain temps.

Aussi, lorsque le com bipe trente minutes plus tard et que la face radieuse de Tami apparaît sur l'écran, il a énormément de mal à contenir son irritation. Il ne jette qu'un coup d'œil évaluateur à la chose violette et vagissante qu'elle colle tout contre l'objectif. Deux mains, deux pieds, deux yeux, et vu comme il braille, les poumons, ça va aussi, tout semble correct et en place, c'est bien.

Il fait tout de même de son mieux pour imiter le ton extatique de sa femme.

« J'ai pensé à Maaki, comme ta mère, suggère sa femme soudain timide. C'était une grande dame. »

En effet, un mètre quatre-vingts pour soixante-quinze kilos, se dit Absal *in petto*, ça lui a donné bien assez de mal. C'est donc une fille. Il s'extasie à nouveau en répétant :

« Qu'elle est jolie ! Qu'elle est mignonne ! Elle te ressemble ! »

En boucle. C'est tout ce qui lui vient à l'esprit.

Lorsque le com s'éteint enfin, il s'effondre. Il est fatigué tout à coup. Puis il soupire, tire un peu sur sa Personnelle, car l'air vient de vraiment lui manquer pour la première fois depuis l'histoire avec l'oncle Anton. Finalement, il doit être plus touché par cette naissance qu'il ne le pense, se dit-il. C'est bien normal, n'est-ce pas ? Après tout, c'est aussi pour… Maaki (Maaki ?) qu'il travaille, maintenant.

Il secoue la tête ; dans les premiers temps, il va laisser Tami délirer avec ce prénom, mais quand ce sera le moment, il changera tout ça.

Maaki.

Non.

Franchement.

Il faut sortir maintenant et aller clamer la naissance dans les couloirs. Sinon les autres seraient capables de le trouver bizarre. Il file devant le miroir, se dépeigne consciencieusement, arrache un bouton de sa combinaison. Un dernier coup d'œil, c'est bien, il a vraiment l'air un peu déboussolé, puis il se rue dehors en braillant dans tous les coms qu'il croise.

« Elle est née ! Elle est née ! »

Sifflement des sas à l'ouverture sur toute la coursive, les voisins passent la tête. Le premier qu'Absal rencontre, c'est Matho. Absal le prend dans ses bras et lui fait exécuter un pas de danse qui doit réveiller l'arthrite jusque dans les plus petites articulations du vieillard. Avec une joie mauvaise et fort bien dissimulée, Absal regarde son voisin grimacer de douleur sans oser protester. Il en rajoute une couche en demandant d'un ton naïf :

« Ça a dû vous faire le même effet la première fois, avec Sari, non ? Ah, je suis si heureux ! »

Et il plante Matho là, tremblant, les yeux brouillés par les larmes de douleur et de chagrin qu'Absal a très volontairement ravivés. Il fait le tour des cabines. Chaque fois, on lui offre un verre.

Il commence à parler de Tami au troisième cocktail maison environ. Il estime que c'est le bon moment et exagère son ébriété. Il évoque un malaise chez sa femme, une angoisse étrange depuis que le bébé est en route. Il affirme qu'il la trouvée bien égotiste lorsqu'elle lui a montré l'enfant. Il dit qu'elle ne pense qu'à voir les Champs et qu'il a eu du mal à connaître le poids de sa fille et obtenir le récit de son premier bain. On l'écoute avec componction. La rumeur d'un fléchissement égotiste chez sa compagne va se répandre comme une traînée de poudre.

Ensuite, il insiste bien sur son sacrifice : il n'ira pas aux Champs. Il se contentera d'aller rendre hommage à ses parents dans l'Achéron comme il l'a toujours fait. On l'approuve ; Absal est exemplaire, lui. Il l'a toujours été. Comme ses parents, ajoute-t-on après une hésitation qui fait passer leur fin honteuse aux poubelles de l'Histoire. Il résiste une bonne heure à écouter tout le monde parler d'eux, de leur grandeur, de leur merveilleuse implication communautaire. Lorsque la nausée a enfin raison de lui, il l'attribue à l'excès d'alcool et parvient à filer chez lui sous les manifestations générales d'affection et les félicitations.

Il s'allonge sur son lit, hors d'haleine. Sa Personnelle est presque vide. Il embouche le tube jugulaire et inspire bien à fond. Il jette un coup d'œil à la Familiale, elle est quasiment entièrement dégonflée, elle aussi ; et il reste une semaine avant la fin de cycle, il va falloir tenir.

Les chatouillis au fond de sa gorge viennent en premier, il sait qu'il doit lutter le plus longtemps possible, ne pas tousser surtout, ce serait pire. Il se force à inspirer avec lenteur et à expirer plus lentement encore. Il compte entre chaque respiration, s'obligeant au calme et à l'immobilité absolue. La démangeaison s'intensifie bien sûr. Il continue à compter. Une bouffée acide surgit du sas qu'il a laissé stupidement ouvert. Il faut se lever et refermer. L'atmosphère chargée d'oxyde de carbone sera moins irritante.

Il se lève en douceur, mesurant ses gestes et comptant toujours, essayant d'empêcher sa poitrine de se creuser davantage chaque fois. Il referme enfin le sas et tente de rationaliser : il sait que l'air des coursives est juste suffisant pour assurer la survie. Ses parents le lui ont assuré des centaines de fois, c'est tout ce qu'on peut faire. C'est inconfortable, c'est douloureux, mais il ne mourra pas. Il n'est pas malade comme le fils des voisins, lui. Il peut traverser cette semaine jusqu'à l'Approvisionnement. Mais il ne doit pas toucher à la Familiale avant demain, ce serait reculer pour mieux sauter.

Lorsque la quinte parvient à surmonter toutes ses défenses, il se plie en deux, les larmes, de vraies larmes, coulent sur ses joues, douleur et chagrin à la fois, comme Matho un peu plus tôt. Le souvenir du vieillard brisé le console un peu tandis qu'il s'étonne de ne pas voir de sang mêlé à ses crachats jaunâtres.

*

Tami revient transformée de son séjour là-haut. Elle a les pommettes fraîches, la peau claire et les lèvres rouges. Elle ne cesse de babiller à toute vitesse, il n'écoute rien et lorsqu'elle le saisit par la taille dans l'intention manifeste de faire l'amour, il sursaute presque. Il est en fin de cycle, lui. Il se contraint à lui rendre son baiser gourmand et commence à la déshabiller presque aussi fébrilement qu'elle s'occupe de lui. Jamais cela ne lui fut aussi difficile de manifester du désir, mais il pense à la suite et sa verge se dresse miraculeusement.

Tami s'agenouille et fléchit le cou. C'est… parfait, en fin de compte. Il saisit à douce poignée les cheveux luisants qui s'éparpillent le long de ses cuisses et il frémit de leur contact satiné. Et ainsi qu'ils en ont l'habitude, il torsade l'épaisse chevelure entre ses doigts tremblants. Comme par jeu, il enroule la corde de soie brune autour du cou de Tami. Il serre. Fort. Tami rouvre brutalement les yeux et se jette en arrière. Elle cherche désespérément à dénouer ce qui l'étrangle. Sa bouche s'ouvre avidement, cherchant l'air qui lui manque déjà.

Il s'agenouille en face d'elle et la contemple avec une très grande tendresse tandis qu'elle bleuit et meurt.

Le corps s'affaisse et glisse à terre comme une lourde couverture humide.

Elle va lui manquer. C'est sûr. Mais ses parents lui ont bien appris l'emprise de la nécessité sur le monde.

Absal la charge sur son épaule, la dépose dans le cabinet de toilette, déplace le miroir puis la hisse dans le tunnel. Il se contente de l'entreposer dans la cuve. Il résiste à la tentation de glisser les doigts dans l'humus chaud et noir sur lequel elle gît. Plus tard. Il revient dans la cabine, transvase une partie de la Personnelle de Tami dans la sienne, ça peut toujours servir. Puis il attend. D'ici une heure, tout le monde dormira dans le Complexe.

Lorsqu'il est persuadé de ne croiser personne dans les couloirs, il se faufile en chaussettes dans les coursives. Le bruit des plaques parfois disjointes est son principal ennemi, merci à ses parents qui au nom du respect absolu de l'intimité ont fait détruire toutes les caméras de surveillance. Absal adresse un salut moqueur aux restes rouillés de l'une d'entre elles.

Le froid de l'acier sous la plante à peine protégée de ses pieds le fait frissonner, mais il n'en a cure, ce qui le gêne vraiment, ce sont les arêtes du treillage. Chaque pas est très douloureux. Cependant, il ne ralentit jamais et parvient sans encombre à l'entrée de l'Ascenseur Extérieur. Il ouvre la grille et dépose la Personnelle de Tami à l'intérieur avant de programmer une montée suivie d'une ouverture de la Porte Externe. Les statistiques de suicides dans le Complexe montrent que la sortie En-Haut est la deuxième méthode employée dans le *top* cinq de la population, juste après la noyade dans l'Achéron. Cependant, cette dernière est la preuve que le disparu était un vrai Communautaire. En mourant, il donne son corps directement aux Champs. Or justement, Absal a besoin du corps de sa femme. Sinon elle serait encore vivante. Enfin, peut-être, se dit-il honnêtement, il y aurait sans doute eu un moment, plus tard, où elle se serait mise à poser des questions gênantes.

Sur le chemin du retour, il croise Matho, mais le vieillard ne semble pas le reconnaître. Il est assis dans le froid de la coursive et fixe le vide au-delà de la rambarde, l'œil injecté de sang. Absal hausse les épaules et poursuit sa route. Une fois chez lui, il se jette sur son lit et aspire goulûment au tuyau de sa Personnelle un peu regonflée. Demain il aura du travail…

*

Béatrix est ravissante, Béatrix a douze ans. Elle lui ressemble. Il a bien fait de changer son prénom, il y a si longtemps ; elle porte le second avec tant d'élégance. Absal est pétri de tendresse dès qu'il pose les yeux sur sa fille. Il est fier d'elle à un point qu'il n'arrive même pas à dissimuler. Mais on pardonne cet excès d'orgueil paternel au pauvre veuf que sa femme a abandonné si inexplicablement. Il ne peut s'empêcher de la prendre sur ses genoux dès qu'ils sont ensemble, de caresser ses joues de satin, d'embrasser son front pâle, et ses petites mains de poupée.

Il ne la quitte presque jamais, sauf quand elle se rend à l'école du matin. On a accédé au vœu d'Absal : elle fait son service d'après-midi dans le même atelier que son père. Et là encore, il lui a obtenu un poste protégé. Elle est au tri des pièces, les bonnes à droite, les défectueuses dans le bidon de recyclage. Ses mains si douces ne sont jamais abîmées. Même ses ongles restent propres, aussi clairs et appétissants que de jeunes amandes.

Elle lui ressemble vraiment. Aussi secrète que lui, sauf la fois où elle a dit à la maîtresse :

« Papa se peint les lèvres en bleu. »

Elle avait six ans. La maîtresse a ri et désigné les siennes, puis celles des autres enfants.

« Mais tout le monde a les lèvres bleues, ma chérie ! »

Absal imagine bien la mine butée de sa fille devant l'incompréhension de son professeur. Il sait que la petite n'a pas insisté. La maîtresse lui a rapporté le « bon mot » de sa fille en riant de plus belle.

Il ne l'a jamais laissé manquer d'air, lui. La petite n'a jamais connu l'horreur de la suffocation, l'impression de mourir lentement écrasé sous le poids de poumons devenus inutiles. Chaque fois qu'elle en a eu besoin, il était là pour lui prêter sa Personnelle, dont il n'a plus l'utilité depuis fort longtemps. Et elle ne sourcille pas depuis qu'il a commencé à la maquiller un peu. Il ne faudrait pas que son éclatante santé, son teint frais, ses yeux brillants et verts comme des feuilles nouvelles se fassent remarquer. Elle n'en dit rien non plus à l'extérieur, cela fait longtemps qu'elle sait que son père a un secret et qu'un jour il le lui fera partager. En cela, elle ressemble à sa mère, cette façon qu'avait Tami d'accepter totalement les choses telles qu'elles sont et à ne pas les questionner.

Aujourd'hui, c'est l'anniversaire de Béatrix, un jour

très spécial. C'est LE jour. Tout à l'heure, les médics lui ont posé sa pastille d'adulte puisqu'elle a eu ses premières règles il y a quelques semaines. Elle frotte la surface rouge de l'implant au creux de son bras avec fascination. Elle prend un air responsable tout à fait comique. Désormais, elle a la maîtrise totale de sa fécondité, elle peut choisir d'avoir un enfant ou pas, quand elle le désirera. Avec son partenaire futur, ils pourront même décider du sexe de l'enfant à venir.

Absal sourit *in petto*, il va lui faire son *autre cadeau* celui qu'elle attend depuis sa naissance. Aujourd'hui, elle va traverser le miroir. Elle se met nue et s'humecte comme lui, et il la hisse dans la niche du cabinet de toilette. Ensemble, ils se glissent dans le tunnel, rampent longtemps pour déboucher dans les Champs de son père.

Les lampes U.V. sont en veilleuse, c'est le cycle nuit, pourtant leur lumière fait ciller Béatrix après l'obscurité du tunnel. Elle sourit au ronronnement calme des aérations qui, par tout un réseau de tuyauterie détournée, renvoient l'oxyde de carbone dans les entrailles du Complexe. La bouche rose de la petite fille s'ouvre comme un coquillage délicat devant le spectacle qui s'offre à elle : la jungle merveilleuse d'Absal. Il la regarde s'avancer avec ses fesses rondes comme des pommes et fermes comme elles au milieu des arbustes et des fleurs. Ses pieds menus foulent une herbe douce et tendre, piétinent parfois une pâquerette blanche. Les cheveux longs, si longs, de Béatrix effleurent la cime d'un marronnier enthousiaste qui ne parvient pas encore à la dépasser. Ils sont dans la Clairière.

De l'autre côté du rideau d'arbustes s'étendent les Champs, l'endroit où Absal fait croître les plantes les plus efficaces quant à la production d'oxygène. Mais la Clairière est le vrai jardin secret d'Absal.

Il montre à sa fille la poignée dissimulée dans la pelouse. Il suffit de tirer et on hisse vers soi le couvercle de la cuve. Il lui explique tout. Béatrix ne frémit pas devant le contenu écœurant, cela fait longtemps que la cuve a dissous les derniers restes reconnaissables de sa mère, ainsi que de ses grands-parents. Elle pose enfin des questions. Comment est-ce que cela fonctionne. Comment la chair et les débris végétaux se transforment en compost. Comment on le récupère ensuite pour l'épandre dans le champ. Il la prend par la main pour lui montrer le trajet que suit le contenu de la cuve, jusqu'au dernier bac, un peu plus loin, à ciel ouvert celui-là, qui récupère la nouvelle terre noire et riche de nourriture pour les végétaux.

Ils vont s'asseoir, nus dans l'herbe accueillante, mais avant il va cueillir pour elle le premier fruit d'un pommier qui donne enfin sa première récolte. Il la prévient que les corps humains sont la source d'humus la plus sûre, mais aussi la plus difficile à obtenir de tout le Complexe. Elle l'écoute, attentive et concentrée, ainsi qu'il l'aime, mordant à pleines dents dans le fruit rouge et brillant. De temps en temps, ses canines pointues luisent brièvement au-dessus de la peau tendue et cirée du fruit.

Il lui confie enfin ses inquiétudes pour l'avenir, il leur faudra bientôt un autre cadavre complet. Certes, il composte religieusement les débris végétaux du Jardin, mais ce n'est pas suffisant. Et cela fait trop longtemps qu'il puise en secret dans l'Achéron, il risque d'être pris chaque fois. Les Agros peuvent pardonner beaucoup, mais pas cela.

Béatrix réfléchit en silence. Elle secoue la tête avec agacement, elle ne trouve pas, la pauvre chérie. Il sourit devant sa naïveté et se penche sur elle pour lui souffler la réponse à l'oreille. Elle ne sursaute pas, mais ses yeux s'arrondissent. Il regarde attendri les yeux de jade se remplir de larmes totalement sincères et son amour pour elle gonfle sa poitrine mieux que l'oxygène le plus pur. Mais il insiste et elle se rend à ses raisons. Elle a douze ans. Les trois ans de délai qu'il lui présente lui paraissent l'éternité.

*

folles. Au réveil, la pastille de fertilité de Béatrix, au creux de son bras, a viré au vert. Elle est enceinte. Et, comme ils l'ont décidé pour des raisons évidentes, c'est un garçon.

Elle sourit et enroule la corde de ses cheveux autour du cou de son père.

Absal, perdu dans le regard vert de sa fille, absorbe sa dernière bouffée d'air, son dernier Privilège.

GILLES AU BÛCHER

Première parution dans Stratégies du réenchantement,
Griffe d'encre, 2010.

L'hiver nucléaire en avait encore pour une bonne vingtaine d'années. Deux générations. La G (deux mille à naître environ) et la H (six mille à naître environ). Gilles devait admettre qu'il aimait cet hiver-là. Les poussières en suspension lui permettaient de sortir sans risques en plein jour. Elles faisaient écran. Il était très heureux de pouvoir contempler enfin le coucher du soleil après des siècles de vies nocturnes. La pollution atmosphérique en faisait d'inoubliables spectacles. Il ne s'en lassait pas.

Bien sûr, lorsqu'il rentrait à la base, le pointilleux cérémonial de décontamination avait tendance à lui faire grincer les canines. Mais il n'avait pas le choix, à moins de vouloir rendre le complexe inhabitable pour les enfants et de se retrouver seul à nouveau. Lui guérissait des brûlures dues aux radiations en quelques heures, les virus toujours en activité glissaient comme de l'eau sur sa peau de marbre blanc. Encore une chose qu'il aimait dans cette époque : il n'était plus le seul à arborer une carnation de craie, le teint clair de la plupart des enfants n'ayant jamais connu l'atroce coutume du bronzage. Et, en bas, personne ne se méfiait de lui. Au contraire, on l'adorait. Cela lui plaisait, le gênait et le plongeait dans des abîmes d'agacement. De tentation aussi.

Il s'ébroua avec regrets, avant de verrouiller l'écoutille derrière lui. Sa promenade à l'extérieur était terminée. Aucune trace de ceux qu'il attendait. S'il traînait encore, il manquerait son cours de 18 heures. Et tout le monde serait déçu. Lui le premier. En prime, si l'équipe d'archéologues plus enthousiastes que professionnels n'était pas en vue maintenant, il y avait des chances qu'ils ne rentrent plus aujourd'hui.

Gilles commençait à s'inquiéter un peu tout de même, espérant qu'il n'aurait pas à aller les chercher. La génération C était téméraire, et c'était de sa faute, il fallait le reconnaître. Les C (quatre-vingt-dix adultes) avaient avalé sa période « *romans d'aventures* » comme du petit lait. Et voilà le résultat : on n'avait pas de nouvelles de quinze d'entre eux depuis trois semaines.

Les B (trente adultes) qui avaient été nourris de l'engouement de Gilles pour les poètes lakistes étaient nettement plus casaniers et se passionnaient pour l'hydroponique ou la cryogénie thérapeutique. À quelques individus près, bien sûr. Les C étaient dans la fleur de l'âge et il avait besoin de chacun d'entre eux pour mener son projet à bien. Enfin, il les avait élevés ainsi, autonomes et responsables. Il n'allait pas commencer maintenant à régenter tout le troupeau, ce serait trop fatigant. Dangereux, aussi. Il se contenterait de glisser un mot à Alice. La Seconde des A saurait parer aux imprudences de ses petits-enfants. Personne n'oserait se mettre en travers de son chemin, Alice avait une façon bien à elle d'écarter les obstacles. On n'y revenait pas deux fois.

Une petite de la génération E (deux cent soixante-dix préadolescents. Seigneur, ils seraient huit cents et quelques dans la F ! Cela ferait du monde à croiser dans les tunnels !) l'attendait à la sortie de la douche avec une grande serviette de bain blanche et un air de componction assez comique. La toute jeune parente était profondément consciente de l'honneur qui lui était échu et elle bombait le torse afin de faire ressortir les bourgeons de poitrine que ses douze ans lui octroyaient avec parcimonie.

Voyons, comment s'appelait-elle, celle-ci ? Esclarmonde ? Ermeline ? Ah, non, Eulalie ! Il commençait vraiment à être à court de prénoms. Gilles réfléchit qu'il allait passer le flambeau à l'un des A (dix adultes). Adam ou Aymeric. Ou peut-être Adelphe, après tout c'était son rayon. Chacun son tour de se creuser la cervelle pour introniser la nouvelle génération.

Eulalie devait avoir deux enfants déjà. Le troisième était sans doute en train de croître dans sa cuve. Les premiers F (cinq cent quarante nourrissons, deux cent soixante-dix à naître) braillaient un peu partout dans le complexe, et Gilles se félicita d'avoir choisi de vivre à l'écart, dans le silence et le clair-obscur du labo d'hématologie. Il avait élevé les A (dix adultes) tout seul, il avait assez répondu en urgence à des hurlements de bébés au maillot pour quelques siècles. Mais, au fond, il était heureux d'entendre un peu les cris et les rires qui attestaient de la bonne croissance du troupeau.

« Vous allez mettre ça, Professeur ? » demanda la petite d'un ton perplexe en lui tendant l'antique toge universitaire à larges manches bordées de fourrure.

De *menu-vair*, ricana intérieurement Gilles, qui caressa les poils synthétiques au passage.

« Je porte toujours la toge en cours, Eulalie, fit-il doucement.

— Je suis désolée, je ne savais pas. Je suis seulement les cours d'Adelphe en puériculture et biologie humaine. »

Il y avait une sourde rancune dans la voix flûtée. Eulalie tentait de la dissimuler, mais elle n'y parvenait pas vraiment.

« Encore un an, petite, et tu seras délivrée de la plupart de tes obligations parentales. Comment se portent tes enfants ? »

Il s'efforçait d'avoir l'air de s'intéresser aux gens. Cela exigeait pas mal d'efforts de sa part, mais la récompense serait incommensurable.

« Frédéric va très bien, il marche déjà. Mais Flore me cause beaucoup de soucis. Elle a des coliques et elle empêche toute la nurserie de dormir. Je peux vous avouer quelque chose d'affreux, Professeur ?

— Il faut toujours dire les choses affreuses, Eulalie. Ça aide à ne pas les faire. »

À les faire avec encore plus de plaisir aussi, mais ce n'était pas ce qu'Eulalie attendait de lui. Cela, c'était une chose que seule Alice aurait pu entendre. Encore que la notion de plaisir eût été relativement incompréhensible pour cette dernière.

« Parfois, je les jetterais tous les deux dans le convertisseur et je tournerais le bouton ! »

Elle n'osait plus le regarder en face. Gilles finit d'enfiler sa toge par-dessus ses cheveux encore mouillés, pestant contre l'odeur des détergents qui s'y attardait. Il s'accroupit pour se mettre au niveau du regard de la fillette.

« Eh ! Tu sais quoi ?

— Non, Prof. »

Un sanglot roulait au fond de la gorge fine.

« Les A, eh bien, je les aurais volontiers tous étripés au bout de dix minutes. »

C'était si vrai qu'il y avait eu deux générations de A, en fait. La première n'avait pas résisté à sa soif. Eulalie ne le saurait jamais, ni aucun de ses congénères. Elle releva ses longs cils emperlés de larmes naissantes qui s'asséchaient déjà.

« Oh. Mais vous, vous en aviez dix, quand même !

— J'ai moins besoin de sommeil que vous autres. Trois ou dix, ça aurait été pareil pour moi. Mais toi, tu n'en veux pas, du troisième, je me trompe ?

— Non, Professeur. Je n'aime pas les bébés. Dites ? Ce serait possible… ?

— Quoi ?

— Ben, Eudes, lui, ça le gênerait pas d'en avoir quatre, il me l'a dit ! »

Il y avait un mince espoir glissé dans la petite voix.

« Ah ! Ça ne marche pas comme ça. Eudes doit faire son travail de parent, et il a ses études à mener. Pas question qu'il prenne du retard sur vous autres parce qu'il aura passé un an de plus à pouponner. Allons, ajouta-t-il devant la consternation d'Eulalie. Bientôt, tu pourras les laisser plus longtemps à la garderie : tu auras plus de temps libre. Et puis, tu sais, les D sont compréhensifs avec ceux qui veulent se mettre en avance dans leur formation. »

Les D avaient naturellement pris en charge tout ce qui concernait la petite enfance dans le complexe. Mais Eulalie se renfrogna encore.

« Dahud commence déjà à me rabioter les heures de garde de Frédéric, alors ! Elle voudrait que je choisisse puériculture comme elle !

— C'est ta parente, Dahud ?

— Oui.

— Denis est son coparental ? C'est ça ?

— Oui, mais Denis…

— Ne t'inquiète pas, je lui parlerai. Denis dira un mot à ta parente.

— C'est vrai ? Vous pouvez faire ça pour moi ? Oh, merci ! Merci, Professeur ! »

Le visage d'Eulalie s'était illuminé et la veine à la base de son cou battait avec enthousiasme. Gilles détourna le regard. Il se reprit avec difficulté, mais réussit à ajouter presque gentiment :

« Tu as des droits tant que tu remplis tes devoirs. C'est normal qu'on t'aide à faire ce dont tu as envie par ailleurs. Tiens, tu as encore un peu de temps ?

— J'ai une heure et demie avant d'aller chercher Flore à la piscine. »

Le cœur du réacteur secondaire servait de pièce d'eau à la garderie. Ce réacteur ne fonctionnait pas et n'avait jamais fonctionné. Il avait été construit en vue d'une éventuelle défaillance du premier qui ne s'était jamais produite. On ne risquait rien à se plonger dedans. Mais c'était peu dire que Gilles avait été réticent à l'idée de laisser les enfants l'utiliser de cette façon. Cependant, ce n'était pas son genre d'édicter des lois qui auraient peu de chances d'être respectées. Il avait donc acquiescé à la supplique des D, au moins les gosses étaient encadrés et on pouvait espérer qu'aucun ne se noierait.

« Bon, alors, c'est possible.

— Quoi, Professeur ?

— Ça te dirait de venir assister à mon cours ? »

Le regard lumineux d'Eulalie fut une réponse suffisamment éloquente.

« Plus que partout ailleurs, il faut se méfier en Histoire. Pas seulement de celui qui vous *la* raconte, mais des mots, des noms mêmes qu'il emploie. Ces prétendus repères vous trompent. Ils vous égarent sur des pistes de pensée approximatives. Ils vous mènent vers des voies de garage conceptuelles et vous font considérer des choses très anciennes avec la lorgnette de votre époque. Alors vous croyez comprendre, pire, vous croyez savoir — et encore pire, vous jugez — de votre point de vue actuel, sans parler de celui de l'auteur. Lequel vous conduit au mieux à de simples erreurs d'appréciation. L'ennui, c'est qu'une erreur légère à un moment « t », dans une perspective historique, fait en général boule de neige et que vous vous retrouvez nageant sur une vague de divagations. Par exemple — au hasard — (il fit un sourire complice à l'assistance), la Renaissance. (Il y eut des rires dans le public.

La période en question était le *running gag* des cours de Gilles, sa marotte, et sa plus grande source de digressions.) Que signifie ce mot ? Qu'implique-t-il ? »

Un D leva la main dans les premiers rangs de la salle de réunion.

« Oui, Damien ?

— Un nouvel essor ?

— À quelle époque ?

— Le XVe siècle ?

— Très bien. Est-ce que ce nom particulier ne suggère rien pour l'ère précédente ? Dracul ? »

Gilles n'avait pas pu s'empêcher certaines plaisanteries saumâtres au moment des baptêmes. Il y avait une Carmilla qui se promenait quelque part dans la nurserie également. Et un Blade qui enseignait les mathématiques. Aussi antipathique et brutal que son homonyme.

Dracul bredouilla. Il était timide. Doué mais timide. Quand il répondait en classe, il avait peine à faire mieux que murmurer, malgré ses vingt-deux ans bien sonnés.

« Tu veux parler plus fort, que tout le monde en profite ?

— Cela aurait tendance à poser le Moyen Âge en tant que période monolithique de régression et d'ignorance, Professeur !

— Très bien. Donc, outre qu'il n'y a pas qu'UN Moyen Âge, cette dénomination fait l'impasse sur notre très réelle renaissance du XIIe siècle, tuée dans l'œuf par la grande épidémie de peste et les guerres interminables qui nous ont déchirés, la Renaissance qui n'est au fond qu'une entrée dans le monde précontemporain et votre monde… »

À cet instant, alors que Gilles continuait son exposé préparatoire, une vieille B se pencha sur son voisin de gauche. Elle murmura :

« À propos de mots, ça ne te paraît pas bizarre, Blaise ?

— Quoi donc ? chuchota l'interpellé.

— Ces possessifs que Gilles emploie. J'ai toujours trouvé curieux qu'il dise « nous » seulement jusque vers la moitié du XVe siècle. Après c'est « vous » ou « votre ».

— Tu délires, Bertille, souffla Blaise agacé. Tu fais de la surinterprétation en permanence.

— Ouais ! fit l'autre, dubitative. Ce n'est pas ce que dit Abel en psychologie clinique.

— Abel raconte partout qu'Alice est folle à enfermer, aussi. Ton parent dit n'importe quoi. On n'aurait jamais dû lui permettre de lire Lacan, commença Blaise aigrement. La psychanalyse est une impasse, les neurosciences…

— Les mots ont un sens, Blaise, même s'il arrive à mon parent de leur faire dire ce que lui désire. Chut, maintenant ! l'interrompit sèchement Bertille avec une parfaite mauvaise foi. J'écoute ! »

Depuis que les premières générations avaient terminé leurs études, Gilles n'était plus tout seul pour enseigner, les A et les B avaient pris le relais. Il aurait pu leur abandonner l'intégralité de la tâche, mais une réticence inattendue l'avait saisi. Alors, il s'était cantonné à l'Histoire, sa matière préférée. De toutes les sciences humaines, il avait tendance à la considérer comme l'alpha et l'oméga d'une éducation correcte. Y compris pour une espèce dont le nombre d'individus n'atteignait pas celui d'une moyenne bourgade d'autrefois. Ces gosses avaient un univers à reconstruire, ils avaient intérêt à tirer des leçons du passé.

Quant à lui, il y trouvait un réconfort étrange. Sa mémoire capricieuse — elle avait le droit de l'être après un millénaire de sollicitations — lui faisait défaut trop souvent pour que celle du monde n'en devienne pas un substitut, maladroit mais indispensable. Il en avait tant vu au cours des siècles écoulés, il avait tant expérimenté, changé, et le monde avec lui. Cette récapitulation analytique des actes et des faits de l'humanité se transformait en base d'une identité intime qu'il sentait s'effilocher sans pouvoir la retenir. Dans les yeux ardents et attentifs de ses élèves, il retrouvait une forme d'intégrité, d'*ego*, même, sur laquelle il s'appuyait sans le savoir.

Son cours était ouvert à toutes les générations capables de le suivre. Il l'avait placé en dehors des horaires normaux afin que tous les volontaires puissent y assister. Même les A, pourtant débordés en général, et qui l'avaient déjà plus ou moins entendu, venaient de temps en temps.

Quand il ne se surveillait pas, Gilles était assez fier d'avoir su élever des individus aussi enthousiastes à l'idée d'apprendre et de transmettre le savoir. À quelques exceptions près qui avaient trouvé d'autres voies pour se rendre utiles à la communauté. Gilles était très conscient que cet état de fait était une question de survie pour le troupeau, mais cela aurait très bien pu ne pas fonctionner.

Il prit une inspiration :

« *Ipso facto*, lorsque vous tombez sur ces mots, inoffensifs en apparence, censés poser de simples jalons mnémotechniques, continua-t-il en étendant le bras vers l'assistance. Pensez à…

— Professeur ! Professeur ! »

Les battants de la porte d'entrée s'ouvraient à la volée devant un jeune E surexcité :

« Ils sont rentrés ! Ils vous ont rapporté un cadeau ! »

Gilles laissa retomber sa main, rien ne parut de son agacement. Il dit avec calme :

« Tu interromps le cours, Enguerrand. »

Ainsi morigéné, Enguerrand pila en face de l'estrade, devint pourpre, et son excitation tomba d'un coup. L'enfant baissa la tête sous le regard de Gilles.

Il n'avait pas besoin d'élever la voix ces derniers temps. Les premières générations avaient été difficiles, mais les suivantes se comportaient avec lui comme s'il était Dieu le Père. Ils n'étaient pas loin de la vérité.

Gilles soupira imperceptiblement. C'était un de ces moments où il fallait faire semblant. Ils devenaient de plus en plus fréquents. Et pénibles. Il força sa bouche à esquisser un sourire et son regard fit le tour de la salle, des corps tout à coup redressés, des yeux soudain brûlants de curiosité, parfois mêlée de soulagement — certains avaient un parent ou un amant parmi les membres de l'expédition enfin de retour. Il sut qu'il n'y couperait pas, son sourire s'élargit encore :

« Bien, je vous donne congé pour ce soir. Allons accueillir nos aventuriers et voyons un peu ce qu'ils ont ramené ! »

La classe se rua dans le couloir. Eulalie, au premier

rang, hésita un peu tandis que Gilles effaçait le tableau. Elle lui emboîta le pas quand il se dirigea à son tour vers le hall d'accueil à côté de la décontamination. Tout naturellement, la petite main se glissa dans la forte poigne de Gilles, qui se résigna. Le besoin de contact physique était une chose qu'il ne comprenait vraiment que dans de très spéciales occasions, mais il avait appris qu'il s'agissait d'une nécessité vitale pour les enfants. Il s'y soumettait donc, maîtrisant son dégoût autant que ses pulsions.

En chemin, ils rencontrèrent Alice qui régla son pas sur les leurs. La Seconde jeta une œillade incisive sur les deux mains jointes. Elle croisa le regard las de Gilles et lui fit une petite mimique de commisération amusée. L'expression détendit brièvement ses traits magnifiques à travers son masque d'impassibilité habituelle. Gilles approuva d'un battement de cils : la grimace était très réussie. Alice inclina la tête, réceptionnant le compliment. Eulalie, inconsciente de ce dialogue muet au-dessus de sa tête, babillait à perdre haleine.

Lorsqu'ils parvinrent enfin à destination — la décontamination et l'accueil se trouvaient trois niveaux au-dessus des salles de vie —, presque tout le complexe était là. On avait ouvert les Coms afin que, dans les nurseries et les systèmes vitaux, le personnel de garde qui ne pouvait pas se déplacer puisse suivre l'événement en direct.

Gilles songea qu'il faudrait concevoir des distractions pour ce beau monde trop sage. À en juger par la fièvre suscitée par si peu de chose, au fond, il était clair que les gamins s'ennuyaient sans le savoir. Cela pourrait finir par devenir un problème. Eulalie toujours agrippée à sa main, il s'avança tranquillement au premier rang, par le couloir d'épaules qui s'élargissait devant lui jusqu'à la vitre donnant sur les pièces de décontamination.

Il comprit intuitivement qu'une catastrophe l'attendait lorsqu'il vit le visage rayonnant des A pressés contre la baie vitrée. Ils étaient trop heureux. Les gosses avaient forcément fait une connerie. Ce cher vieux Murphy était de retour. Il le voyait scintiller avec malice dans toutes les prunelles avides et enthousiastes.

Son regard glissa sur l'aquarium où les C, complètement nus, leurs combinaisons N.B.C. en tas informes à leurs pieds, jouaient sous les douches antiseptiques et faisaient de grands signes à leurs amis de l'autre côté. Le second sas était presque vide à l'exception du *cadeau* qui subissait lui aussi les assauts des pulvérisateurs.

Elle était là.

Étincelante à travers les lueurs diffuses et les brumes des jets de décontamination. Imperturbablement dorée après tant de siècles. Le cheval entier avait fondu, mais le torse de la statue était intact. Le visage parfait avait conservé toute sa détermination et son fanatisme. Sa beauté aussi. Le bras dressé tenait encore un segment de la hampe du drapeau. Il s'immobilisa, ses doigts broyèrent les phalanges d'Eulalie qui poussa un gémissement que personne n'entendit dans le brouhaha général. Sauf Alice, qui lança un regard scrutateur au professeur. Il relâcha la pression aussitôt et abandonna la main de la fillette.

Adam, le Premier des A et coparental d'Alice, se tourna vers eux, l'œil joyeux sous ses mèches complètement blanches déjà :

« Vous nous avez tant parlé d'elle, Gilles ! Les gosses sont allés jusqu'à Paris pour elle… »

Il s'interrompit net. L'expression de Gilles était effrayante.

Moi aussi, jadis, je fus en Paris... pour elle.

Il se reprit avec difficulté pour composer un sourire éblouissant sur ses traits. Il en avait si peu envie que chaque muscle de son visage protesta.

Adam cilla, perplexe, puis sembla décider *in petto* qu'il avait mal vu. Il se pencha sur Alice pour coller un baiser enthousiaste sur la bouche aux lèvres fermes et serrées. Prise au dépourvu, la Seconde se figea. Tous ses muscles se tendirent, mais elle répondit au baiser avec un temps de retard qu'elle espéra imperceptible. Son coparental prenait très au tragique ce genre de choses.

Gilles redressait les épaules péniblement. Il avait l'impression qu'on venait d'y déposer deux enclumes de bonne taille. Il déglutit et réussit à croasser :

« Paris ? Mais c'est dangereux d'aller si… »

Il ne continua pas. Ce n'était pas la bonne réponse, même s'il avait raison. Deux cents kilomètres en terrain irradié, ce n'était pas raisonnable. Mais les C avaient voulu lui faire un présent très spécial, il ne serait pas… prudent de ne pas délirer d'enthousiasme comme les autres. Il pencha la tête vers la statue, appuya son front contre la vitre, comme s'il désirait la voir de plus près et qu'il ne pouvait contenir son impatience. En fait, il fermait les yeux et rafraîchissait son front soudainement brûlant à la froideur du verre, une sensation qu'il avait oubliée. Ainsi, personne ne pouvait déceler dans son regard la noirceur qui venait de s'y nicher.

Alice traquait Adam dans les couloirs. Son coparental survolté avait tendance à l'éviter depuis quelque temps et elle pensait que ce n'était pas sans rapport avec la récente nomination d'une C pétillante au poste de secrétaire du Premier. Adam n'avait jamais compris qu'Alice ne s'offusque pas de ces choses-là. Au contraire. Si quelqu'un voulait bien prendre en charge à sa place cet aspect des relations entre le Premier et la Seconde A, eh bien c'était tout bénéfice, n'est-ce pas ?

Il savait pourtant à quel point elle avait une sainte horreur de toucher et d'être touchée. Elle s'y résignait parfois, parce qu'il était plus efficace lorsque cette tension, incompréhensible pour elle, avait été évacuée. Il ne l'ignorait pas, mais n'était jamais parvenu au bout de l'équation, le pauvre. Sans doute parce que lui n'aurait pas supporté qu'elle se soulage de même avec d'autres.

Au secrétariat principal, son propre assistant, Déodat, un garçon calme et travailleur qu'elle appréciait énormément d'habitude, lui fit une réponse évasive qui acheva de l'énerver. Le D n'osait pas la regarder en face et ses joues étaient rouges. Alice réprima un mouvement de colère froide, elle n'avait pas de temps à perdre avec ces futilités. Elle actionna le Com le plus proche et ordonna sèchement que le central la mette en liaison avec la chambre de Catherine.

« Catherine ? Passe-moi *le Premier*, veux-tu ?

— Mais il n'est pas ici, Seconde ! »

La voix de Catherine avait exactement le timbre qu'il fallait, subtilement sidéré, parfaitement choqué.

« C'était bien tenté, petite. Tu iras loin. Maintenant je veux parler à *mon* coparental. *Tout de suite* », fit Alice.

Dans son dos, elle entendit Déodat quitter précipitamment la pièce, tandis que Catherine essayait de reprendre son souffle de l'autre côté du récepteur. Adam prit sa place quelques secondes plus tard. Il ne se perdit pas en dénégations imbéciles :

« Que se passe-t-il ? »

Le ton posé, prêt à faire face à n'importe quelle catastrophe.

Avec elle.

Alice sourit intérieurement malgré sa colère résiduelle et son angoisse naissante, c'était *son* Adam, celui-là.

« Viens.

— Qu'est-ce qui se passe ? répéta-t-il.

— Gilles a disparu. »

« On n'a aucune trace de sortie sur les écrans de surveillance, l'informa Alice. Il n'est pas dehors. »

Le couloir du labo d'hématologie était désert et peu éclairé. Gilles avait démonté une ampoule sur deux longtemps auparavant. Il trouvait la lumière trop vive.

« Tu as fait un appel général ?

— Oui, sans résultat, évidemment. Tu n'as pas entendu ? »

Il eut le bon goût de ne pas bafouiller :

« Non, on avait coupé le Com public. Tu crois qu'il

s'est enfermé là-dedans ? Ça fait combien de temps qu'il a disparu ?

— Quarante-huit heures. Il n'a jamais été absent si longtemps, ce n'est pas normal. Il n'aime pas nous laisser. »

Elle avait ajouté ces derniers mots à voix basse, comme pour elle-même. Adam lui jeta un regard scrutateur, mais se contenta d'un :

« Bon. On peut demander au central de déverrouiller le sas, ça va juste prendre du temps. Sans l'accès de Gilles, il faudra contourner les programmes d'administration.

— J'ai le code, dit Alice. Il me l'a donné, il y a des années. Mais je ne m'en suis pas servie depuis longtemps, il l'a peut-être changé. Surtout qu'en ce moment, il se comporte de façon bizarre.

— C'est vrai qu'on ne l'a pas beaucoup vu depuis quinze jours, fit pensivement Adam. Je n'ai pas assisté à son dernier cours, mais on m'a dit qu'il l'avait interrompu en plein milieu… »

Il s'arrêta brutalement.

On.

Catherine.

Toujours du bon côté du manche, celle-ci. Adam. Gilles. Et après, qui encore ? Elle-même ? Sans doute pas. Ils étaient peu nombreux à rechercher les bonnes grâces de la Seconde. Sûrement parce qu'ils savaient que, pour elle, la récompense d'un bon travail était le travail lui-même. Sa froideur faisait fuir. Elle devait reconnaître que cela l'arrangeait, la plupart du temps.

Alice réprima un haussement d'épaules tandis que

son compagnon se rembrunissait et demandait tout à coup, comme en représailles :

« Comment ça se fait que tu aies son code ?

— À un moment, j'ai eu besoin de Gilles, expliqua-t-elle d'un ton neutre. Il m'a aidée. »

Elle songea à cette période ridicule de son adolescence, lorsqu'elle se désolait de sa propre indifférence, de son manque d'intérêt pour les autres et de son incapacité à rendre Adam heureux. Le malaise de son coparental la rendait, disons, inconfortable, et elle désespérait de trouver quelqu'un qui lui indique les comportements adéquats. Gilles avait été là. Il lui avait expliqué des choses, appris comment feindre quand il le fallait, et comment accepter d'être elle-même, sans culpabilité et sans sacrifice. Un jour où ils avaient discuté plus longtemps que d'habitude, il lui avait donné son mot de passe en lui disant :

« Tu me ressembles trop pour ton propre bien, Alice. Viens me voir quand tu veux. »

Et elle était venue quelquefois.

Sans écouter la question agressive d'Adam, elle tapa les quatre chiffres du code, 1440. Il n'était pas franchement difficile à retenir. Le sas s'ouvrit sans un bruit.

Ils pénétrèrent dans la pièce et furent aussitôt éblouis par une lumière intense. C'était insupportable, ils fermèrent les yeux. La clarté ardente les frappait comme une massue même à travers leurs paupières closes, et la chaleur sèche qui régnait les fit suffoquer. Inexplicablement, Gilles avait installé de nouvelles rampes un peu partout, et cela devait faire longtemps qu'elles brûlaient, car certaines des ampoules avaient grillé. Les zones d'intensité moindre permirent à Adam de trouver l'interrupteur autrement qu'à tâtons. Ils soupirèrent de soulagement lorsque l'éclairage normal revint. Ébahis, ils se regardèrent, en cillant pour retrouver une vision correcte.

Il n'y avait pas trace du Professeur.

Adam jeta un coup d'œil circulaire. Il ne vit rien de significatif. À l'exception de cette débauche de rampes U.V., la pièce n'avait pas changé depuis sa dernière visite un mois plus tôt. Alice se dirigea vers le bureau à côté de la paillasse. Elle saisit triomphalement un gros volume relié de cuir.

« Eh ! Il a laissé ça pour moi ! »

Un *post-it* de travers sur l'épaisse couverture poinçonnée à l'or portait effectivement son nom, calligraphié d'une main sûre et minutieuse en d'antiques caractères presque illisibles pour Adam.

« Qu'est-ce que c'est ? fit-il, interloqué.

— Un livre, répondit sa coparentale. Gilles en conservait une petite trentaine dans cette armoire. J'en ai lu quelques-uns. C'est plus confortable que sur écran. »

Adam réprima son agacement.

« Je sais ce qu'est un livre, Alice, siffla-t-il, je te demande duquel il s'agit.

— Oh, pardon », s'excusa Alice machinalement, imperméable pourtant à l'humeur de son compagnon. « En fait, c'est écrit à la main », l'informa-t-elle en feuilletant l'ouvrage.

Elle laissa retomber le volume sur le bureau encombré de paperasses et de sorties ordinateur. Elle leva les yeux vers lui :

« C'est un journal.

— Va voir à la fin. Il dit peut-être ce qu'il a l'intention de faire ? »

Alice se retint de hausser les épaules. Son coparental avait le don de proférer des évidences, parfois. Elle feuilletait déjà.

S'il semblait de facture antique, l'objet était en fait un pur produit du convertisseur. Les premières pages portaient des dates précédant la naissance de sa génération. Au tiers de l'ouvrage, l'écriture fine et si curieusement surannée de Gilles s'interrompait. Alice siffla imperceptiblement. Son propre nom se détachait en haut de la dernière page. Gilles lui avait écrit :

« Éloigne Adam. Visionne l'enregistrement 1431. Puis fais ce que tu voudras, ma Fille. »

La signature, un nom en trois parties, calligraphié avec un art consommé, coupa net son sifflement. Blême, elle se tourna vers Adam qui fouillait nerveusement la pièce. Il ramassa en grognant la toge de Gilles, chiffonnée au pied du fauteuil devant le bureau. Une fine poussière s'en répandit, les faisant éternuer.

Alice se racla la gorge et parvint à articuler :

« Va vérifier les enregistrements du complexe.

— Et toi ? demanda Adam en laissant négligemment retomber le vêtement souillé sur la couchette toute proche.

— Je vais rester là. Si quelque chose nous a échappé… »

Dès qu'il eut disparu, elle s'assit devant l'ordinateur du bureau et ouvrit le fichier prescrit.

Gilles apparut sur l'écran. Sur une impulsion, elle

caressa distraitement la surface souple et brillante à l'endroit où le visage ferme s'animait et qu'il prononçait du ton docte de ses cours :

« Alice. C'est fini.

Tout simplement. Je ne t'explique pas pourquoi, il s'agit d'une de ces complications affectives et morales que tu n'as jamais su traiter. Pour le reste, je te fais confiance, je sais que tu pourras gérer. Les enfants comptent sur toi. Tout est dans mon journal. À toi de voir ce que tu choisiras de révéler aux autres. Si quelqu'un est capable de prendre une décision dépassionnée à ce sujet, c'est toi. À toi de voir également ce que tu feras de ce que je te laisse dans le premier tiroir du bureau. Je t'ai dit souvent que tu me ressemblais, ça semblait t'aider. Tu vas comprendre dans quelques minutes à quel point c'était faux.

Pourtant, tu es ce qui est le plus proche de ma vraie fille. Tu sais déjà que ce n'est pas une bénédiction. Adieu. »

Il sourit à la caméra, puis se pencha pour actionner quelque chose hors champ. Il devint éblouissant, Alice ne put distinguer qu'une ombre qui se désagrégeait sans un cri devant l'écran. Un crâne grimaçant apparut brièvement, puis se délita lui aussi. L'image s'arrêta, la vidéo reprit au début. Elle laissa redéfiler l'enregistrement, l'œil vide. Puis l'interrompit lorsqu'il repartit pour la troisième fois.

Elle fouilla le bureau, dénicha un petit flacon de verre qu'elle considéra avec perplexité et s'assit sur la couchette. Elle reprit le livre qui lui parut soudain très lourd dans ses mains fines.

La première entrée datait de soixante-dix ans avant sa naissance. Gilles écrivait en petits paragraphes décousus, sans souci de clarté. Il jetait des pensées brutes sur le papier comme pour s'en débarrasser.

C'est la soif qui m'a réveillé. L'ordinateur a souffert. Peut-être une décharge électromagnétique trop proche. Tous les systèmes vitaux ont sauté. Je n'ai trouvé aucun survivant dans les capsules Cryo, seulement des cadavres momifiés.

Des centaines et des centaines de momies. Murphy a bien rigolé. Quand je pense au mal que j'ai eu à me faire admettre dans leurs rangs. D'après leur état, j'ai dormi un bon siècle. L'effet des produits de Cryo, je suppose. Dehors aussi la terre est momifiée. Je ne sais pas ce que je vais faire. J'ai soif. J'ai tellement soif.

Je suis seul.

Je ne mourrai pas, finalement. J'ai trouvé un moyen de synthétiser le sang dans le labo. Il n'y avait qu'à suivre les instructions. Ce n'est pas aussi agréable que le produit d'origine, mais c'est mieux que rien. Je m'ennuie. Il n'y a rien dehors. Rien qui vaille la peine d'être chassé.

Je voudrais parler à quelqu'un, les conversations avec l'I.A. que j'ai enfin remise en route ont tendance à devenir mécaniques. Ha ! Ha !

Jeter les corps au convertisseur a été une abominable corvée.

Alice passa quelques pages. Ce n'était que des notes relatives aux réserves d'énergie et au matériel encore en fonctionnement.

La banque génétique est intacte, c'est un miracle. L'I.A. a fini par recouvrer ses fichiers endommagés. Elle prétend qu'on pourra facilement donner naissance aux enfants d'ici un an. J'attends avec impatience mon premier repas digne de ce nom.

Alice relut le passage plusieurs fois. Elle parcourut en diagonale les lignes suivantes.

J'ai décidé d'appeler l'I.A. Jeanne. Elle peut être aussi bornée que ma Dame autrefois. J'ai réussi à la battre aux échecs ce matin. Jeanne ne décolère pas. Je féliciterais bien son concepteur. Elle devient presque humaine, ces derniers temps.

Enfin ! C'était divin ! Je me suis délecté des vagissements pitoyables tandis que je déchirais les entrailles. C'était... Ah, je ne sais comment décrire cela. Le sang est un nectar.

Demain, il y aura une petite fille.

La Seconde marqua un temps d'arrêt. Elle se rendait compte que ce qui la gênait le plus venait du fait qu'elle croyait chaque mot sous ses yeux. Un réflexe inculqué par Gilles longtemps auparavant lui fit prendre une expression horrifiée. Elle la chassa en haussant les épaules. Elle n'avait pas besoin de feindre, elle était seule.

Je m'ennuie à nouveau. Encore trois mois avant la naissance du prochain. Mais je sais déjà que je ne prendrai pas le même plaisir qu'au début. Ils ne se défendent pas. Ils sont trop jeunes pour avoir peur. Ils se contentent de gémir, c'est pathétique. Ce n'est plus amusant. Je devrais peut-être les laisser grandir un peu. Jeanne n'approuve pas. Elle commence à se montrer réticente à suivre mes instructions. Du coup, elle bugue de plus en plus souvent.

Ça ne peut pas continuer ainsi. Je ne fais que me nourrir et dormir. Jeanne me réveille chaque fois qu'elle en a un de prêt. Mais, désormais, j'ai soif d'entendre une voix, de parler à quelqu'un. De retrouver l'extase de la chasse. Une proie intelligente, capable de m'échapper.

J'ai décidé d'élever le troupeau. Ma stratégie première était stupide. Et je suis trop seul. Mais je veux que ce soit rapide, sinon je n'aurais pas la patience. Un intervalle de dix ans entre chaque génération sera largement suffisant, les premiers prendront en charge les suivants. Lorsqu'ils seront assez nombreux, je leur laisserai les rênes et ne reviendrai que pour me satisfaire.

Dieu que c'est difficile ! Je ne peux pas me permettre d'en prélever un seul. J'ai déjà craqué une fois et je sais que je ne peux plus m'arrêter quand je commence. Chaque instant est une terrible tentation. Je suis sur le qui-vive en permanence. Je suis fatigué.

J'aime bien la petite Seconde.

Son nom l'arrêta. Elle feuilleta rapidement pour voir s'il revenait. Gilles faisait souvent référence à elle. Alice eut un vrai sourire qui se figea lentement sur ses lèvres au fur et à mesure de sa lecture.

Elle promet. Elle a presque tué le Troisième ce matin. Il la persécute depuis toujours au motif qu'elle ne rit jamais et qu'elle n'est pas comme tout le monde. Je pense qu'il en a pour un bon mois d'infirmerie. Elle lui a planté une fourchette dans l'estomac. Depuis que j'ai administré les premiers soins et stabilisé l'état d'Abel, je laisse la petite s'occuper de sa victime sous prétexte de réparer. En fait, je crains que l'odeur du sang sur les bandages ne me fasse commettre une imprudence regrettable.

J'ai déconnecté Jeanne maintenant que les gosses utilisent le réseau. C'est plus prudent.

J'aime bien enseigner aussi. C'est surprenant.

Alice a toutes les qualités nécessaires pour faire une bonne compagne d'immortalité. Mais j'hésite. C'est peut-être encore un peu tôt. Elle n'est pas prête. Elle m'inquiète un peu aussi. Elle est si imperméable. Je trouve ironique d'être si souvent plus humain qu'elle.

Alice est encore venue ces derniers temps. Je l'aide comme je peux. Mais elle veut trop bien faire. Elle se contrôle en permanence pour ressembler à l'idée qu'elle se fait de mes attentes. Elle essaie d'incarner ce que j'enseigne en classe. Souvent ça m'agace de la voir marcher à mon blabla moral, comme les autres.

Son coparental est un imbécile. Il dort comme un sonneur à côté d'une grenade dégoupillée. Elle peut exploser à n'importe quel moment. C'est amusant.

Je me suis trompé sur Alice. Je l'ai trop bien aidée, trop bien élevée. Elle a trouvé un moyen de contrôler ses pulsions. Elle canalise vers l'efficience et la bonne marche du système. Je suis déçu, mais elle est extraordinaire à sa façon et je suis fier d'elle malgré tout. Je vais peut-être tenter le coup un de ces jours.

Le journal s'interrompait. Gilles avait biffé de nombreux passages qui semblaient avoir été commencés et abandonnés presque aussitôt. Une seule phrase surnageait de ce chaos de ratures.

Je n'arrive pas à croire qu'ils m'aient fait ça. Je ne me sens pas bien. J'ai soif.

Puis :

Je me perds dans ces yeux d'or vide. Ce n'est pas toi, pourtant. Ces traits idéaux, cette mâchoire ferme, ce front bombé. Ce n'est pas toi. C'est une idée de toi. Toi, tu étais laide, ô ma Dame Entêtée !

J'ai oublié tes traits. Je sais juste que ceci n'est pas toi.

Mal nourrie, mal aimée, grotesque. Ton armure sentait la rouille et le sang. Je me souviens du parfum aigre de ta peau sous celui de l'acier.

Le bronze est trop propre, trop brillant. Même aux endroits où il a fondu sous le baiser nucléaire. Tu brûles encore un peu de ce baiser. La pulpe de mes doigts se nécrose chaque fois que je te touche. Ou alors c'est moi qui m'inflige cela. Inconsciemment, je m'interdis peut-être encore de te caresser.

Ce n'est pas toi. Et pourtant, tu parviens à me toucher, toi. Comme tu as toujours su le faire. Toi seule. Je ne comprends pas. Comment fais-tu ?

Ma Dame ! Tu viens si tard. Tu viens trop tôt. J'étais si près du but. C'est injuste.

Tu es la Malvenue.

Comme jadis.

Ils ont fait de toi un étendard de flammes que l'on dresse n'importe quand, au hasard des convulsions du monde.

Tu viens livrer ta dernière bataille, Bien-aimée ?

Contre moi ?

Je ne me battrai pas.

Plus.

Pas contre toi.

Pour toi, j'ai couronné un roi.

Je sais que tu veux que j'en détrône un autre.

Je le lis dans ce regard étincelant. Celui que tu jetais sur les Anglais.

Il en sera fait selon ton bon plaisir, Bien-aimée.

Oh, Jehanne Jehanne, lorsque le feu a léché tes

pieds menus et cornés, m'as-tu appelé ? Je ne crois pas. Tu as toujours planté tes yeux trop clairs dans le ciel vide. Ma stupide. Ma ridicule.

Moi, je t'appellerai.

Alice ?

Je ne l'ai pas touchée, non plus. Je t'en fais serment.

Je l'ai laissée libre, comme toi. Comme j'ai laissé libres tous mes élèves.

Cela me sera-t-il compté, Bien-aimée ? »

Alice releva la tête. Elle ne faisait pas attention aux larmes qui dévalaient ses joues. Les premières de son existence. Sans doute les dernières. Elle revoyait Gilles à la nurserie, les bébés dans ses bras musculeux, et frissonna. Elle se souvint des heures passées près de lui, quand il lui apprenait tout ce qu'il fallait être. Efficace. Prudente. Éthique. Tout ce qu'elle avait cru, tout ce qu'il lui avait enseigné.

Elle ferma les yeux et ne les rouvrit que lorsque sa décision fut prise. Mécaniquement, elle se leva et déverrouilla le compartiment du convertisseur. Le livre disparut. La statue suivit. Le transpalette du labo ne fut pas de trop pour soulever les restes du socle encore gravé. Alice cracha sur les lettres fondues, mais toujours lisibles. La salive glissa doucement entre les mots Jeanne et Arc. Le d apostrophe était totalement effacé, lui.

Puis elle franchit le sas afin d'annoncer à tous que le Professeur avait mis fin à ses jours sans laisser de message.

Le parent de la nouvelle race humaine ne serait pas un prédateur déboussolé et irrationnel. Même si elle, Alice, l'avait appelé *Père*. Avant. Ce ne serait pas convenable. Pas efficace.

A fortiori, si cet être avait été connu autrefois sous le nom de Gilles de Rais.

Ce ne serait que le premier secret honteux de la famille. Alice le garderait. Après tout, très bientôt, elle aurait d'autres squelettes dans le placard.

Le visage de Catherine s'imposa brièvement à son esprit. Alice découvrit ses dents dans une féroce parodie de sourire. Elle fit rouler dans sa main le petit flacon scellé découvert dans le tiroir de Gilles. Un instant, un reflet presque noir joua sur le liquide cinabre qui clapotait doucement entre les parois translucides.

« Mangez-moi ? » dit Alice.

FUGUES ET FRAGRANCES AUX TEMPS DU DÉPOTOIR

Première parution dans Stratégies du réenchantement,
Griffe d'encre, 2010.

To Haniël,
and other fading suns.

Je n'aime pas cet endroit. Métaux, angles, couleurs dénaturées et, au-delà, vide d'encre froide. Ces mâchoires qui vous empoignent sans prévenir. Ces bacs de lenteur où l'on s'enlise, ces toboggans d'évacuation qui vous embarquent comme des fétus de paille.

D'acier.

Sans prévenir.

Je suis une fille des Terres Neuves, des Puits de gravité ainsi qu'ils les nomment ici, dans ce trou à rats. Où sont mes collines aux courbes douces, ma chambre aux fenêtres ouvertes, mon souverain silence et ses chansons gercées ?

Oui, Monsieur, tout de suite, Monsieur.

Je l'entends, vous savez.

Non, non, je ne suis pas folle, enfin si, mais je vous jure, Monsieur, il y a quelqu'un ici.

On chuchote dans le lointain.

De l'abîme, on bourdonne vers moi...

« Noradrénaline 7. Taux de référence 3. État anxieux non pertinent. Inhibition G.A.B.A. en progression… Inhibition accomplie. »

Sereine, sereine, ô sereine, je n'entends plus la… sirène dans… …

l'ombre.

*

Rosso s'éveilla d'un bloc. Le chauffage venait de se rallumer. Les relents de poussière carbonisée sur les radiants annonçaient sans pitié la fin du quart nuit. Ses yeux à peine ouverts, son tee-shirt crasseux en bataille sur son short léger, le garçon courait déjà. Ses pieds nus se blessaient aux arêtes à vif des plaques disjointes, çà et là. La peau noire de ses cuisses luisait sous les veilleuses. Ses tresses emperlées tintinnabulaient en sourdine contre son oreille, giflant ses joues piquetées d'anciennes marques d'acné. Le temps jour de cette partie de l'astroport commençait dans une heure, il faudrait faire vite. Les navettes ne tarderaient plus dans ce coin du tarmac encore désert. Pour l'heure, les deux Sas Principaux demeuraient fermés, l'un en face de l'autre : le sas astral, celui qui donnait vers l'espace extérieur, vers le Système planétaire et les Confins, et l'autre, le sas interne, plus petit, qui s'ouvrait vers le réacteur dans son enchâssement de vide et d'acier, le véritable cœur de la Station.

L'astroport était le seul endroit où la station Cécilya, dite « Dépotoir » partout ailleurs dans la Fédération, fonctionnait à peu près correctement désormais. Rosso y avait dormi d'un sommeil lourd tout le quart nuit. Il s'était dissimulé sous les pontons du quai, dans une petite cabine de réserves dont les parois torses et calcinées absorbaient quotidiennement les soleils miniatures des moteurs en action. Personne n'avait songé à aller l'y dénicher.

Il mourait de faim. Si cela avait pour effet immédiat de le rendre plus rapide et plus réactif que d'habitude, malgré tout, ça ne pourrait durer bien longtemps. Mais les Réguliers avaient fermé la cantine et les crédences dès leur débarquement. Les bouillies nutritives ne filaient plus dans les colonnes individs. Les pains ne cuisaient plus dans les fours communautaires. Un instant, Rosso crut percevoir leur fumet et son estomac se serra. Ou peut-être son cœur, qui n'était jamais très loin ni de son ventre, ni de son nez.

Seules les soutes externes étaient encore approvisionnées. Normal : la plupart des adultes de Cécilya y avaient été internés, et les Réguliers veillaient avec scrupule au bien-être physique de leurs prisonniers avant de les transférer vers un satellite, un Honorable Habitat ou, plus sûrement, l'une des lointaines colonies planétaires.

Il n'y avait rien de fait pour l'instant. Le Dépotoir décrivait une orbite fort large afin de ne pas risquer de dérégler par accident celle des corps célestes voisins. Jadis, des techs oubliés de tous avaient réglé les problèmes liés à la présence d'un astre à la masse égale — voire supérieure dans certains cas — à celle du soleil central dans un même système. La station était donc conçue pour contenir les effets induits par le générateur en son sein, du moins tant qu'elle fonctionnait. Cependant, la plus élémentaire prudence consistait à la tenir tout de même assez éloignée de tout.

Lors du remorquage depuis son berceau d'étoiles à son orbite actuelle, cinq cents ans auparavant, les concepteurs avaient pris soin de passer par les espaces extérieurs avant d'insérer Cecilya dans le système. La station glissait presque au millimètre près sur la frontière invisible qui séparait son système planétaire des espaces extérieurs. La planète la plus proche se trouvait à des dizaines d'années de voyage en vol normal.

Tout ceci rendait très complexe la réalisation d'une évacuation générale. Aux dernières nouvelles, et en sus de la capture des derniers Vrais Clochards en cavale, les Réguliers en étaient encore à la gestion des soucis d'intendance les plus simples.

Tout à coup, le bracelet de Rosso vibra, il trébucha presque aussitôt. 3G, au moins. La pesanteur soudaine forçait sur ses épaules de ses poings de titan. Un juron s'étouffa tout seul entre ses dents serrées. Il n'aurait pas dû se laisser surprendre, il connaissait chaque coursive, chaque détour de la station, il savait instinctivement à quel endroit — et à quel moment, surtout — la gravité était susceptible de lui jouer des tours. Il se traîna jusqu'à l'angle suivant où il découvrit un 0,5G. La tension de ses muscles que le 3G avait mis en surrégime lui imprima un élan incontrôlable qui l'envoya bouler au sol.

Le générateur devenait de moins en moins fiable, s'il l'avait été un jour. Mais depuis que les envahisseurs Réguliers en détournaient l'essentiel de l'énergie vers les appontements et les grandes coursives, la situation s'aggravait de jour en jour. Rosso s'était demandé à plusieurs reprises s'il s'agissait du résultat de l'insupportable arrogance des Réguliers, cette certitude inébranlable de savoir tout mieux que tout le monde et surtout ce qui était bon pour les autres. Ou bien si cela venait de leur collectivisme confinant à la manie, puisqu'ils desservaient d'office les Communs. Les deux, sans doute. Il n'en demeurait pas moins que les conséquences en étaient assez… comiques, pour le moins. Rosso n'était pas sûr que les Réguliers s'en rendent compte. Ils devaient penser que la station avait toujours été aussi aléatoire et ne même pas imaginer poser la question à un autochtone. Cela dit, personne ne leur aurait répondu, alors c'était peut-être un moindre mal.

En revanche, les envahisseurs avaient délibérément interrompu les convois de garbes destinés à alimenter en matière la singularité mal domptée qui fournissait l'énergie au générateur. Ils espéraient ainsi en limiter les effets de marées chaotiques avant de la laisser s'effondrer sur elle-même définitivement. Pour l'instant, ce n'était guère probant, Rosso s'en félicitait. Et c'était même la raison de sa présence dans cette partie pourtant trop surveillée de la station.

Il chut puis rebondit dans un atterrissage qui aurait valu une jambe cassée à quiconque n'était pas né dans Cécilya, mais Rosso était un Vrai Clochard ; il s'en tira avec un genou écorché. Il s'adossa haletant à la paroi gauchie que des paillettes encore visibles dénonçaient comme un antique parement de la N.A.S.A. On avait gratté ce qu'on avait pu de la feuille d'or une centaine de lustres auparavant, cependant les milliers d'impacts de micrométéorites l'avaient incrustée pour toujours. Rosso se redressa et reprit sa course. Il devait remplir sa tâche puis atteindre les couloirs internes avant la sirène de quart jour. À ce moment-là, les patrouilles se feraient trop nombreuses, il ne parviendrait plus au point de rendez-vous.

Il se coula entre les barges de garbes entreposées là par les Réguliers dans l'attente d'une orbite économique pour le soleil. Pour l'instant, l'astre était trop loin de Cécilya, ça aurait été un gâchis inutile de carburant. Rosso ne put s'empêcher de jeter un coup d'œil réprobateur sur le tarmac où le train terne et bosselé rempli d'ordures « inutilisables » contrastait trop nettement avec les navettes étincelantes des envahisseurs.

Les Réguliers avaient vraiment des idées bien étroites sur ce qui était recyclable ; mais en vérité, très peu de choses dans l'univers connu échappaient à cette définition selon les habitants de Cécilya. Le jeune homme haussa les épaules avec agacement. Il renifla les remugles suris qui sourdaient des wagons de fortune confectionnés de bric et de broc avec les ordures mêmes qu'ils étaient censés transporter. On n'allait pas détruire de véritables transporteurs, n'est-ce pas ?

Il y avait du bio en prime là-dedans, Rosso en était sûr. C'était stupide de tout éjecter dans le soleil, au prix du carburant, quand l'anomalie apprivoisée du générateur ne demandait qu'à absorber tout ce qu'on lui offrait… Et les serres auraient été bienheureuses de récolter l'organique qui pourrissait dans les containers.

Mais MaryMad lui avait affirmé que les Réguliers savaient fort bien ce qu'ils faisaient finalement, et il lui faisait confiance. Au fond, les motivations de leurs adversaires lui étaient égales, il voulait seulement les voir s'en aller. Il les détestait jusque dans leurs déodorants qui s'installaient dans les coursives, avec la même outrecuidance que leurs propriétaires, pour s'y dégrader ensuite.

Rosso rampa entre les rails de lancement de la rame jusqu'à la voiture de tête et pianota sur le clavier couvert de graisse et de poussière qui commandait manuellement un point de déviation. Il se glissa à l'intérieur du wagon dont il déverrouilla les freins, puis fit demi-tour, remonta le train jusqu'à la catapulte. Il en modifia l'orientation et programma la détente cinq minutes plus tard. Ensuite, il s'introduisit dans une cabine pressurisée de contrôle tertiaire déserte, se connecta au central sur son accès privé et confirma la commande en prioritaire. Les Réguliers ne pourraient plus shunter son ordre. Le convoi partirait peut-être même avant qu'ils aient réalisé quoi que ce soit.

Le jeune homme attendit de longues minutes, l'oreille aux aguets, il voulait être sûr d'avoir réussi. Les perles de ses dreadlocks tintèrent avec un enthousiasme contenu lorsque le train d'ordures s'ébranla enfin sur ses rails. Le chant grinçant de l'acier rouillé des patins bricolés contre le métal brillant des traverses s'amplifia puis s'éteignit quand le vide se fit dans cette partie du tarmac. Le sas interne s'ouvrit sur la splendeur bleue, éblouissante, du fin anneau lumineux. Rosso cilla, indécis et stupide comme chaque fois qu'il lui était donné de contempler Cécilya, la véritable Cécilya aux couleurs de saphir et de nuit, l'astre au cœur de l'astre, le seul joyau des Clochards de Dépotoir.

Le convoi sembla filer d'abord vers lui à une vitesse vertigineuse avant de commencer à s'étirer infiniment au centre apparent de la singularité. Les Réguliers ne le rattraperaient plus, et Cécilya avait gagné quelques tonnes de masse supplémentaire. Un sursis. Ce serait peut-être suffisant pour permettre à ses derniers ressortissants encore en liberté de s'opposer à sa destruction programmée.

Les alarmes hurlèrent sur le tarmac lorsque le sas se referma, rétablissant la pression d'oxygène plus vite que le garçon ne l'aurait souhaité. Dépotoir décidait toujours d'être efficace quand on s'y attendait le moins.

Rosso se détourna puis s'agenouilla dans un coin de la cabine, descella la grille d'un conduit qui n'aérait plus rien depuis des siècles, à moins qu'il ait été consacré à l'entretien dès l'Accrétion.

Il se faufila entre les tubes souples qui dansaient au vent de son passage dans le 0G ambiant. Un moment, il crut qu'il n'allait pas parvenir à passer : un ancien panneau solaire s'était détaché de la paroi et obstruait la conduite. C'était bloqué, les rails étaient faussés, et avec l'apesanteur soudaine, Rosso ne pouvait exercer de poussée suffisante pour le remettre en place. Mais les G basculèrent pour se stabiliser dans un quasi-2,5G qui lui permit de peser sans effort. Le panneau réintégra son logement.

Il se brûla contre un tube incandescent dont il n'identifia pas l'utilité, se glissa sans dommage entre les fils dénudés issus d'une batterie qui devait dater des premiers âges de la conquête de l'espace, s'insinua au cœur d'un moteur éteint depuis un siècle, mais dont le blindage retenait toujours la radioactivité — les piles rayonnaient encore du témoin bleu de sécurité —, pour jaillir enfin d'un sas perdu et hors d'usage qui s'évasait sur une coursive secondaire, presque aussi étroite que les méandres qu'il venait de suivre. Rosso fit patiner péniblement un panneau déjeté qui s'ouvrit sur une ancienne remise désaffectée.

Le sourire de MaryMad l'accueillit, rayonnant et contagieux. Il se sentit si léger qu'il ne réagit pas plus que la fois précédente aux vibrations de son bracelet. Le 5G soudain ne lui arracha pas même une grimace lorsqu'il l'envoya divaguer contre une cloison.

*

Monsieur.
Monsieur ?
Monsieur ?
Je ne vous reçois plus, Monsieur ?
Marcherai-je seule sur la Voie ?
D'où me viendront alors le plaisir et la paix ?
...
Interférences...
Et toujours ces soupirs...

*

MaryMad. La courbe d'une joue réduite à rien contre l'angle d'un coffre, toute sa peau si lisse d'habitude, mais ici fripée, ridée, spongieuse, comme pompée par le métal. Son corps se broie lui-même sur les rivets crasseux du plancher provisoire. Rosso respire mal. Il ne peut détacher son regard qui s'exorbite du visage creusé de sa voisine. Le 5G semble l'aspirer vers l'intérieur avant d'en cracher vers le sol les parties en saillie. Les yeux, la bouche, le nez chutent interminablement. Rosso cille. Il renifle l'arôme du café qui émane des cheveux blonds tout proches, comme toujours quand MaryMad revient de chez sa grand-mère.

Rosso n'aime pas cette boisson amère dont les Clochards nés sur Terre raffolent, mais dont ils n'ont jamais réussi à populariser l'ersatz auprès de leurs compagnons plus jeunes. Cependant, le jeune homme est fou de ce parfum insistant. Dans un coin de son crâne, il prend note de coincer MaryMad quelque part et de jouir discrètement en fourrageant du visage dans la belle chevelure. Puis la senteur humide, presque salée, du sillon entre les petits seins plaqués contre la cage thoracique balaye tout le reste. Si la bascule dure trop longtemps, même cette odeur exquise lui donnera l'impression de peser des tonnes.

Ils consacrent toutes leurs forces à gonfler leurs poumons compressés et maîtriser leur rythme cardiaque, comme ils l'ont appris au berceau. Il n'y a rien d'autre à faire qu'à tenir jusqu'à la prochaine bascule, en priant pour qu'elle ne s'accompagne pas d'une nouvelle orientation de la pièce. Se casser la gueule d'une hauteur de deux mètres peut se solder par une fracture, même pour eux. Ils ne peuvent pas se le permettre. Un blessé incapable de courir est foutu. Ils le savent tous deux. Comme ils savent également qu'ils peuvent compter sur l'autre pour déposer le malchanceux sur le trajet d'une patrouille de Réguliers. C'est la meilleure chose à faire.

Un bip au poignet de MaryMad. L'écran minuscule brille au-dessus du clavier alphanumérique qui orne son bras, comme celui de tous les Vrais Clochards. Cet appareil qui fait fonction de balise personnelle dans les Honorables Habitats a été reconverti par les techs autodidactes de Cécilya en quelque chose de bien plus utile : clé pour les sas, ordinateur, senseur à gravité, à lumière, à oxygène... On peut passer des heures à énumérer les vertus du « Gyver », ainsi que le surnomment sans explications ces mêmes techs lorsqu'ils décapsulent une bière avec.

La première chose qu'ils ont faite à l'époque a été de désactiver le service principal : repérage et monitorage du porteur. Il leur faisait horreur. Ils l'ont remplacé par toutes sortes de gadgets pratiques : prévenir des bascules, révéler les réfringences des saute-temps et les scintillements des plis et déplis, avec en prime, la possibilité d'envoyer de courts messages à ses voisins. *Va chier. Au secours !* Ou : *Ton môme zone dans une coursive externe ; ça me gêne un poil parce qu'il le fait sans scaphandre.*

C'est la mort dans l'âme qu'ils se sont résignés récemment — contre toutes les lois relatives à la liberté absolue de circulation — à les paramétrer pour détecter chaque source de chaleur mouvante qui ne serait pas nantie d'un bracelet du même modèle. Le bip signale donc une patrouille.

Ce n'est pas trop grave. Dès que les Réguliers entreront dans les champs de bascule, ils seront aussi écrasés qu'eux. Bonus : lorsque la bascule se renversera, MaryMad et Rosso conserveront l'avantage. Ils ne se relèveront pas raides de douleurs et de crampes, le cœur au bord des lèvres, un voile noir passant sans cesse devant les yeux. Les gifles de la gravité folle de Cécilya ont cadencé leur enfance. Ils savent y faire face et presque les prévoir. Leurs muscles denses, leurs corps fins mais courtauds supportent les assauts et récupèrent aussitôt, à condition de faire les choses lentement.

MaryMad prétend qu'elle perçoit à chaque fois un bref fléchissement dans la lumière avant que tout se renverse, avant même les chatouillis ridicules de son propre bracelet. Rosso a des doutes, mais il admet que les bascules ne le surprennent jamais vraiment, sauf quand il est distrait. Son cerveau est sans doute capable d'analyser quelque chose qui lui permet d'être prêt.

MaryMad joue des mâchoires avec précaution. Elle passe un bout de langue rouge entre ses lèvres pour les humecter.

« Grand-mère… veut… te voir. Elle dit qu'elle attend… quelque chose… avec toi… »

Rosso pèse cinq fois son poids de souffrance à cet instant, c'est pourquoi il n'a pas la force d'esquisser le mouvement de fuite instinctif chez les Clochards à l'évocation de Loka. Seule MaryMad n'est pas prise de sainte trouille lorsqu'elle en cause. Mais la jeune Cloche l'a facile, aussi, Loka l'a recueillie à la mort de ses parents dans la Dépressurisation de 501 Post-Accrétion. Et comme la petite dit souvent : « La Vieille m'a collé plus de coups de pied au cul qu'il y a de chiottes défectueuses sur Cécilya, alors j'ai du mal à la prendre au sérieux. » D'habitude, c'est MaryMad qui se charge de faire le relais entre la Cloche des Cloches et le reste de Cécilya. C'est elle par exemple qui a indiqué le convoi de garbes à Rosso et ce qu'il fallait en faire. Mais il ne peut s'empêcher de trouver la formulation de la phrase curieuse : « attendre avec toi », Loka attend plutôt des choses *des* gens, pas *avec* eux. Enfin, c'est peut-être la pesanteur qui rend l'élocution difficile :

« C'est… obligé… »

Il doit remuer presque un kilo de langue dans sa bouche pour articuler, l'idée de forcer jusqu'au point d'interrogation ne l'a même pas traversé. MaryMad ne lui accorde qu'un sourcil moqueur qui renvoie la question au vide-ordures de la rhétorique malsaine. Bien sûr qu'il ira. Personne n'ignore un ordre direct de Loka. Et elle en donne beaucoup en ce moment.

La bascule suivante les chope avant qu'il puisse gémir.

*

Ah, Monsieur, vous voici de retour !

La sirène ne chante plus lorsqu'elle souffre, alors je vous perçois mieux. C'est heureux, n'est-ce pas ?

J'ai été très, très sage, le saviez-vous ?

J'ai pénétré dans les tuyaux, pourtant l'entrée

ressemblait à une bouche ouverte, crochée de canines pointues, pointues. J'exècre les rats. Mais on m'a gazouillé la paix, il n'y en aurait pas... Et il n'y en eut aucun.

Monsieur, n'aurais-je droit à rien pour ma gentillesse ?

« Conforme. Phényléthylamine 4, Encéphaline 5. Glycine 1,5. »

Processus de récompense accompli.

*

Loka avait élu domicile dans la salle de commande du générateur, la vraie, non celle que les Réguliers avaient envahi dès leur accostage et qui n'était qu'un poste de surveillance secondaire. Comme les envahisseurs s'attendaient à quelque chose de particulièrement mal agencé, ils ne creusèrent pas la question plus avant. À leur décharge — et c'était le cas de le dire —, même s'ils avaient tenté la chose, ils n'auraient pas su la dénicher non plus. C'était déjà suffisamment délicat pour lui et MaryMad : la pièce se mouvait sans cesse au gré de l'inconstance démentielle de Cécilya.

Autour de l'horizon du générateur, les trois tores suppliciés de la station se réorientaient en permanence. Ils glissaient, infiniment, les uns dans les autres, contre les autres, sur les autres, entre les autres, sertissant la sphère tournoyante des réflecteurs géodésiques orientables. Cette bille d'argent discontinu et mouvant contenait la splendeur létale de la micro singularité centrale en précessant vers le lointain soleil. Parfois, selon l'angle d'approche, les navettes à l'atterrissage pouvaient apercevoir l'anneau lumineux couleur de saphir entre deux miroirs en déplacement et l'astre asymétrique offrait quelques secondes aux regards la beauté du couronnement monstrueux de son effondrement chaotique.

Ensuite, souvent, les pilotes passaient quinze bonnes minutes à grogner avec une concentration furieuse : leur distraction leur ayant fait rater la fenêtre entrouverte dans les champs de forces qui séparaient la station du reste de l'univers. La manœuvre d'appontage était à recommencer depuis le début.

Les Réguliers n'avaient toujours rien compris, semblait-il. Ils étaient encore obnubilés par les saute-temps, les bascules, les plis et les déplis. Sans compter que plus on se rapprochait du générateur, plus les froissements s'amplifiaient.

Rosso et son amie ne devaient plus être très loin maintenant puisqu'un pli vicieux paraissait les avoir ramenés dans les sections de surface interne, tout près du générateur, contre les blindages et la première sphère de champs qui préservaient la station des rayons gamma et X émis par Cécilya. Rosso savait qu'il n'en était rien, qu'ils se déplaçaient à proximité des coursives externes, en fait, vers le soleil. Mais il prenait garde où il posait les pieds : un pas de côté et ils se retrouveraient réellement dans les coursives de surveillance et d'alimentation du puits gravifique, un autre et ce serait l'Intérieur, sa rutilante magnificence, sa mortelle et fabuleuse dysharmonie qui chevauchait les parois gauchies, les joints poreux, le métal calciné, la lumineuse laideur de Dépotoir. Les Réguliers avaient déjà perdu une demi-douzaine de patrouilles comme ça.

Le temps bégayait un peu, mais c'était supportable. Ils ne traversaient cette pièce que pour la troisième fois, ils finiraient par passer. MaryMad prétendait que le scintillement du saute-temps était de plus en plus faible, cela signifiait qu'il n'allait pas tarder à se calmer. Il suffisait d'être patient.

Il semblait d'ailleurs que la patience ne soit pas la vertu cardinale des Réguliers : l'air, moins sensible que l'espace ou le temps aux délires du générateur, transportait des jurons nerveux jusqu'aux deux jeunes gens. Une patrouille était bloquée dans un autre saute-temps tout proche. Sans doute un coup de Loka, celui-là. La Cloche des Cloches surveillait les abords de sa cabine avec une attention quasi perverse. Rosso souhaita aux soldats coincés dans le piège qu'elle se soit montrée indulgente côté G.

Il faudrait faire attention à ne pas traverser le champ d'influence du saute-temps. Il valait mieux éviter de se retrouver nez à nez avec une bande de soldats fous de rage qui devaient s'étrangler en bavant de les regarder passer sans même les voir.

« Bordel à queue de salope de pute vérolée ! »

MaryMad sourit et leva trois doigts sans se retourner. Le juron du garde était pour elle, elle estimait qu'il valait trois points sur leur échelle. Rosso acquiesça en essayant de se souvenir de son propre score, mais n'y parvint pas. Il se rappelait juste qu'il avait gagné quinze points avec une bordée particulièrement réjouissante : on pouvait reconnaître aux Réguliers une certaine inventivité dans ce domaine. Il fallait dire que c'était la seule forme de violence non contrôlée qu'ils s'autorisaient. Si l'on exceptait l'agression aux senteurs *sui generis*, mais ces fils des Puits n'avaient pas compris non plus qu'on se lavait souvent et qu'on ne s'aspergeait pas de parfums forts dans un environnement confiné. La plus élémentaire des politesses, semblait-il à Rosso. En tout cas, le jeune homme était pratiquement sûr de distinguer une patrouille d'un groupe de Vrais Clochards dans le noir, rien qu'à l'odeur qu'ils dégageaient.

Ce n'étaient pas de mauvais bougres, les Réguliers, au fond ; dommage qu'ils aient une idée bien trop précise de ce que l'humanité devait à ses ressortissants, les moyens de l'imposer et surtout une inébranlable volonté de le faire.

Un soupçon caféine flotta un instant dans l'air. Le couloir principal qui menait chez Loka surgit brusquement au centre d'une paroi d'un lissé plus que suspect dans cette partie de la station.

Quatre-vingts pour cent de Cécilya était construit à l'aide de matériel spatial au rebut récolté dans l'orbite géostationnaire de la vieille et fort lointaine Terre, la poubelle de l'espace. Antiques satellites hors d'usage, barges séculaires de déchets immondes qui attendirent en vain leur transfert vers un point de Lagrange, débris de vaisseaux abandonnés, les fondateurs récupérèrent tout cela pour façonner le cœur de leur domaine à l'époque presque oubliée déjà de l'Accrétion, ainsi qu'on désignait l'événement. Cela faisait cinq siècles. Seuls le générateur, les coques internes/externes, les coursives de surveillance de l'espace proche et du générateur, quelques fournitures médicales indispensables et les contrôleurs de champs furent acquis à prix d'or, engloutissant le peu d'argent que les Libres Clochards possédaient et qu'ils avaient mis en commun.

En ce qui concernait le générateur, on savait désormais que les modèles d'occasion ne valaient pas grand-chose en matière de sécurité spatiale. Aussi loin que le jeune homme se souvenait, l'appareil avait toujours mal fonctionné, ou trop bien. La singularité était trop petite, ou trop instable. On avait choisi d'effondrer une étoile qui n'aurait pas dû l'être, si Rosso avait bien compris l'explication que MaryMad avait essayé de lui fournir des années plus tôt. Et l'astre asymétrique avait engendré une anomalie qui l'était plus encore. Que le générateur ait fonctionné malgré tout relevait du miracle.

Heureusement que Loka était là pour contrôler ses débordements les plus dangereux.

Depuis toujours, elle aussi.

*

Dans les mâchoires, on ne respire plus, Monsieur. Je vous fais serment que je ne peux plus bouger. J'ai toujours peur, oui, mais ce n'est pas pour cela que je n'avance pas. On me fredonne la patience, ça va passer. Laissez-moi attendre, Monsieur. Ne me punissez pas.

J'ai si mal, Monsieur.

La mâchoire s'est refermée sur moi.

Laissez-moi écouter la berceuse...
Interférences.
« Transmission ? Transmission ? Noradrénaline 150. Situation de combat ? Situation de combat ? »

*

La vie d'un Vrai Clochard est un putain de couloir où les ampoules sont grillées deux mètres sur trois et dont l'orientation change toutes les demi-heures. Et souvent ça pue, en plus. Plaqués contre ce qui fut le plafond de la coursive une seconde auparavant, MaryMad et Rosso prennent à nouveau leur mal en patience.

Rosso ne peut se défendre d'une petite boule d'angoisse, les effets de marées du générateur semblent s'atténuer. Ce n'est pas bon signe. Cela pourrait indiquer que Cécilya continue à s'effondrer trop rapidement sur elle-même sans nouvelle matière à dévorer. Il sait bien que le convoi qu'il a balancé il y a quelques heures n'est pas suffisant pour compenser trois semaines de dèche, pourtant il s'était attendu à une amélioration notable.

Mais après tout, ils ne sont pas aux pièces. Surtout pas lui qui réalise son projet précédent : le nez enfoui entre les longues mèches dorées, il ne respire plus qu'un oxygène saturé de café et mâtiné d'un résidu artificiel que la bouteille de shampoing d'importation de MaryMad qualifie pompeusement de menthe poivrée. Quoi que cela puisse être, cela évoque pour le jeune homme un tuyau vert foncé sur lequel danserait une frise de silicone. Il s'abandonne au 4G et aux images nées du parfum qui envahissent son crâne ; Loka lui a affirmé un jour qu'on pouvait leur faire confiance au moins pour la couleur. Selon elle, l'odorat est le sens le plus porteur d'atavisme, le plus lié à la mémoire de l'individu autant que de l'espèce, de l'être humain.

À propos de tuyau, il fait des efforts méritoires pour ne pas se mettre à bander, la négociation entre sa verge et le 4G n'est pas des plus confortables. De plus, il vaut mieux laisser son cœur battre le plus lentement possible. Tandis qu'il se débat avec les conséquences physiologiques de son amour des odeurs fortes, il n'est plus trop concentré sur l'extérieur. C'est sans doute pour cela que MaryMad repère la soldate avant lui ; et pourtant cette dernière fait un sacré boxon en tombant dans leur champ de bascule.

En tout cas, c'est ce que Rosso se racontera trois secondes plus tard lorsqu'il se demandera comment il a pu être aussi négligent. Déjà que MaryMad lui en met plein la vue dès qu'il est question de physique élémentaire, d'informatique et gestion des I.A., qu'elle a avalé un nombre incalculable de bouquins, même sur support papier, il voudrait bien garder l'avantage quelque part. En fait, il aime baiser à égalité et il estime souvent que ce n'est pas le cas entre eux. Même si la jeune Cloche affirme que les capacités de Rosso à « intuiter la station », comme elle dit, s'élèvent à plusieurs coudées au-dessus des siennes. En plus, quand elle lui serine cette rengaine rassurante, Rosso n'ose pas demander ce que sont des coudées, ce qui n'arrange rien.

La soldate est écrabouillée sur le plafond comme eux à peine six mètres plus loin. À demi dissimulée par un joint d'étanchéité protubérant — dans le mauvais sens —, la Régulière s'est sans doute éclaté quelque chose pendant l'impact. Ce n'est pas à la portée du premier connard venu que de passer un marché avec une force qui vous envoie gicler, pesant environ deux cent cinquante kilos, quelques mètres « plus bas ». Son sang s'écoule dans la direction des jeunes gens, collant à la paroi comme un sirop de latex ; il a commencé à inonder le pantalon fluide et le dos-nu de MaryMad.

Rosso abandonne à regret son sniff délicieusement pervers et tente de décoller le dos du panneau sans se déboîter l'épaule et le bras qui sont coincés sous MaryMad. Heureusement qu'elle a atterri à plat ventre, ses seins font un bon matelas de protection au membre de son ami. Personnellement, il aurait largement préféré un autre membre, mais on ne choisit pas. La colonne vertébrale et les omoplates auraient été moins clémentes. Il se casse quasiment le cou en deux pour mieux voir le corps de la femme plus loin, par-dessus les bosses du joint. Merde. Ça pisse le sang en fait. Les G aggravent l'hémorragie en stimulant le système cardiovasculaire et en accélérant le débit cardiaque. Si la bascule dure trop longtemps…

Rosso soupire. Les Réguliers, lorsqu'ils s'envoient en l'air dans l'espace, ne lui arrachent pas une larme. Mais bon, ce ne sont pas des sauvages, lui non plus, et quelque chose dans son semblant de programmation sociale l'empêche de patienter tranquillement quand quelqu'un est en train de mourir à quelques pas de lui. Il se résigne, murmure dans l'oreille de MaryMad. Avec un gémissement, la jeune fille bande son dos comme un arceau de coursive, Rosso regarde les muscles élégants rouler sous la peau blanche dans un soupir de musc. Il en saliverait s'il en avait la force.

Centimètre par centimètre, il se dégage puis commence à ramper vers la femme évanouie. Son cœur bat trop fort et son sang frappe sourdement à ses tempes avec un bruit sourd de moteur au carburant gelé. Mais il avance et il continue d'avancer, malgré la grimace mi-souffrance mi-ironie que lui adresse sa compagne quand il se traîne sur elle. Si ce n'avait été que de MaryMad, la Régulière pouvait crever là, sans que la jeune Cloche fasse plus que l'effort de remuer un cil.

Il ne reste que la saillie du joint à franchir, mais, sous cette gravité, ça pourrait aussi bien être un mur de trente mètres. Rosso voit ses phalanges blanchir tandis qu'il s'agrippe au métal mêlé de mousse de latex usagé. L'air dans ses poumons pèse des tonnes et le jeune homme est à peu près sûr qu'il est en train d'en déchirer les alvéoles une par une. Mais il parvient à se jucher sur l'arrête et là, il lâche tout, épuisé, pour se laisser rouler lourdement sur la femme inanimée.

*

Ah.

Oui.

Sirène, ô ma sirène, tu m'avais promis le secours et la vie...

« Situation de combat ? Situation de combat ? Noradrénaline 253 ! Transmission ! »

*

L'impact fut presque confortable parce que la bascule se renversa à 1G et les soixante kilos de Rosso ne parvinrent même pas à arracher un frémissement à la victime. Il se redressa sur un coude avec lenteur. Le secret était là : après une bascule, ne rien faire précipitamment. Avant l'arrivée des Réguliers et leurs bricolages hasardeux et péremptoires au poste de commande, les transitions se faisaient en douceur en général ; désormais on inspirait en 1,5 G pour expirer en 3. Il arrivait même que la goulée d'air suivante se fasse en apesanteur.

Rosso considéra la jeune femme à ses côtés et l'étendue des dégâts. Il en eut mal pour elle : la Régulière s'était tout simplement empalée en dessous de l'épaule sur une glissière d'acier délogée de ses rivets. Rouillée, en plus. Splendide. Elle vivait, mais tout juste. MaryMad qui venait de les rejoindre à pas mesurés se pencha sur eux.

« On l'achève ? » suggéra-t-elle paisiblement.

Rosso secoua la tête sans répondre. Il n'était pas franchement sentimental dans son genre, mais il ne s'habituerait jamais à la froideur apparente de son amie. Bien sûr, MaryMad avait appris à rude école sa façon d'accepter les drames : à huit ans, sauvée par un coffre de sécurité dans lequel on l'avait enfermée juste à temps, elle avait vu ses parents perdre leur sang par tous les orifices puis littéralement exploser sous son nez de petite fille. Ensuite, elle avait attendu.

De longues heures de dérive dans l'espace proche de Cécilya. On l'avait récupérée en même temps qu'un bon millier de tonnes de débris. Elle avait failli mourir d'asphyxie sur le pont principal de la station, incapable d'ouvrir seule son berceau providentiel. Les secours ne s'étaient pas avisés de sa présence à cause des éclats d'os et des sanies biologiques qui en maculaient la surface devenue opaque. MaryMad avait surmonté tout cela. Elle était efficace, rationnelle, comme il l'aimait certes, mais elle était glaçante, parfois.

« Aide-moi », dit-il sans commentaires.

Il savait bien qu'ils avaient une chance sur deux de tuer la soldate rien qu'en la dégageant de son pal improvisé. Mais il n'y avait pas d'autre solution : s'ils la laissaient ainsi, elle mourrait à coup sûr.

La jeune Cloche haussa les épaules. Elle poussa, il tira. La Régulière sortit une seconde de son évanouissement pour lâcher un hurlement aussi bref que formidable qui s'étrangla dans sa gorge quand elle replongea dans l'inconscience. Ils la déposèrent tout contre l'instrument de son supplice. Sous les yeux indifférents de MaryMad, Rosso arracha précipitamment le tee-shirt de soie verte autour de la blessure en essayant d'écarter de son esprit les émanations nauséeuses de la sueur et du sang.

Le flux jaillissait avec une force affolante, les aspergeant, MaryMad et lui, sans qu'ils y prennent garde. Il froissa le tissu en une boule serrée qu'il coinça dans l'orifice. Puis il retourna la blessée pour faire de même dans le dos. La soie de combat se teinta d'écarlate en quelques secondes. Il s'assit de tout son poids sur la femme afin de mieux compresser les sorties. Alors seulement il s'avisa de l'expression sidérée de sa compagne.

« Quoi ? Qu'est-ce qu'il y a ? fit-il d'un ton impatient.

— Une Psyche. »

Il baissa les yeux sur la nuque offerte de la soldate. Les mèches mi-longues avaient glissé de la calotte crânienne, découvrant une peau blême que l'on avait rasée définitivement sur la partie occipitale. Une fiche cervicale cerclée de rouge ornait l'arrière du crâne juste sous le rachis. Il maîtrisa à grand-peine le réflexe qui le poussait à bondir deux mètres plus loin.

« Oh, merde ! Tu crois qu'elle est dangereuse ?

— Dans son état, ça m'étonnerait, sourit MaryMad. Et puis la puce est censée contrôler tout ça ; ils peuvent même prendre les commandes à distance, je crois. »

Elle désigna le logo incrusté dans la bordure rouge.

« Bon, qu'est-ce qu'on fait ? On l'achève, finalement ? »

Plus tard, Rosso se dirait que la tentation ne l'avait effleuré qu'une microseconde. De fait, il hésita une bonne demi-minute, mais sa dénégation se perdit dans le saute-temps qui fondit sur eux comme un astéroïde sur une lune morte.

*

Suis-je en train de mourir, Monsieur ? Trop de couleurs, de sons et de parfums. La douleur comme une plage de sable noir semée de violettes musicales. Entendez-vous la plaintive mélopée du joyau enchâssé ?

« Phényléthylamine 1234 ! Encéphaline 5002 ! Glycine 145879 ! Processus de récompense non conforme ! Stop ! Non conforme ! Stop ! »

Pizzicato. Pizzicato, *fleurs et mode mineur.*

*

Il secouera la tête. Il dira non à MaryMad. Il le martèlera avec une conviction rare. Parce que, sinon, elle mourra. Et tout Dépotoir avec elle. Lorsque Cécilya privée de garbes à assimiler finira sa chute sur elle-même dans une explosion formidable qui balaiera tout l'espace-temps autour d'elle et que les champs de protection minables ne parviendront pas à contenir. MaryMad mourra. L'idée même est insupportable.

Les Réguliers ont prévu, organisé, manigancé tout cela, eux qui depuis trois semaines remorquent la Station bien au-delà des Confins afin que la chose se passe encore plus loin du système, sans dégâts.

Ce sera la fin du Dépotoir. Dépotoir qui ne fut et n'est que le refuge perpétuel de tous les inadaptés de la Fédération. On les adaptera de gré, mais surtout de force. Ils n'auront pas le choix de toute façon. Les Réguliers auront des arguments définitifs. Mais la Psyche, peut-être que la Psyche sera une clé, une clé pour une issue qui s'ouvrira sans doute sur le vide spatial. Il faudra tenter le coup néanmoins. Parce que tant qu'ils bougeront, tant qu'ils fuiront comme des rats de coursives, tant qu'ils se battront, ils ne seront pas morts.

Ou pire, assimilés.

Il dira non.

Le regard perdu dans les images désaxées et tourbillonnantes que le saute-temps lui enverra, il refusera. Parce qu'elle, cette femme, sera la première Régulière à exister dans le Temps de Cécilya et que ce sera assez exceptionnel pour qu'on s'y attarde. Ils l'emporteront chez Loka. La Cloche des Cloches saura quoi faire. Comme elle sut, sait et saura toujours.

Ils se traîneront dans les couloirs, l'un portant la blessée, l'autre compressant les blessures tant bien que mal, l'oreille alerte et l'œil vigilant. Ils traverseront les plis et les déplis, narguant une patrouille immobilisée par une microbascule. Et ils se dresseront enfin devant le sas gauchi dans la paroi trop lisse. Les vapeurs de café les saisiront à la gorge. La lumière baissera et ondoiera. Malgré un dépli qui semblera leur faire franchir trois cents mètres, ils pénétreront dans la cabine d'un seul pas. L'iris se refermera derrière eux.

*

Aaaaaah !

Pardon, Monsieur. Je n'ai pas pu contrôler mon émission. J'espère que vous n'écoutiez pas.

Mais la paix me revient, par d'autres Voies, par d'autres mains...

« Phényléthylamine 3005 ! Encéphaline 7002 ! Glycine 279879 ! Processus de récompense non conforme ! Stop ! Non conforme ! Stop ! »

*

Loka se leva péniblement pour les accueillir. Aussi loin qu'il se souvenait, Rosso l'avait toujours vue recevoir les gens ainsi. Née sur Terre avant l'Accrétion, très âgée, Loka arborait comme d'habitude un air aussi excédé qu'épuisé. Pourtant, dans la pièce il ne régnait guère plus qu'un petit 1G et c'était invariablement le cas. Ici, même le temps ne parvenait jamais à vous jouer des tours. La cabine de la vieille Cloche était stable, immuable, comme Loka elle-même, comme le café insistant, comme son expression agacée. Cette facette de l'ancienne déconcertait toujours Rosso. Il estimait qu'en six cents ans on devait avoir appris la patience. Après tout, lui l'avait fait en quarante fois moins d'années que ça. Mais peut-être pas, après tout. Peut-être que lorsqu'on vivait si longtemps, on désapprenait.

La longévité extraordinaire de Loka était l'une des fiertés inexplicables des Clochards. Eux-mêmes atteignaient des âges très respectables. Les résidents des Puits et des Honorables Stations ne les égalaient pas, les Clochards leur mettaient facilement deux bons siècles dans la vue, malgré les traitements réjuvants de pointe dont les autres bénéficiaient et malgré les accidents — très nombreux — dont on pouvait être victime sur Dépotoir. Ses habitants loqueteux étaient passés maîtres dans l'art de jongler avec les saute-temps et leur gravité démente ne les poussait pas à la douce et létale oisiveté musculaire que pouvaient connaître leurs homologues spatiaux.

Les yeux noirs de Loka devinrent presque lumineux en considérant la blessée.

« Ah, c'est cela que j'attendais ! »

La vieille Cloche exultait.

« Grand-Mère ? C'est une Psyche ! » l'avertit sa petite-fille, dubitative.

Loka écarta cette objection d'un geste à la fois sec et tremblant.

« Ça explique pourquoi elle m'apparaissait dans le Temps avant que vous ne la rencontriez. Les Psyches ne sont pas comme tout le monde… »

La belle évidence, pensa Rosso sans oser le formuler à voix haute. Il continuait à presser sur les chairs béantes qui menaçaient à chaque instant de laisser échapper le dernier centimètre cube de vie de la Régulière et il était trop occupé pour intervenir dans la conversation.

Puis il cessa d'écouter, ainsi qu'il en était coutumier quand il se retrouvait coincé entre les deux femmes. Les paroles de Loka et de son amie ne lui parvinrent plus que dans un bourdonnement dénué de sens, tandis qu'il contemplait les traits acérés de l'étrangère. Elle n'avait jamais dû être bien belle, mais les cicatrices qui barraient le visage d'un œil à l'autre en les épargnant par miracle n'avaient rien arrangé. En revanche, sous lui, le corps semblait musclé, ferme, et la combinaison sous les remugles âcres du sang exhalait des fragrances de cannelle, de citron et de poivre qui le firent saliver.

Elle, au moins, savait user des parfums sans faire disjoncter les fosses nasales de ses voisins. Inconsciemment, son front plongea vers le décolleté déchiré et le jeune homme inspira avec délices.

« Rosso ? fit Loka d'un ton sec sans se retourner. Reviens avec nous. »

Il jura *in petto*. Il n'aimait pas trop ce qu'il devenait ces dernières années. Il avait l'impression de virer à l'érection sur pattes et il regrettait avec fièvre la bienheureuse indifférence de ses douze ans, passés depuis trois révolutions T déjà. On lui avait dit que ça se calmait un peu avec l'âge, d'accord, mais il avait hâte de récupérer son cerveau. Il n'était pas convaincu par les gonades en tant que système d'exploitation. Le sexe parasitait toutes ses pensées et il n'en pouvait plus de négocier avec ses pulsions irrésistibles pour considérer les situations d'un œil rationnel.

La minute qu'il s'était accordée pour pester contre la biologie, Loka et MaryMad l'avaient mise à profit pour débarrasser la cabine d'un amas de garbes. Ces dernières furent entassées dans la coursive externe protégée par les franges folâtres d'un saute-temps malicieux et les griffes du vide spatial. Loka s'était précipitée sur ce qui gisait dessous : le seul sarcophage médical de Cécilya. L'objet faisait partie des rares acquisitions de la station obtenues contre argent. Il s'agissait également d'une des seules qui fonctionnaient de façon correcte. Dommage qu'on en ait si peu l'usage, regrettait assez souvent — et très paradoxalement, pensait Rosso — la vieille Cloche qui en avait la garde. Cette trop exceptionnelle efficience aurait été mieux employée ailleurs.

On glissa le corps de la Régulière dans le réceptacle tubulaire, puis la danse folle des témoins lumineux commença sur le couvercle translucide. Loka semblait en connaître la signification, car elle grommela.

« Elle va crever, finalement ? » fit MaryMad sans accorder plus d'importance à la réponse que si elle avait demandé l'heure.

Sa grand-mère secoua la tête.

« Non, mais elle nous coûtera cher en médocs. Et certains sont très spéciaux.

— Et très chers », acheva sa petite-fille en pinçant les lèvres.

Cette fois, la question commençait à l'intéresser, dans le mauvais sens, mais elle ne se tourna pas vers son ami pour lui susurrer un « je te l'avais bien dit. » Rosso l'aimait pour cela entre autres : MaryMad remettait très rarement sur le tapis une discussion durant laquelle elle n'avait pas eu l'avantage. Et elle n'abusait jamais du fait d'avoir eu raison contre tout le monde. Mieux encore, elle faisait ensuite tout ce qui était en son pouvoir pour rendre les choses possibles.

Loka jura, mais cette fois un vague sourire torve voletait sur ses lèvres parcheminées tandis qu'elle lisait la danse des diodes. Elle se pencha vers les contrôles et modifia quelques réglages.

Rosso ne put retenir un mouvement d'impatience.

« Qu'est-ce qu'il se passe, en fait ? osa-t-il demander à Loka. Il peut pas reboucher le trou, ton robot ? Elle a perdu trop de sang ?

— Eh bien, en fait, ce n'est pas l'hémorragie le problème, ça aurait même pu la sauver. L'ennui, c'est qu'une particule de métal s'est incrustée dans une côte et le sarcophage ne peut pas l'annihiler tout de suite. Ça n'aurait aucun caractère de gravité, s'il n'avait détecté les spores du tétanos dessus. »

Loka lui répondait avec une espèce de concentration lointaine comme si elle réfléchissait à autre chose en même temps. Cela avait l'air réjouissant parce que le sourire torve s'élargissait de seconde en seconde. Rosso détourna les yeux, gêné : c'était un spectacle infiniment rare que les sourires de la Cloche des Cloches et, en général, ce n'était pas bon signe.

« Du coup, ajouta la vieille femme toujours souriante, elle va nous bouffer pas mal d'antibiotiques, d'immunoglobulines, de sérum antitétanique et surtout une sacrée dose d'antispasmodiques de pointe pour contrebalancer les effets de la toxine tétanique. Elle va trembler comme une feuille un bon moment, ta blessée — si elle s'en sort, ce qui n'est pas assuré pour l'instant parce que le sarcophage n'est pas la panacée non plus et que ses réserves commencent à baisser. Il aurait fallu que quelqu'un aille faire les courses. »

Ici, la vieille Cloche considéra pensivement Rosso qui lui fit un sourire éclatant. Il adorait voler. C'était l'un de ses plus grands talents. L'un de ceux que ses tuteurs improvisés de Cécilya avaient vainement tenté de lui faire passer, Loka la première. Après tout, il suffisait de demander si on avait besoin. Elle soupira :

« Non, nous n'avons pas le temps de t'envoyer t'amuser. Le tétanos est une vraie saloperie. En plus, la convalescence sera longue. Nous ne pouvons pas attendre. »

Profondément déçu, Rosso ronchonna :

« Qu'est-ce qu'on peut faire, alors ?

— On va tricher. »

Sur un geste de Loka — Rosso ne se souvint pas de l'avoir vue se déplacer jusqu'à la console du générateur —, le scintillement du saute-temps voisin envahit la chambre. Le jeune garçon retint à grand-peine un haut-le-cœur quand le temps fondit sur lui et que son existence même sembla un bouchon de plastique dans la tuyère d'éjection d'une navette au décollage.

*

La sirène éructe sa chanson au signe de sa Dame. Mais elle meurt. Elle meurt. Je meurs. J'ai peur et nous tremblons.

*

La poitrine dénudée sous le couvercle bleuira, jaunira. Les secondes s'écouleront comme des jours et les minutes comme des semaines. Les yeux verts de la Régulière s'ouvriront brusquement au moment pile où Rosso se précipitera aux toilettes pour pisser son déjeuner qui aura été digéré en trois secondes. Il s'arrêtera un instant sous l'impact de ces prunelles intenses et vides puis filera à ses affaires. Il sera de retour à peine parti, sous l'œil réprobateur de Loka qui n'aime pas qu'on se rebraguette et qu'on se gratte l'entrejambe en sa présence quand on peut le faire dans les cabinets.

Mais la vieille femme haussera les épaules avant de

les renvoyer dehors, MaryMad et lui, comme chaque fois qu'elle modifiera les paramètres du sarcophage. Rosso n'aura jamais la moindre idée de ce que la Cloche des Cloches magouille, mais il se dira qu'il est toujours inquiétant de voir ricaner Loka.

Toujours.

*

« Transmission ? Rapport ! Rapport ! Émission interrompue... Déclaration de perte du 2853 en progression. Élimination ? »

*

Loka fixe sur Rosso ses yeux injectés de sang. La cabine accuse un bon 2G, et ça épuise Loka qui n'y est pas habituée. Il paraît que c'est un effet secondaire du saute-temps, la Cloche des Cloche ne peut tout contrôler en même temps. Rosso cille et examine ses pieds d'un air buté. Il n'a pas très envie de rester debout, ça fait mal, bordel, mais il ne proteste pas parce que pour un Clochard ça reste acceptable. Il sent que MaryMad baisse les yeux, elle aussi, à ses côtés. Pas plus que l'on ignore ses convocations, on ne soutient longtemps le regard de Loka. Trop sombre, trop froid, comme si le vide lui-même habitait ces prunelles intenses.

« MaryMad ?

— Oui, grand-mère ?

— Va resserrer quelques boulons dans la douche, elle fuit. »

La jeune Cloche soupire, s'empare d'une clé à pipe antique et obtempère. Toutefois, avant de disparaître, elle lance à son interlocutrice :

« Oublie pas d'activer le silencieux, si tu veux vraiment que j'entende rien. Pas comme avec l'histoire de l'amant de Simon.

— MaryMad… »

La voix sèche et froissée comme une sortie d'imprimante se perd entre les omoplates de sa petite-fille qui file en riant. Loka inspire à petits coups rapides. Rosso sait qu'elle le regarde maintenant, mais il ne se résigne pas à relever la tête.

« Combien êtes-vous encore dans les coursives ? » interroge sans préambule la vieille femme.

Il tente d'effectuer un rapide calcul mental, mais les données sont trop incomplètes et il est crevé :

« Pas beaucoup. Des adultes, y en a pratiquement plus, sont quasi tous dans les soutes Régulières pour la quarantaine. Et des gosses, je sais pas trop. Ils ne nous ont pas chopés en priorité, je pense, parce qu'ils s'imaginaient qu'on serait plus faciles à avoir sans Papa et Maman. »

Il ricane. Orphelin, déposé dans le sas principal de Dépotoir par une main anonyme, il a grandi comme une tache de rouille sur un tuyau, personne ne s'est jamais vraiment soucié de lui, sauf Loka et l'infirmier qui l'a nourri bébé puis confié à la crèche communautaire. Ce dernier s'est manifesté de loin en loin pour prendre de ses nouvelles, lui donner quelques conseils avant de mourir dans le même accident que les parents de MaryMad.

Rosso n'a pas la moindre idée de ce que c'est que de s'en remettre à un adulte. Dans la station, on se préoccupe avant tout que vous ayez assez à manger. Ensuite, on vous apprend à ne pas vous jeter dans le vide sans le vouloir, c'est tout. Le reste, il faut aller se le chercher, demander, travailler pour l'obtenir. Même si on insiste pas mal sur la possibilité de suivre les cours dispensés ici ou là par les techs désireux de transmettre leurs connaissances à la nouvelle génération. Rosso les a fuis comme la peste jusqu'au jour où Loka l'a pris un peu en main, exaspérée par l'ignorance abyssale de l'ami de sa petite-fille. C'est ainsi qu'il a acquis quelques notions de pilotage, deux ou trois combines utiles pour communiquer avec les ordinateurs de la station, puis il s'est passionné pour la mécanique. Les équipes de maintenance auraient supplié à genoux pour l'avoir dans leurs rangs plus d'une heure par quart.

« Et donc ? »

La voix de Loka éclate, brutale, mais sans colère.

« Doit rester une dizaine de petits groupes de gamins, ici et là. J'en jurerais pas, note bien, parce que ça fait longtemps qu'on les a pas croisés.

— Tu vas t'en assurer et tu les réuniras tous dans la soute tertiaire d'ici... »

Loka inspire, son regard noir s'adoucit trompeusement, virant presque au gris, un gris d'acier et de titane cabossé. Rosso lui jette un œil de côté et le détourne aussi sec, très gêné. Il n'aime pas quand Loka fait ses trucs de sorcière. Sa façon de voir dans les saute-temps n'est sans doute que la manifestation physique de sa liaison particulière avec le générateur. Exprimé ainsi, ça a tous les aspects de quelque chose de rationnel et il n'y a rien au monde que Rosso aime plus que la logique et la rationalité, le sexe et MaryMad mis à part. Pourtant, les autres ont beau dire, le résultat présente quelque chose de presque magique. Outre sa prodigieuse longévité, Loka n'est jamais loin de prédire l'avenir tout de même !

« D'ici soixante-douze heures », achève-t-elle enfin.

Il évite de sursauter, il n'aurait pas cru que la fin soit si proche. Au point que la vieille femme commence à envisager l'évacuation. Pourtant il aurait dû. Après tout, l'organisation des transferts de prisonniers vers les Puits se précipite. La station a atteint puis dépassé les Confins. Les envahisseurs aussi préparent l'ultime voyage.

« Ce n'est qu'une simple précaution, le rassure-t-elle. Il faut croire aux miracles, Rosso. Surtout quand il s'agit de Cécilya. »

La Cloche des Cloches a un geste impérieux du menton, l'adolescent n'attend pas d'autre avertissement pour rejoindre MaryMad dans la cabine attenante. Loka a encore des choses à faire auprès de la Régulière et visiblement c'est d'ordre privé, donc quasi sacré. Avant de s'engouffrer dans la douche, il peut voir la vieille femme grimacer au-dessus du sarcophage et régler à nouveau quelques curseurs au micron près. Elle arbore une mine sinistre et matoise ; Rosso tressaille.

MaryMad le rassérène de son fabuleux sourire, aussitôt suivi d'un bon coup de clé à pipe préventif entre les cuisses lorsqu'il veut la prendre dans ses bras. Il geint d'une douleur à demi feinte. Son amie n'a pas été cool. Ce n'est pas son genre.

Il se demande souvent ce que la jeune Cloche compte faire d'eux, et même s'il y a un « eux ». Cela dit, sur Cécilya, on apprend très vite à ne pas exiger des gens plus qu'ils ne peuvent donner, et Rosso se contente sans problème de la place à part que lui accorde MaryMad : à savoir le droit de baiser avec elle dès qu'il leur en vient l'envie, ce qui est assez fréquent pour satisfaire la libido adolescente la plus exigeante. Mais pas pour l'éteindre, même momentanément, comme il le regrette souvent.

Parfois, dans les saute-temps, Rosso croit apercevoir les enfants qu'ils auront un jour, mais ces images torses issues d'on ne sait quelle folie du générateur ne sont pas fiables. Par exemple, elles semblent ne tenir aucun compte des Réguliers, et pourtant ils sont là, et bien là, et leur incroyable puanteur les accompagne.

Seule la grand-mère de MaryMad piste les reflets labiles des saute-temps sans problème, avec l'acuité d'un radar repérant un signal. Lorsqu'elle ne les invoque pas carrément, elle en localise la source, et son esprit affûté — le hachoir de Loka, disait-on avant l'invasion — tranche dans la masse des probabilités pour en isoler celles dont le potentiel est le plus favorable. Elle ne se goure quasiment jamais.

Il se résigne donc à la manifestation de tendresse qu'on lui autorise : c'est à dire peser de concert avec MaryMad sur le manche de la clé à pipe jusqu'à desceller un boulon plus récalcitrant que les autres. Ils ont presque remonté la douche quand Loka les rappelle près d'elle. La vieille dame sirote son café fumant qui embaume la cabine.

« Pourquoi traînez-vous encore dans mes jambes, tous les deux ? Vous n'avez rien de mieux à faire ? »

Le ton n'est rien moins que bilieux. Ils filent sans demander leur reste.

*

« Transmission ? Émission interrompue... Déclaration de perte du 2853 en progression. Confirmez élimination ! Confirmez élimination ! »

*

MaryMad et Rosso enfileront les coursives tordues, voleront dans les tuyères désaffectées, plongeront au cœur des conduites voilées. Ils se dissimuleront dans une alvéole invisible, camouflée par un faux blindage parfaitement étanche. Beaucoup de Vrais Clochards sont d'anciens contrebandiers, et on n'oublie pas une vie de dissimulation et de paranoïa justifiée. Les cachettes de ce type sont donc légion sur Cécilya.

Ils attendront le départ d'une patrouille obstinée qui aura compris que quelque chose ne va pas dans la géométrie de cette cabine apparemment vide. Les deux jeunes gens feront l'amour debout, dans un silence rieur, contre la cloison que les soldats tenteront en vain de sonder.

Moins de cinq heures plus tard, le reste de la population en fuite de Cécilya s'entassera dans la soute borgne, l'endroit le plus sinistre, mais le plus protégé de la station. Le seul nanti d'un moteur autonome aussi, mais ça, c'est vraiment un secret, le mieux protégé de la station également.

*

Vertige, vertige, je ploie et je m'afflige, mais je m'appuie sur tes refrains.

« Contact 2853 confirmé. Transmission : état de faiblesse en régression. »

*

Rosso resta debout dans un coin de la pièce une éternité durant. Ou dix secondes. Il ne savait plus. Puis Loka et MaryMad aidèrent la jeune femme à se dresser sur ses pieds. Il se tendit quand la Régulière esquissa un geste bref de défense, comme si on allait la frapper. Il en avait entendu de trop belles à propos des Psyches pour ne pas se méfier. Mais celle-ci tenait à peine sur ses jambes malgré les nerfs artificiels censés prévenir ce genre de faiblesses. Elle ne pouvait pas être bien dangereuse.

La femme se plia en deux pour vomir dans une bassine précipitamment posée devant elle par MaryMad. La jeune Cloche saisit les cheveux mi-longs pour lui éviter de les poisser de régurgitations. Rosso entraperçut le logo dans le creux de la nuque et réprima un nouveau frisson.

Il n'arrivait pas à décider si la politique des Réguliers à l'égard des malades mentaux était plus ou moins humaine que celle des Vrais Clochards. Sur Dépotoir, il n'y avait qu'un critère, qu'une seule question à laquelle on devait répondre avant de statuer sur leur sort : le dément était-il dangereux de façon chronique pour le reste de la communauté ? Si la réponse était « oui », c'était très simple : on éjectait les restes du type par le sas le plus proche, non sans avoir récupéré sur son corps les organes, tissus et liquides vitaux utiles.

Sinon, on lui octroyait une cabine, on s'assurait qu'il mange une fois par jour au moins, prenne — pour le confort de tous — une douche chaque semaine T et on le laissait collectionner ses boulons rouillés, se balancer sans fin sur sa couchette ou chanter des poèmes aux tuyères. Et lorsque quelqu'un s'en jugeait à peu près capable, il élaborait auprès du malheureux des stratégies thérapeutiques empiriques qui visaient au bien-être du malade, même si se sentir bien consistait pour ce dernier à faire des statues de ses excréments dans l'intimité de ses quartiers — en veillant toutefois à ce que le système de purification d'air soit efficace dans le secteur.

Chez les Réguliers, il en était tout autrement. Les fous étaient confinés dans leur propre chambre, étroitement surveillés et médicamentés tout le long de leur vie. Il n'y avait pas de place dans les Honorables Habitats ni dans les colonies pour les faibles de corps ou d'esprit. Sauf si leur démence présentait certaines caractéristiques utiles. Notamment, une prédisposition à la violence, et si ladite violence était meurtrière, c'était encore mieux.

On en faisait des soldats.

Des Psyches.

C'est-à-dire des cerveaux à l'activité électrochimique contrôlée en permanence par un très lointain opérateur qui, selon son appréciation de la situation, leur balançait apaisement ou terreur par le biais d'implants dissimulés à l'intérieur de la masse cérébrale elle-même et selon les besoins. La plupart des opérations primaires de terraformation ou de colonisation des satellites « en dur » étaient effectuées par ces quasi-robots humains dont on calculait la qualité émotionnelle au millième d'intensité près.

Les Psyches n'y perdaient aucune des capacités d'analyse dont ils avaient été capables avant les implantations de contrôle : ils gardaient la même identité et savaient qui ils étaient ; c'était peut-être ça qui révoltait le plus Rosso. Car ils étaient mieux tenus en laisse que les fauves dont les hommes faisaient jadis leurs compagnons sur la planète mère. Le superviseur sain pouvait leur octroyer aussi bien le plaisir le plus intense que la douleur la plus insupportable, en récompense ou châtiment de leurs actes. Il pouvait aussi leur griller le cerveau si besoin était, même si cela exigeait un certain temps et toute une série de manœuvres dont quatre-vingts pour cent consistaient en tracasseries administratives, la peine de mort étant en principe interdite dans la Fédération Régulière. En tout état de cause, Rosso ne pouvait s'empêcher de trouver tout cela putride.

Rosso se surprit à prier les Puissances Invisibles de l'Espace — auxquelles, en bon Clochard, il ne croyait absolument pas — que le plan de Loka à l'égard de la

Psyche implique de fréquenter cette femme le moins possible. Il crut avoir été entendu lorsque la vieille Cloche rompit le silence pesant qui s'attardait dans la pièce depuis le réveil de la Régulière.

« Raccompagne-la vers les siens. Ne t'approche pas trop d'elle. Les Psyches sont conçus pour inspirer des pulsions étranges à leurs adversaires lorsqu'ils sont en difficulté. Tu la laisseras sur le passage d'une patrouille… à Communauté. Va, maintenant ! »

C'était à lui bien sûr que s'adressait cet ordre péremptoire qui n'avait même pas conscience de l'être. Parmi les fous furieux de liberté individuelle de Cécilya, Loka était la plus impériale : elle ne savait même pas qu'elle dirigeait la station, le problème résidant dans le fait qu'elle n'en doutait pas une seconde non plus.

Il soupira.

Depuis l'arrivée des Réguliers, il avait l'impression vague de n'être plus que le garçon de courses de la vieille dame, et ça, ça allait à l'encontre de tout ce qu'il avait appris sur l'indépendance et l'autonomie. Mais il fit ce qu'on lui avait ordonné, parce qu'il avait également appris quand l'individu devait s'effacer devant le collectif. Or, sur Cécilya, il n'y avait rien de plus collectif que Loka.

*

J'ai mal, Monsieur. Faites quelque chose. On me dit que je ne peux plus dormir.

Ce sont des Vraies Personnes. On me l'a chantonné.

On ne tue pas les Vraies Personnes. Ce sont des Vraies Personnes. On ne tue pas les Vraies Personnes.

Les Vraies Personnes ne sont pas dangereuses.

Pas vrai, Monsieur ?

Monsieur ?

Je ne vous entends plus.

Du tout.

*

Rosso s'efforcera de suivre les ordres. S'y ingéniera. Communauté, le vieux forum politique est désert depuis l'internement des adultes, cependant il n'est pas situé très loin des itinéraires des patrouilles. La soldate y sera récupérée par les siens.

Ils croiseront un peloton et se réfugieront dans un saute-temps providentiel, enfin sans doute pas si providentiel que ça : Loka les invoque à son gré, peut-être la vieille folle suivra-t-elle leur progression et aura-t-elle décidé de les aider ainsi ?

L'ennui, c'est que le saute-temps connaîtra également une bascule à 5G qui les écrasera sur un mur comme des garbes mal arrimées. Rosso regardera tranquillement les soldats glisser à une allure d'une lenteur ridicule, les yeux fixes de la Psyche contempleront l'interface temps sans voir ses camarades la contourner. Rosso saura qu'elle est hypnotisée par le futur éclatant en couleurs folles au point de rencontre des deux temps. Il faut être un Vrai Clochard pour pouvoir ignorer les lendemains déments reflétés dans les miroirs flous des poches temporelles.

Une crise de spasmes plus terribles que les autres saisira la Psyche. Rosso ne saura jamais ce qu'elle a pu voir qui la mette dans cet état. Ce qu'il comprendra tout de suite, c'est que si les convulsions persistent, elle mourra. Sous cette gravité, il ne pourra rien faire d'autre que ce qu'il fera. Il se laissera couler sur elle.

Trois cents kilos de jeune homme dans la force de l'âge maintiendront le corps sec et frêle à peu près immobile et l'empêcheront de se briser les os. Lui, le nez dans le décolleté de la dame, noyé de citron, poivre et cannelle, remerciera les Puissances pour le bénéfice secondaire de son action de sauvetage : elle sent si bon que c'en est presque suffisant pour le faire jouir. Il aura un peu honte et espérera que la gravité écrasant son bas-ventre sur celui de la jeune femme fera qu'elle ignorera à quel point il bandera.

*

Il me désire. Les phéromones de combat sont très efficaces n'est-ce pas, Monsieur ? Dois-je acquiescer, Monsieur ? Comme avec vous ou les superviseurs ? Il pue, mais j'en ai envie, ça n'est pas bien, Monsieur ? Ça n'est pas conforme ? La sirène susurre le contraire...

« 2853 ? Récupération. Négatif. Négatif. Ordre : se présenter au superviseur in carne. *Rapport. Rapport. »*

*

Le saute-temps s'évanouit au même moment que la bascule. L'impression n'en fut que plus vertigineuse et le garçon eut le sentiment de tomber en chute libre entre les ondes opulentes des seins de la Régulière. Il se redressa vivement mais avec regret et lui tendit la main pour l'aider à se relever. La femme fixa un instant sa main tendue, le regard interrogateur, comme si elle ne comprenait pas le geste. Puis elle le saisit au poignet avec maladresse tandis qu'il exerçait la traction nécessaire, un peu gêné toutefois par la prise inhabituelle.

Elle se mit debout, jambes flageolantes. Il dut la soutenir pour l'empêcher de retomber sur ses fesses. *In petto*, il pesta contre lui-même : il aurait dû y penser. Lui pouvait encaisser un retour à une gravité normale ou l'inverse sans plus d'inconfort que de souffrir un peu de tous ses muscles. La Régulière n'avait pas son entraînement malgré sa biologie altérée chimiquement et ses nerfs artificiels. Elle avait dû sentir le voile noir passer devant ses yeux et sans doute était-elle encore bien choquée.

« Merci, Monsieur.

— De rien », bougonna-t-il, un peu surpris qu'on lui donne du « monsieur », à lui qui était si jeune.

Puis il se souvint que c'était la marque de respect coutumière du militaire au civil.

Après deux tentatives de reprendre sa respiration, la femme articula :

« Je ne suis pas disponible pour vous, Monsieur. J'ai épuisé mon crédit loisir pendant que vous me soigniez. »

Comme il rougissait violemment, elle ajouta :

« Sachez toutefois qu'il s'agit d'une réaction induite, Monsieur. Vous n'êtes pas responsable. J'ai été modifiée pour inspirer le désir à quiconque m'approche de trop près. Défense et stratégie, Monsieur. Déstabilisation par la libido. »

Rosso ne s'interrogea pas sur la notion de crédit loisir et n'entendit même pas la seconde partie du discours dont il n'aurait pas compris un traître mot. Son malaise augmenta de plusieurs crans lorsque la jeune femme crut bon de s'excuser.

« Je suis navrée pour vous, Monsieur. Vraiment. Ç'aurait été un honneur. Je ne crois pas pouvoir espérer que vous vous livrerez en me ramenant, Monsieur ? »

Rosso la considéra, ébahi. La diction et la syntaxe de la femme étaient impeccables, adultes, policées comme sur les vidcoms des Honorables Habitats et elle avait les accents délicats du Puits T, mais une espèce de tonalité enfantine en arrière-bouche le troublait. Une naïveté fondamentale parfaitement inadaptée à ce vocabulaire de professeur virtuel et surtout à cette figure de vétéran. Cette femme au discours livresque et au ton de bébé s'était battue jadis, violemment. Contre quoi, il n'en avait pas la moindre idée, mais les cicatrices au visage disaient que ce n'avait pas été un moment facile. Mary-Mad lui avait affirmé que la dame présentait le même genre de marques sur tout le corps… Il interrompit net ses réflexions lorsqu'il sentit la direction que prenaient ses pensées. Si on pouvait appeler ça des pensées.

« Monsieur ? »

La voix de gamine le fit redescendre plus vite que

tout le reste. *Bon*, se dit-il, *si ça me reprend, je n'aurai qu'à lui demander de me dire un truc.* Il secoua la tête.

« Non, je ne me livrerai pas. Je vous laisse à Communauté et *ciao*. D'accord ? »

Elle lui répondit par l'affirmative d'un mouvement d'épaules qui ramena ses cheveux bruns devant son visage couturé. Ce fut sans doute pour cela qu'il ne vit pas tout de suite qu'elle pleurait. Il tourna les talons et elle lui emboîta le pas. Il finit par comprendre que les reniflements derrière lui n'étaient ni plus ni moins que des sanglots et se retourna brusquement.

« Qu'est-ce qu'il y a ? Vous avez mal ? » fit-il, encore plus étonné par les larmes que par la voix de petite fille dans cette bouche de quarante années T au moins.

« Il m'est impossible de vous obliger à venir avec moi, je n'ai pas d'ordres spécifiques, la liaison de contrôle ne permet pas de discrimination aussi fine. »

Il se retint de ricaner. Peut-être que d'habitude une Psyche pouvait espérer battre un Vrai Clochard sur son propre terrain, mais celle-ci rêvait carrément : dans son état, elle ne serait même pas capable d'arrêter un nourrisson en turbulette pressurisée.

« Vous vous en remettrez, vous en faites pas. Je vous ramène chez les vôtres.

— Ils vont me châtier. Dès qu'ils sauront, ils me puniront, continua-t-elle à sangloter.

— Pardon ? »

Elle s'arrêta net et se tordit les mains de désespoir. Elle tremblait comme un film d'amiante mal collé.

« Vous êtes sans nul doute une Vraie Personne, on me l'a affirmé. Je ne peux pas contrecarrer une Vraie Personne. Cependant, il me punira si je ne vous ramène pas. On m'a dit que vous étiez une Vraie Personne. Ainsi, je ne peux vous forcer à me suivre, pourtant il me châtiera, vous comprenez ? »

Rosso fit un signe de dénégation. Il sentait bien que tous ces « il » et ces « on » ne recouvraient pas la même identité, mais il ne parvenait pas à trouver le fil conducteur dans les assertions incohérentes et humides de la Psyche. Il eut l'impression de contempler une pelote de fils électriques sous tension. L'un d'entre eux dépassait un peu, il tira dessus prudemment, pour voir.

« Vous ne pouvez rien contre les Vraies Personnes ? C'est quoi, une Vraie Personne ?

— Un être humain comme vous, Monsieur. Quelqu'un que l'on ne doit ni molester, ni blesser, ni prendre le risque de tuer. Sauf s'il s'avère représenter une menace contre d'autres Vraies Personnes. »

La dernière phrase avait été dite d'un air sceptique. Comme si la situation envisagée relevait de l'impossibilité probabiliste.

« Parce qu'il y a des gens qui ne sont pas de Vraies Personnes ?

— Oui, monsieur », fit-elle d'une voix humble, mais Rosso sentit qu'il venait de proférer une évidence stupide et que, s'il avait affirmé d'un ton péremptoire l'humidité de l'eau, il ne se serait pas rendu plus ridicule. Cependant, quelque chose — le « comme vous », sans doute, qui n'avait pas été assorti de son corollaire habituel — le poussa à poser une dernière question :

« Et vous ? Vous êtes une Vraie Personne ?

— Non, Monsieur. »

Elle baissa la tête pour dissimuler le léger amusement que la question naïve du jeune homme venait de faire naître dans son regard décoloré. Ses cheveux voilèrent le visage marqué une fois de plus, si bien que Rosso se méprit et crut qu'elle allait se remettre à pleurer. Maladroit, il voulut se pencher sur elle pour lui tapoter l'épaule et s'aperçut avec étonnement qu'il devait en fait se dresser sur ses pieds pour y parvenir. Elle lui avait paru bien plus petite avec ses épaules rentrées et sa tête basse. Lorsque ses doigts effleurèrent la combinaison déchirée, elle eut un mouvement de recul brusque.

« Il ne faut pas me toucher maintenant, Monsieur. Je suis en Conflit. Je représente un danger pour l'Honorable Communauté lorsque je suis en Conflit. Il est nécessaire qu'un superviseur *in carne* statue sur la situation de toute urgence. »

Il éloigna sa main avec précaution, sans cesser de la surveiller, comme si elle risquait de le mordre.

« En Conflit ? Qu'est-ce que ça veut dire ? »

La femme secoua la tête, et ses cheveux poissés de sueur révélèrent son regard redevenu fixe et vide.

« Quelque chose n'est pas conforme, je ne peux pas suivre les ordres. Il n'y a pas de Voie Nette à suivre. Il faut que je sois examinée par un superviseur. »

Rosso vit que les longues mains tremblaient, posées à plat sur les cuisses frémissantes. Il haussa les épaules ; quand on ne maîtrise rien, mieux vaut avancer vers le but fixé précédemment. Après, on fait le point.

« C'est quoi, votre nom ?

— M. Zorn, matricule 2853, HNU cordon 145, n°ss 2.68.09.45879HB. 7985. 200056. Clé : 71.

— Holà ! Il vous appelle comment votre… superviseur ?

— 2853.

— OK. Zorn m'ira très bien, et vous ?

— Je ne sais pas, Monsieur. Comme vous voudrez, Monsieur. »

*

Tu susurres, tu murmures, tu fredonnes à mon oreille, ô ma sirène et je t'écoute sans comprendre ni reconnaître ta mélodie. L'entendez-vous, Monsieur, la chanson douce et son répons ? La deuxième voix qui bourdonne des ordres moites, des ordres tendres, des ordres doux, comme dans l'amour ?

« 2853. Rapport non conforme. Présentez-vous au superviseur in carne. »

*

Ramener un ennemi aux siens avec discrétion a toujours été un défi autrement plus risqué que la prise d'assaut d'une planète. À plus forte raison lorsqu'on dispose d'une heure pour ce faire et qu'une petite vingtaine de types manquant d'humour et armés jusqu'aux dents veillent sur l'endroit tandis qu'une bascule vicelarde aplatit tout le monde sous une beigne de force 6. Rosso a envisagé brièvement deux ou trois endroits plus accessibles, mais Loka a dit qu'on devait ramener la Régulière à Communauté ; c'est donc là qu'on la déposera. Loka a toujours ses raisons que la raison entérine. Avec humilité.

Zorn et le jeune homme, qui amorçaient un instant auparavant leur descente le long d'un câble pendu dans un collecteur d'eau aussi vide que vertical, ont disposé de quelques secondes pour se tasser dans une niche de maintenance providentielle. Sinon, la bascule les aurait envoyés au sol, réduits à l'état de bouillie sanglante. Pour le moment, ils se contentent de diriger toute l'énergie disponible vers les muscles de leurs cages thoraciques afin de les convaincre de ramener de l'air à l'intérieur, et, une fois cet exploit accompli, d'opérer la manœuvre inverse.

Les soldats autour du tuyau qui se dresse comme une colonne à la périphérie de Communauté, trente mètres plus bas, tentent sans le savoir de les imiter, mais avec un bonheur moindre. Rosso entend les premiers sifflements rauques annonciateurs d'un désastre : il y en a au moins deux qui commencent une crise d'asthme. Pour ceux-là, les minutes qui vont suivre seront fort longues, ou bien très courtes, c'est selon.

L'élan imprimé à sa poitrine se nourrit de lui-même, Rosso n'a plus d'efforts conscients à faire pour respirer, sa compagne en est au même point malgré ses tremblements convulsifs. Il n'y a plus qu'à essayer de descendre. Inutile de rêver faire ça à la force du poignet, on ne retient pas son propre corps lorsqu'il pèse trois cent soixante kilos. Même avec l'efficacité musculaire des Vrais Clochards. Zorn n'est pas en état. Reste ce bon vieil Archimède dont lui a parlé Loka.

Il met environ cinq minutes à coder le message pour

MaryMad sur le clavier alphanumérique de son bracelet. La réponse arrive presque avant qu'il ait terminé : *T'es sûr ?* Le décalage avec le saute-temps de la cabine de Loka ne doit pas être loin de leur permettre de recevoir avant l'émission, il ne voit que ça comme explication. Il n'a pas la force de taper *Oui* que déjà l'eau se rue dans la conduite, par le bas, heureusement. Il n'a pas pensé à préciser.

Elle atteint leur hauteur en quelques secondes, ils se laissent glisser dans le liquide troublé d'éclats de rouille et de merde. C'est une vraie infection, MaryMad a dû détourner un collecteur d'égouts. Dans l'eau, la bascule en devient presque supportable : ils se maintiennent comme ils peuvent à la surface en glissant les mains contre les aspérités des parois, risquant à chaque fois de se casser un doigt. Le niveau continue encore un peu à monter, puis amorce en douceur la descente prévue. Ils parviennent enfin une dizaine de mètres au-dessus du siphon que Rosso visait, tout près du sol du forum.

Brusquement, Rosso soupçonne MaryMad de savoir où ils se trouvent à un centimètre près. Cela signifie que la jeune Cloche a piraté son bracelet une fois de plus. C'est une sale manie que sa grand-mère désespère de lui voir passer : mais MaryMad vit très mal l'absence de ses proches depuis toute petite. Personne ne lui en veut, on se contente de shunter le nouveau programme de piratage, en général une petite merveille de perversité informatique qui laisse rêveurs les techs de Dépotoir pendant un bon mois… Comme présentement c'est pour la bonne cause, Rosso n'en fera pas tout un baril de tofu. Au contraire. Peut-être même qu'il laissera faire sans rien dire.

Le regard s'ouvre en grinçant, des ondes criardes se répercutent dans le liquide jusqu'aux oreilles du jeune homme ; la Régulière grimace. C'est là que ça va faire mal. L'eau se rue à travers l'issue à une vitesse folle, le Clochard suit, ballotté sur la vague fétide. Porté par les milliers de litres en fureur, le corps de Rosso passe au-dessus des soldats à terre. Si les flots emportent la plupart d'entre eux à sa suite, c'est plusieurs mètres plus loin.

Le flux meurt au centre du forum, lâchant le jeune homme à quelques centimètres de Zorn, roulée en boule. C'est une très mauvaise position dans ces circonstances. Rosso ahane en tendant son bras contre elle. Il imprime une poussée qui le laisse haletant. Son corps pourtant humide se couvre de sueur. Mais la Régulière se déplie enfin, elle va pouvoir respirer. Non loin de là, un soldat moins ébahi et moins écrasé que les autres contemple le spectacle qu'offrent le garçon et sa compagne, il ouvre la bouche pour crier. Rosso lui souhaite de ne pas s'étrangler lorsqu'il essaiera d'articuler simultanément. Il tente de se retourner tandis que les aspérités du sol se sculptent au creux de son bas-ventre.

Faire demi-tour est un exploit sportif qu'il n'imaginait même pas réaliser un jour. Pourtant, il parvient à tomber sur le côté et pivote millimètre par millimètre sur la pointe de l'os de sa hanche jusqu'à ce que sa tête soit dans la bonne direction. Son poids broie ses côtes, ses poumons laissent échapper un souffle rauque qui n'est pas sans rappeler les errements du système central d'aération de Cécilya. Il rampe jusqu'au trou dont il est sorti, abandonnant Zorn sur place. Rosso frôle presque le soldat qui a tenté de crier et qui pour l'instant affiche une couleur bleue assez inquiétante.

Il lui faut un bon quart d'heure pour atteindre le regard du tuyau toujours béant à peine trois mètres plus loin, la bascule à 0G se fait à l'instant précis où il se faufile dans le conduit. L'élan le fait voler jusque dans les entrailles supérieures de Cécilya, censément hors de portée des représailles. Il plonge dans un dépli. Il n'a pas vu que Zorn l'a talonné et s'est envolée à sa suite.

C'est un joli piège à trois paramètres. Rosso, Zorn et la patrouille à sa suite y ont foncé comme un seul homme. Déjà, l'espace alentour ne cesse de se froisser : une respiration, ils sont dans la conduite, une autre sur une galerie lointaine dans laquelle Rosso est à peu près sûr de n'avoir jamais mis les pieds. Ensuite, la gravité s'est stabilisée autour de 3,5G et c'est suffisant pour clouer tout le monde au plancher, lui y compris, haletant, le nez à quelques centimètres de l'haleine écœurante d'un sergent au bord de l'apoplexie. Et tout cela se répète sans cesse parce que le dépli obstiné ramène insidieusement tout le monde à la case départ suivant un cycle que Rosso commence à estimer de l'ordre de cinq secondes. Il s'appuie sur les gestes effectivement réalisés autour de lui. Combien de temps met-on à ouvrir et refermer la bouche ? Pour aboyer un ordre ?

C'est la quatrième fois que le sergent lui hurle en pleine figure, mais le son n'est pas encore parvenu au jeune Clochard. L'homme braille à l'adresse de la Régulière, elle entame un geste de dénégation puis tout recommence à zéro. Rosso n'arrive pas à imaginer une porte de sortie, son cerveau fonctionne à plein régime pourtant. Il rêve que les Puissances Invisibles de L'Espace feront pencher encore une fois la bascule vers l'apesanteur, c'est la seule solution. L'ennui, c'est que si les Puissances n'existent pas, en revanche, elles ont un sens de l'humour foireux. La preuve, pense-t-il, ce putain de 1G qui remet tout le monde en forme avant même que le jeune homme ait pu finir son blasphème muet.

*

L'aria s'évase en étoile rogue en ma poitrine. Sirène, ô ma sirène, c'est si chaud, c'est si bon quand tu rues dans mes veines.

« 2853. Noradrénaline en progression. Inhibition G.A.B.A. impossible. Toxines ? Avez-vous ingéré des toxines inhibitrices ? Noradrénaline en progression. 200. 258. 300. Prévenez le superviseur le plus proche. 2853 !? »

*

« Saisissez-le !! »

Les soldats sautèrent sur Rosso pour l'immobiliser, le nez non loin des rangers du sergent. Elles fleuraient bon le vrai cuir. Une microseconde, le cerveau du jeune homme fut saturé par ce parfum délicieux, presque appétissant. Lorsqu'il reprit conscience, Zorn était perchée sur son dos et lui liait les poignets avec des menottes de plastique autoserrantes.

Les tempes bourdonnantes, le jeune homme n'entendit rien des paroles surexcitées qui flottaient autour de lui. Zorn faisait son rapport d'une voix plate, semblait-il, et le chef hochait la tête sous le regard vide des autres soldats Psyches. Une seule phrase surnagea au milieu du chaos, le refus sec du sergent de réquisitionner un superviseur pour Zorn dans l'immédiat. On était en quart nuit, la plupart d'entre eux étaient de repos.

Rosso n'arrivait pas à y croire. On l'avait capturé, lui, comme une météorite en orbite basse par une station minière de pointe. La consternation n'avait même pas eu le loisir de l'envahir. Le cœur en cendres et les yeux papillonnants, il niait simplement avoir perdu le contrôle à ce point. Zorn le remit sur ses pieds.

La patrouille se scinda, le sergent partit de son côté avec quelques hommes, confiant le jeune homme à quatre Psyches, dont Zorn qui devait être « révisée ». Ils le traînèrent à l'infirmerie devant les Techs Psyches Réguliers, bien avant que sa phase de déni soit achevée.

Il passa des heures en leur compagnie, refusant de répondre à des questions plus ineptes les unes que les autres. On le lava, le vaccina à mort contre toutes les bestioles invisibles connues, il fut malade comme une I.A. programmée par MaryMad, il vomit sciemment tripes et boyaux contre une combinaison blanche qui passait à portée lors d'une brève bascule inespérée à 0G.

Puis, il se débattit entre deux infirmiers. Ils le maintenaient cloué à plat ventre sur une table d'opération tandis que le toubib se penchait pour lui déposer un implant à incrustation biologique sur la nuque. On était également en train d'essayer de lui faire ouvrir la mâchoire, car il avait planté ses dents dans le poignet le plus proche.

Tout allait donc fort bien, ou fort mal selon les avis, ce qui fit que tout le monde fut sidéré lorsque les murs étincelants, repeints de frais par les Réguliers, se constellèrent de milliers d'impacts écarlates. Des geysers de sang obscurcirent les éclairages. Certains d'entre eux claquèrent avec des bruits secs de détonation lorsque l'hémoglobine fit court-circuit avec les ampoules.

Rosso ne comprit rien aux événements.

Il y eut ce brouillard rouge. La pression contre ses épaules se relâcha d'un coup, il se releva presque aveuglé par le sang répandu, les dents toujours crochées dans le radius de l'infirmier à ceci près que la main pendait mollement d'un côté. Le bras afférent avait disparu à la hauteur du coude.

Zorn se dressait au milieu du massacre, le regard vide et un scalpel à la main. Elle venait de découper quatre hommes en morceaux à l'aide d'une lame de trois centimètres de long.

Rosso ouvrit la bouche, le bras en tomba avec un bruit flasque. Il hurlait depuis quelques secondes déjà lorsque le son parvint enfin à ses oreilles bourdonnantes. Zorn le saisit aux cheveux et le chargea sur son épaule sans plus d'effort apparent que si elle avait noué une écharpe autour de son col mince et couturé de cicatrices. Ployant à peine sous son fardeau, elle se rua dans les coursives.

Elle courut, droit devant elle. Les couloirs, les sas s'ouvrirent à son passage comme devant un Vrai Clochard. Ou plutôt, comme lorsque Loka faisait ses tournées d'inspection.

*

Nous clamons à trois voix dans un accord majeur. Conjurez ma terreur et mon angoisse neuves. Ô ma sirène, je file vers vous tandis que tu vacilles.

Je vous entends, je vous rejoins. Mes sœurs, mes filles.

*

La cabine de Loka accuse un bon 3,5G quand Zorn y parvient et laisse tomber Rosso aux pieds de la vieille dame et de MaryMad, avant de s'effondrer à genoux devant elles. Le garçon manque de se casser le bras en atterrissant, mais il parvient à rouler sur lui-même au dernier moment : il n'y gagnera qu'une bosse superbe au front. Il décide de laisser ses cent quatre-vingts kilos ahaner là. Bordel, ça n'arrive jamais ça, ici ! Rien de tout ce qui s'est passé depuis quelques heures n'arrive jamais ici ! Ce sont les pensées qui tournent en boucle entre ses tempes bourdonnantes.

Loka ne se lève pas, cette fois. De tous les habitants de Cécilya, elle est peut-être la seule qui ne se soit jamais accoutumée aux titanesques mouvances qui agitent la station et dont en principe sa cabine est épargnée. Ce qui n'est, il faut le croire, plus le cas depuis le saute-temps invoqué pour la Régulière. Elle a l'air plus vieille, plus épuisée et plus agacée que jamais. MaryMad arbore une expression soulagée, elle est heureuse de voir Rosso de retour. Tout est simple finalement. Ou bien non.

« Vous voilà… enfin, tous les deux… », murmure Loka avec soulagement.

MaryMad parvient à sursauter et elle se dévisse presque le cou du fond de son fauteuil pour contempler sa grand-mère avec stupéfaction.

« Quoi ? Je croyais que tu voulais qu'il la ramène aux siens ? »

Son élocution est impeccable, 3,5G c'est presque supportable pour une Cloche, mais l'agressivité aide sans doute beaucoup.

« C'est ce qu'il… a fait… non ? »

MaryMad ne répond pas et se contente de dévisager Loka d'un air réprobateur. La vieille femme roule les yeux au ciel.

« Il fallait qu'elle… se décide. Je l'ai libérée… J'ai laissé les neurotoxines du tétanos… migrer jusqu'au tronc cérébral… et… inhiber ses récepteurs G.A.B.A… les bases neurologiques du contrôle à distance. Mais le reste… c'est seulement elle. Qu'est-ce… qui t'a… fait revenir, petite ? »

La « petite » s'est laissé tomber sur ses mains, à quatre pattes, Zorn est en train de négocier son coucher sur le plancher en douceur. Elle secoue la tête sans répondre. Ce n'est que lorsqu'elle a réussi à s'allonger à plat dos qu'elle articule, les yeux fermés et la respiration courte :

« L'implant. On posait un implant. Sur celui-ci. Monsieur est une Vraie Personne. On ne contrôle pas les Vraies Personnes. »

Loka ignore la protestation indignée qui s'apprête à fuser des lèvres de sa petite-fille pour murmurer à son tour :

« Tu es… une vraie personne, Zorn. Moi aussi… je… »

Elle n'achève pas parce que MaryMad se met à grincer :

« Quoi ? Tu as grillé les contrôles de cette folle et tu l'as laissé partir avec Rosso ! Elle aurait pu le découper en morceaux avant qu'il se rende compte de quoi que ce soit !

— Quatre, elle en a découpé quatre, murmure le garçon, et je n'ai rien vu arriver… »

Il déglutit. Une nausée aigre se rue dans ses sinus à l'évocation du massacre, mais il se contient. Il ose à peine respirer sinon il vomirait son horreur et sa détresse.

« Pardon, Monsieur. De vous contredire. J'ai terminé quatre Psyches. Aucune Vraie Personne. Le sergent était parti. Les contrôles sont morts. Mais les commandements tiennent toujours. La réaction peur/agression ne peut se produire. Pas contre une Vraie Personne. Que mademoiselle soit rassurée. »

Ces derniers mots sont pour MaryMad, qui pince les lèvres comme si un vide-ordures s'était adressé à elle.

« Et il y a la chanson… », ajoute Zorn, et pour la

première fois une ombre de douceur, de doute ourle sa diction étrange de gamine homicide et cultivée.

Loka sourit sur son lit.

« Tu l'entends… toi aussi ? Je le… savais.

— Oui. Vous êtes la deuxième voix. »

Zorn a repris le ton ferme, celui que Rosso commence à identifier comme celui de la Voie Nette. Et il y a un écho, quelque chose de familier sur lequel il ne parvient pas à mettre le doigt. De toute façon, il a cessé de chercher à comprendre depuis le massacre au labo. Quant à MaryMad, elle s'est laissé aller dans son fauteuil, il est évident que la colère noire qui l'étouffe, conjuguée au 3,5G, l'empêche seule d'intervenir pour gifler tout le monde. Elle halète comme un vieux ventilateur aux pales encrassées. Rosso rêve d'être très loin de la cabine lorsque la poussière sera éjectée. Mais Loka reprend :

« Je suis… J'ai toujours été… la voix…

— De la sirène, affirme Zorn.

— De… Cécilya.

— Oui. C'est une Vraie Personne. Que veut Cécilya ? Je ne comprends pas sa chanson.

— Ça viendra. Cécilya… veut vivre, Zorn… vivre. Tout… simplement.

— Mes superviseurs. Les Réguliers. Ils disent : “Les Vraies Personnes sont en danger.” “Les Honorables Habitats ne survivront pas à l'effondrement du générateur du Dépotoir, ils sont trop près.” “Dépotoir doit être remorquée, détruite et ses habitants évacués pour leur propre sécurité et bien-être.” »

C'est extrêmement curieux : à chaque nouvelle citation, la tonalité de Zorn change. Rosso a l'impression de voir défiler les interlocuteurs de la Psyche lorsqu'ils l'ont briefée.

« Tant qu'il y aura… des Vrais Clochards… et la Voix…

— Oui. Je sais cela maintenant. Quelles sont les instructions ?

— La masse… Il faut de la masse.

— Nous en trouverons. »

Nous ?

Rosso tremble déjà.

*

Si j'insuffle la Vie aux sources élégiaques…

« 2853. Définitivement perdu. Processus de destruction enclenché. Temps estimé : 2 heures 58 minutes 25 secondes. »

*

La sirène de quart nuit venait de retentir sur l'astroport quand la grille à demi rouillée se vaporisa en poussières. Dans le dos de Zorn, Rosso sourcilla, lui n'aurait pu réaliser cela même si la plaque avait été encore plus abîmée. La Psyche était redoutable : elle venait de pulvériser le métal avec trois doigts et le 1,5G ambiant n'avait pas dû rendre la chose plus aisée. MaryMad siffla doucement d'admiration derrière eux ; elle ne s'était pas départie de son aversion pour la femme, mais elle savait reconnaître un exploit quand elle en voyait un.

Les deux jeunes Clochards s'entreregardèrent avant de rejoindre Zorn sur le sol riveté. MaryMad soutenait sa grand-mère. Malgré les protestations des deux jeunes gens, elle avait tenu à les accompagner et Zorn avait approuvé la décision d'un hochement brusque du menton. Il n'y avait plus rien eu à dire après ça. Depuis la scène dans la cabine, les deux adultes semblaient penser et agir de concert, telles les dents d'une même pince-monseigneur, et avec la même implacabilité au fond de leurs prunelles.

Zorn avait changé. De seconde en seconde, ses yeux mornes s'étaient éclaircis, ses mèches brunes ne dissimulaient plus son visage dont la mâchoire durcissait, ses épaules redressées dominaient toute la petite troupe. De temps en temps, elle penchait la tête de côté et son regard croisait celui de Loka, semblant poursuivre une conversation qu'elles étaient seules à entendre.

Rosso frissonna et se concentra sur leur cible : une tour pressurisée, pleine jusqu'à la gueule de soldats, au centre du tarmac et, surtout, baignant dans une flaque de lumière dure qui ne laissait aucun recoin dans l'ombre. Il n'avait pas la moindre idée de comment prendre cette chose d'assaut. Leurs adversaires n'auraient qu'à faire le vide dans l'astroport, ça leur prendrait trois minutes. Or il en faudrait au moins cinq au jeune homme pour traverser l'esplanade déserte.

Il se tourna vers Loka.

« Moi, je veux tout ce que vous voulez, mais là…

Y a même pas une foutue navette pour se planquer derrière.

— L'évacuation des prisonniers est prévue pour demain, murmura Zorn. Tous les vaisseaux sont en orbite basse autour de la station, ils forment le convoi. Les navettes sont réquisitionnées aux arrimages.

— Quels arrimages ? » grimaça MaryMad.

Rosso sourit intérieurement, il savait à quel point son amie détestait être larguée au détour d'une conversation. Zorn haussa les épaules.

« Il n'est pas efficace de faire fonctionner tous les moteurs des vaisseaux. On peut les remorquer. Le carburant coûte cher.

— Eh, mais ça va prendre des années pour arriver sur un Honorable Habitat ! Sans parler des colonies ! »

C'était Rosso, cette fois. Dans sa voix, la stupéfaction le disputait à l'indignation. Zorn eut un petit sourire si amer que le jeune homme ne remarqua pas que c'était le premier qu'il surprenait sur ce visage martyrisé.

« Les passagers sont des Vrais Clochards. Ils sont habitués au confinement spatial. Ou des Psyches. L'important : être assez loin lorsque Cécilya s'effondrera. »

Rosso se mordit les lèvres pour étouffer le grognement de rage qui y montait. Lorsqu'il ouvrit à nouveau la bouche, son ton était aussi dur qu'une plaque de blindage.

« D'accord. Quelqu'un a une idée constructive ? »

Loka intervint d'un air exténué. Sa gorge plissée tremblait, sa voix crissait comme du vieux papier d'aluminium, mais elle était ferme, comme toujours.

« On va faire… comme d'habitude.

— C'est à dire ?

— Tricher. Quoi d'autre ? »

Et la main tremblante et sèche se tendit vers le plafond comme pour saisir une étoile.

*

Je sais trop que les champs de l'esprit sont minés…

« 2 heures 05 minutes 15 secondes. »

*

Le saute-temps les enveloppera dans son étreinte psychédélique. Ils traverseront le tarmac instantanément. Invisibles. Rapides. Oh, si rapides que Rosso manquera de se tuer contre l'échelle de coupée qui mène en haut de la tour. Les soldats à l'intérieur de la salle de contrôle sursauteront lorsqu'ils seront à leur tour embrassés par les réfringences folles et qu'ils verront les quatre compagnons improbables se matérialiser sous leur nez. Ils n'auront pas un instant pour comprendre leur malheur, car la danse de Zorn sera létale et le déchant qui l'accompagnera aura les couleurs de l'acier le plus tranchant.

Des dix Psyches présents dans la tour, un seul aura la présence d'esprit de tirer.

MaryMad.

*

Et d'en désespérer, j'ai bientôt terminé
« 2 heures 05 minutes 14 secondes. »

*

Le saute-temps s'affaisse en un 3G qui fait ployer les membres et gémir les articulations. Mais si Rosso est à genoux, c'est parce qu'il berce son amie inerte contre lui. Elle est inconsciente, de son ventre sourdent ses entrailles et un remugle douceâtre. Rosso fredonne. Il n'entend rien. Il ne voit rien. Il ne pleure pas. Pas encore. Il se contente de respirer le parfum chaud de la vie en fuite contre la joue maculée. Toujours douce. Déjà flasque.

*

Car guidée par ta voix, par ce thrène orgiaque
« 1 heure 45 minutes 06 secondes. »

*

Loka enjamba les deux jeunes gens sans un regard pour le corps de sa petite-fille. Elle manqua tomber à cause du basculement soudain à 1,5G, mais Zorn se précipita à sa suite pour la soutenir. Ensemble, les deux femmes se jetèrent sur les consoles de commandes dont les voyants lumineux témoignaient en sarabande de l'affolement de l'ordinateur central. Il tentait de se réinitialiser sur la bonne tranche temporelle depuis le passage du saute-temps. Les techs de Cécilya les avaient programmées pour cela, mais les I.A. avaient besoin d'une aide externe pour tout récupérer. Loka pianota quelques secondes, les dents serrées. À ses côtés, Zorn tentait d'obtenir un point de la situation à l'extérieur. Leurs yeux plissés et fondus dans la même noirceur ne quittaient pas les écrans.

« Ça y est, fit Loka au bout d'un petit moment.

— Moi aussi. La flotte est prête à embarquer. Tous les vaisseaux ont été arrimés entre eux au transbordeur principal. Je l'espérais. »

La Psyche pinça les lèvres en ajoutant :

« Nous allons avoir un contretemps. »

Elle désigna la baie vitrée et le sas qui s'ouvrait de l'autre côté tandis que le vide se faisait sur le tarmac alentour. Lentement, avec la grâce d'une perle au bout d'un fil de titane, une navette entamait les manœuvres d'approche pour un atterrissage près de la tour.

« Combien ? demanda Loka que le laconisme de son interlocutrice semblait avoir gagnée.

— Je ne sais pas. Mais il y a des superviseurs à bord.

— Et ?

— Je suis conditionnée à leur obéir. Même sans contrôle bio.

— Et je ne peux plus invoquer… de saute-temps. Cécilya m'a donné tout ce qu'elle… avait », gémit la vieille Cloche en laissant tomber sa tête entre ses mains.

Elles se regardèrent en silence quelques secondes avant de jeter les yeux sur Rosso à terre qui continuait de se balancer en fredonnant, le nez dans les cheveux poissés de MaryMad.

« Rosso ! » tonna Loka.

Il ne répondit pas et continua sa chanson atone sans ouvrir les yeux.

« Rosso ! aboya-t-elle encore une fois, sans succès.

— Laissez-moi faire », murmura Zorn.

La Psyche se leva avec une grâce douloureuse qui fit frissonner la vieille femme. Elle se pencha sur Rosso, détachant avec douceur ses doigts crochés dans la chevelure de miel de son amie, en répétant le prénom du jeune homme d'une voix lente et rythmée, de plus en plus rapide. Le corps de MaryMad roula entre eux, Zorn l'écarta du pied, comme une garbe. Elle ronronnait sourdement, elle bourdonnait, et son *staccato* hypnotique prenait aux tripes et au cœur.

Zorn prit le visage du garçon, presque aussi inerte et mort que celui de MaryMad, entre ses mains. Elle continuait à susurrer. Loka se concentra sur les mots à peine articulés qui lui parvenaient de temps en temps. Aliénation. *La folie est contagieuse*, pensa la vieille femme en frémissant de nouveau et en portant inconsciemment la main à sa nuque.

Pourtant, son regard ne se détourna pas lorsque Zorn se pencha plus avant et que ses lèvres minces capturèrent la bouche molle de Rosso en un baiser profond qui tenait de la morsure… ou de l'inoculation. La Psyche ne cessait de fredonner, malgré sa langue fouissant entre les dents du jeune homme, et sa main qui descendait le long du ventre plat, plus bas, toujours plus bas…

Elle l'enveloppa de ses lèvres, de sa langue, de ses doigts et surtout de son odeur, son parfum de guerre et de combat, son arôme de démence et de sexe, sa fragrance de flammes et de désirs. Quand poudre d'acier, sang séché, citron, poivre et cannelle frappèrent ses narines, Rosso ouvrit des yeux de néant et de ténèbres.

Il était debout quand les soldats évacuèrent le petit vaisseau posé devant la tour. Il descendit lentement l'échelle de coupée pour se porter à leur rencontre.

*

Mais défaire...
« 1 heure 15 minutes 35 secondes. »

*

« Bien », grince Loka, tandis qu'en bas le combat fait rage et que Rosso tente d'étrangler un homme qui fait deux fois sa taille tout en se débarrassant d'un plus petit qui l'a saisi aux cheveux.

Les soldats ont hésité à tirer sur un gosse. Ils sont en train de mesurer à quel point ils ont eu tort.

Lui, il n'entend pas les gémissements de ses victimes. Il n'est plus que la souplesse mortelle, la valse assassine que lui a léguée Zorn en même temps que sa chanson, son parfum et sa bouche. Il n'écoute plus que ce péan poivré, cette déclamation funèbre, sucrée, qui hurle la mort de MaryMad, celle des soldats, l'extinction de son âme dans l'agonie de son amie, et le désir surtout, le désir qui se cabre entre ses reins broyés, le désir pour la Dame au corps torturé, à l'âme enchaînée.

« Vous avez programmé l'orbite du train ? » demande

Zorn sans pouvoir détacher ses yeux de la scène au pied de la tour.

On voit qu'elle contrôle sa respiration avec difficulté. La sueur coule sur son front en rigoles continues. La Psyche fait des efforts désespérés pour ne pas regarder les corps sans vie en tenue orange non loin des barreaux de l'échelle.

On est repassé à 2,5G d'un coup. Loka a tremblé quand c'est arrivé et ses orbites se sont creusées, des cernes violets se sont dessinés sur son visage, la peau sur ses mains s'est tendue d'un coup comme un drap trop étroit sur un squelette de fer.

« Oui, mais il faut un pilote… pour être tout à fait sûres qu'ils ne reprendront pas… le contrôle en automatique, nous n'avons pas le temps de jouer au chat… et à la souris avec leurs techs infos et MaryMad… n'est plus… là… pour les contrer.

— Vous savez piloter », rétorque Zorn sans émotion apparente bien que la sueur continue d'inonder ses tempes jusqu'à son cou et qu'elle ne parvienne toujours pas à quitter le combat des yeux.

Rosso a étendu les deux premiers hommes, il déchire la gorge d'un troisième à belles dents. Il plonge à plein nez dans la sueur, la terreur et le sang. Ses lèvres malaxent un refrain muet que Zorn là-haut ne peut s'empêcher de reprendre. Elle pleure à sa place en écoutant Loka.

« J'ai tout donné pour cette bascule… Pour lui laisser l'avantage… Je suis en train de mourir… Cécilya ne peut… plus me soutenir. Bon Dieu, ça ne devait pas être *lui* ! »

Zorn contemple Rosso. Elle murmure :

« Je peux y aller, moi.

— Non… Vous ne savez pas… ce que vous dites… Vous ne pouvez pas savoir. C'est si long… le temps dans les bras de Cécilya. Nous n'avons pas… le droit de vous demander cela.

— C'est-à-dire ?

— Vous ne… mourriez pas. Cécilya… vous garderait dans sa couronne pour l'éternité… que durerait sa vie. Je pouvais le faire, après tout il y a… si longtemps déjà que je l'accompagne, mais vous…

— Je ne comprends pas.

— Les informations… ne meurent jamais. Sauf si on utilise de l'énergie pour les détruire… Cécilya aime la vie… Elle conserverait vos informations… aussi longtemps qu'elle existerait… Vous seriez elle, vous chanteriez avec elle… pour l'éternité. Et nous ne pouvons nous permettre de vous perdre, nous avons… besoin de vous, Zorn… maintenant. Il faut un certain état… d'esprit pour être la Voix… de Cécilya.

— Il faut être folle, vous voulez dire ? ricane la Psyche.

— Oui. »

Loka penche la tête, son chignon bas se défait sous ses doigts gourds et les longues mèches grises dévoilent un implant archaïque. Terni. Noirci. Zorn détourne enfin son regard de la bataille qui s'achève sur le tarmac et se penche sur elle.

« Joli modèle. Antique. De collection. Vous gagneriez des fortunes avec sur un Honorable Habitat. »

La porte de la tour claque presque en s'ouvrant sur

un Rosso couvert de débris sanguinolents qui s'effondre à leurs pieds, à bout de souffle. Mais il chantonne toujours.

Les deux femmes le fixent quelques secondes. Zorn articule d'un ton doux :

« Vous savez... pour la folie ? Il n'y aura pas de problèmes. »

*

... en t'aimant...
« 52 minutes 02 secondes. »

*

Rosso s'était roulé en boule dans un coin de la pièce et aurait eu l'air de dormir ou de mourir si des larmes n'avaient commencé à délayer l'hémoglobine déjà coagulée sur ses joues. Il n'était plus que sel et acide tandis que Loka et Zorn continuaient de parler, parler, parler sans fin. Il ne cherchait pas à comprendre ce qu'elles disaient, il pleurait sans savoir pourquoi. Son esprit était blanc, ou noir, il ne savait pas. Rouge plutôt, un beau rouge. Le rouge des phares de coupée, ou des géantes dont le cœur est en train d'étouffer.

MaryMad gémit tandis que sa poitrine se convulsait. Zorn se précipita vers la jeune fille. Loka et Rosso ne bougèrent pas. L'une parce qu'elle tentait de continuer à respirer, l'autre parce qu'il se laissait lentement glisser vers la catatonie en oubliant presque de respirer.

« Elle est encore en vie, lança Zorn à la cantonade. Mais ça ne va pas durer…
— Moi non plus, haleta Loka. Zorn ?
— Oui ?
— Aide-moi… Je veux… me coucher à côté d'elle.
— Je vais faire mieux que ça… Oui, oui, oui. Beaucoup mieux que ça. »

*

... tes tresses relevées...
« 28 minutes 7 secondes. »

*

Le hurlement de Loka s'interrompt sur ses lèvres tandis que Zorn lui saute dessus et arrache l'implant noir dans le cou flasque. Le corps de la Cloche des Cloches tressaute. Même si la chose a toujours été prévue pour un retrait manuel sans risques, il y a des siècles qu'elle la porte. Mais lorsqu'elle pose son oreille contre la poitrine creuse, la Psyche hoche la tête avec un gentil sourire. Parfaitement déplacé. Elle se rue sur Rosso qui n'esquisse pas un geste de défense tandis qu'elle lui casse presque la nuque en lui baissant la tête. Il n'a pas un gémissement lorsque l'implant se connecte à son rachis dans un éblouissement qui fait voler en éclats voiles et couleurs, rêves et chansons, en un éclair. Ses yeux cillent seulement. Stupides. De même, lorsque la Psyche lui renverse à nouveau la tête pour l'embrasser lèvres pleines, dents en avant.

Elle prend les corps des deux femmes sur ses épaules et se rue par l'échelle vers la navette abandonnée qui se dirige vers le vaisseau principal.

*

Sans avoir su la nuit...
« 15 minutes 09 secondes. »

*

Le collier de vaisseaux tournoya lentement avec la précision et la douceur d'un ciseau tranchant la soie, le velours ou une feuille d'or. Les navettes d'arrimage voletaient tout autour comme un nuage de particules furieuses. Les vaisseaux ne s'alignaient pas selon le plan d'embarquement, mais inversaient leur trajectoire. Dans le com, les voix sidérées des pilotes Réguliers exigeaient des explications.

« La sirène chantera dans les siècles des siècles ! » leur hurla Zorn en réponse.

Les cockpits vides scintillèrent brièvement au soleil montant avant de s'assombrir alors que le train traversait le tunnel de l'astroport du sas externe au sas interne. Sans comprendre, les navettes foncèrent pour le rattraper. Certaines ne surent pas renoncer à temps à la poursuite.

*

... voir le jour se lever.
« 0 minute 05 secondes. »

*

Les vaisseaux fondront sur Cécilya. L'anneau étincelant les accueillera comme les Terres Neuves accueillent la pluie dans les Puits de Gravité. Zorn contemplera son reflet dans la baie transparente du poste de pilotage. Elle chantonnera brièvement un refrain de berceuse, comme si les deux corps étendus dans son dos pouvaient l'entendre du fond de leur abîme d'inconscience. Puis la Psyche s'écroulera sur le panneau de voyants affolés qui rendront compte sans y croire d'une vitesse incompréhensible.

*

« 0 minute 0 seconde. »
Accompli.

*

Épilogue

Lorsque Rosso le Fou s'en va contempler Cécilya, les enfants s'écartent sur son passage. Les sas palpitent et les saute-temps l'accompagnent. Mais les gosses ne peuvent pas s'empêcher de suivre à distance le héros qui a débarrassé la station des Réguliers.

C'est qu'il y a un mystère dans les visites du Clochard des Clochards au sas interne. Un héros et un joli mystère, tout ce qu'aiment les enfants.

Le sas s'ouvre sur l'astre au cœur de l'astre, sur l'or brûlé et l'argent terni enchâssant le saphir, sur le seul joyau des Vrais Clochards. La valse lente et douce des miroirs géodésiques s'interrompt et Rosso le Fou lève sa tasse de café qu'il hume profondément avant de la boire.

Et là, il sourit.

Normalement, le Clochard des Clochards ne sourit jamais.

Jamais.

Personne ne sait qu'il écoute, souriant, le chant des Sirènes, les Sirènes de Cécilya.

Comme il sourit à elles seules, elles ne chantent que pour lui.

Pour toujours.

NETTOYAGE DE PRINTEMPS

Première parution dans Stratégies du réenchantement,
Griffe d'encre, 2010.

À Sébastien D., avec tout mon amour.

Le premier voyage d'un aspi dans les *Time* Corps est impressionnant : les instructeurs vous traînent à la fin des temps.

Bon, inutile de dire qu'on ne sort pas de la bulle de stase pour aller se balader dans la poussière radioactive et faire craquer le sol vitrifié sous nos bottes cirées. Non, on se contente d'admirer du balcon. C'est suffisant. N'empêche, vu que le point d'observation est relativement éloigné de l'épicentre des bombes, on reconnaît assez bien les cadavres des gosses dans la cour de l'école. Il y en a qui gerbent dans la stase, d'autres s'évanouissent. C'est fun.

Il faut trouver la bonne dose de consternation horrifiée. Trop ou pas assez, ça signifie que vous rentrez chez vous, ce qui est plutôt agaçant quand vous avez passé dix ans de votre vie InTime à intégrer l'Académie.

Après, ça y est ! Vous êtes reçu dans les Corps avec les félicitations du jury et une serpillière propre. Et vous commencez à faire le ménage. C'est fou le bordel que laissent les touristes temporels. Heureusement qu'ils ont tendance à ne pas être très originaux. Entre la foule qui fait la queue pour assassiner Hitler ou Staline au berceau, les mystiques en robes de bure qui assistent à la Crucifixion et ceux qui se cantonnent à l'éradication de leurs ascendants, il y a de quoi faire. Mais on s'en sort.

Il y a même des fois où on a le temps de faire la sieste. Pas trop, sinon on vous relègue au Corps de Dégrisement. Je vous assure que ramener un type complètement stone de Woodstock, Wight ou Wembley, ça demeure plutôt limité question rigolade. Mieux vaut y aller avec une grande blouse et des bottes de caoutchouc, les camés supportent plutôt mal le voyage. Et on ne peut même pas faire une petite pause pour écouter Jimi Hendrix.

Bref, les *Time* Corps, c'est ça : rien de plus que laver à grande eau les erreurs semées ici ou là par des inconscients pour rétablir le cours normal de l'histoire. Cours normal qui, comme je viens de vous le dire, s'achève en grande pompe dans un feu d'artifice nucléaire sans précédent. Il paraît que, si on avance encore, on peut assister à l'éclatement de la croûte terrestre et la dissémination des morceaux de la planète dans tout le système solaire. Ça doit être fascinant, cependant comme la stase ne nous protégerait quand même pas d'un cataclysme pareil, on évite l'instant en général.

Et on ne peut rien y faire : les siècles juste avant la

cata sont fermés. Aucun voyageur n'a jamais réussi à s'y rendre. On suppose qu'il y a là une très grande civilisation qui n'a pas envie d'entendre parler de nous, pauvres types puants et sous-développés. Mais j'ai quand même des doutes, vu l'ampleur du désastre subséquent.

Bref, c'est comme ça qu'au bout d'un moment, j'ai fini par comprendre où était la Tache. La vraie. La seule. Et que j'ai décidé de l'éponger une fois pour toutes.

Bon, le climat est moyen ici, mais j'ai tout ce qu'il me faut. Mon lecteur perso contient assez de musique et de livres pour tenir mille ans. Je n'aurai pas le temps de tout consulter. J'ai suffisamment de munitions pour faire face à une armée. Tout va bien. La bouffe est correcte si on aime le barbecue. La chasse est bonne. Je pense que j'aurai décanillé le dernier d'ici un ou deux ans.

Il y a quand même quelque chose qui me gêne un peu, ce sont les gorilles. Ben ouais, les gorilles, ils étaient sympas, non ? Braves bêtes. Un peu bourrues, mais braves bêtes. Les chimpanzés aussi. Pourtant, je n'ai pas confiance. Outre que tous les anthropo-archéo-machins que j'ai consultés avant mon départ ont été infoutus de me démontrer avec certitude où se situait la bifurcation entre eux et nous, je me méfie. Ils seraient fichus d'évoluer dans le même sens si on leur laissait les coudées franches.

Alors, c'est bien dommage, mais parfois il faut se résigner aux dommages collatéraux. En tout cas, la dernière fois que j'ai fait un tour à la fin des temps, le printemps pointait mutin dans la prairie et j'en ai ramené un rhume des foins mémorable.

Pourvu qu'il y ait des antihistaminiques dans la trousse de secours.

Postface

L'ART DU CHANGEMENT D'ÉTAT

Il existe une branche de la physique qui traite des changements d'état. De l'instant exact où tout bascule, d'un ensemble de règles à un autre. Lors du passage de la glace à l'eau liquide ou à la vapeur d'eau, la composition chimique n'est pas modifiée. Pourtant, qu'y a-t-il de commun entre un flocon de neige et une gouttelette d'eau ? L'âme, peut-être. Ou la conviction viscérale de la molécule H_2O d'être restée la même, malgré les changements qui l'entourent et la métamorphose qu'elle a dû subir.

Les personnages des histoires que vous venez de lire ont tous vécu, en général sans l'avoir particulièrement souhaité, un tel changement d'état. Un moment où les choses ne peuvent plus continuer comme avant, où il faut décider de se transformer radicalement, quitte à détruire le monde au passage. Ou soi-même. Même si les héros n'expliquent jamais leur geste — une explication est-elle vraiment nécessaire quand on affronte le nazisme ou qu'on décide de mettre fin à l'humanité telle que nous la connaissons ? —, ils sont conscients de la radicalité de leur démarche. S'ils la font partager au lecteur, ce n'est jamais pour obtenir une forme quelconque d'absolution, mais plutôt à titre d'information. Pour mémoire.

On peut considérer que chaque histoire repose sur le même type d'approche : une crise, suivi d'une réinvention dramatique. Que le héros se sublime en passant de la glace à la vapeur d'eau, ou qu'au contraire il accepte de se figer définitivement dans la mort, il y a transcendance sans retour en arrière possible. Toutefois, ce schéma en apparence simple cache un certain nombre de paradoxes, sur lesquels je voudrais m'attarder un peu, car ils s'accompagnent d'une approche littéraire suffisamment inhabituelle pour qu'on la souligne.

Le premier de ces paradoxes, c'est que le héros agit non pas pour se sauver lui-même, mais pour préserver l'idée qu'il se fait des choses. La survie des personnages est moins importante pour eux que celle de leurs convictions. Cette caractéristique, que l'on retrouve au cœur de chacune de ces histoires, les oriente et contribue à donner à chacune de ces nouvelles un ton particulier. On ne peut pas gagner — l'idée même est absurde —, on peut juste rappeler le droit de chacun à posséder son propre territoire. Et à le défendre, avec ses propres armes.

La dimension politique de ces histoires est indéniable, mais, à la différence de ce qui se passe chez un auteur comme Ayerdhal, il s'agit de la politique locale née de la somme d'un certain nombre d'individualités qui se parlent en direct, et pas de celle des populations face aux gouvernements, des pauvres face aux nantis. Il n'y a pas de peuples, juste des petits groupes — familles, tribus, fratries —, où le respect de l'individualité de chacun est une obligation, voire un préliminaire à la survie. Les personnages ne sont pas des tribuns ou des meneurs d'hommes, ils sont simplement libres. D'une liberté farouche, viscérale, qui ne s'accommode que des contraintes que l'on se fixe à soi-même. Quant aux figures d'autorité légales, elles sont tout simplement absentes.

Au sein de leur tribu, les personnages ont chacun une passion, ou une obsession, qui les structure et qui donne un sens à leur vie. Cette passion sert aussi de moyen de métamorphose, c'est un levier, elle sert à matérialiser leurs convictions. C'est en tout cas par cette passion que l'auteur les définit. Cela fait d'eux des géants, des forces qui vont. Que cette obsession, qui les individualise autant qu'elle les isole (à l'image de la nouvelle *Privilège insupportable*), soit le résultat d'un hasard heureux ou d'une malédiction importe peu. Leur farouche individualisme n'est même pas un choix, c'est un instinct. Et cet instinct va jusqu'à les pousser à mourir pour préserver ce qu'ils sont seuls à revendiquer d'être.

Le deuxième paradoxe est que nous ne saurons jamais vraiment ce qui s'est passé dans la tête du héros à l'instant crucial de la décision, en raison d'un parti pris très clair de l'auteur. Il n'y a rien de nombriliste dans la démarche, rien qui puisse ressembler à de l'autofiction ou aux souffrances du jeune Werther. Chaque texte présente les données d'un problème, la description d'un intolérable et le choix qui en résulte. Et cet instant fugace, celui de la décision, l'auteur choisit de nous le cacher pour que les lecteurs que nous sommes soient forcés de le reconstituer, et, par ce biais, de rejoindre le héros dans ce qu'il a de plus secret. Pas de tricherie, ici, aucun ressenti particulier sur lequel on pourrait s'attarder *ad nauseam*. D'ailleurs, les personnages n'utilisent pas la séduction comme forme de communication ou d'action. S'ils sont séducteurs, comme le chanteur castrat d'*Aria Furiosa*, c'est malgré eux, et sans possibilité d'en profiter. L'intellect du héros l'emporte sur l'affect.

Ce choix d'un angle de narration volontairement neutre, sans parti pris manipulateur, oblige l'auteur à construire une démarche non pas de conviction, ni de séduction, mais de revendication d'identité. Les personnages se définissent d'abord et avant tout par leurs frontières, là où ils s'arrêtent. Si leur intérieur reste secret, leur interface avec le monde est claire et affirmée, revendiquée. Nous, les lecteurs, nous la partageons, ce qui nous oblige non pas à nous identifier à eux, mais à tenir compte de ce qu'ils sont. Ces personnages ne nous appartiennent pas, mais nous les avons rencontrés.

Considérons par exemple *Aria Furiosa*. Il s'agit d'une narration à la première personne, par une observatrice neutre, dont on saura finalement peu des agitations qui la traversent. Ce qui définit Marie — son amour pour Orlando — et ce qui a cessé de la définir — la danse — sont des caractéristiques de la caméra et non des moteurs intimes. Sa narration des faits reflète ce qui l'entoure, de façon clinique. Ce n'est pas du détachement, plutôt une façon de nous faire comprendre qu'il y a plus important qu'elle, que ce qui se joue à ce moment-là possède une dimension emblématique qui transcende sa dimension locale. La fiction de Debats n'est pas une description fouillée d'états d'âme, mais le compte rendu d'une prise de décision. Derrière l'apparente limpidité des intrigues, il y a en général un mécanisme diaboliquement agencé qui s'accompagne de l'exploitation maîtrisée d'une symbolique qui sous-tend et renforce l'histoire. Pour Orlando, chanter au-delà de l'audible est une façon de rappeler que cet inconnaissable qui existe en chacun de nous est parfois mortel. Et que, face à l'inacceptable, il suffit parfois de ne pas se taire.

Notons au passage que la nouvelle *Paso doble* fonctionne en miroir d'*Aria Furiosa*. La chorégraphie furieuse de la corrida y remplace celle de l'opéra et la mort du frère celle de l'amant, mais l'histoire est la même. Là encore, le narrateur est un des figurants dont nous ne saurons rien, mais qui assume son rôle de témoin privilégié. Et la métamorphose du héros en taureau permet de revendiquer cette part d'animalité qui demeure notre dernier refuge.

Parfois, le personnage refuse de changer le monde (ou plutôt son environnement immédiat) et choisit de se transformer. Il renonce à ce qu'il est et qui ne lui paraît plus acceptable, comme dans *Gilles au bûcher* — une communauté fermée, là encore, un berger qui se nourrit de ses ouailles et qui, soudain, n'accepte plus sa monstruosité. Ou bien il accepte de guérir, comme dans *Stratégie du réenchantement*. Là, c'est la maladie qui enferme. Le narrateur fait partie d'une tribu isolée dans le temps, celle de la libération sexuelle d'une époque, et sa rédemption passe par le retour des choses qui le font communiquer et ressentir. Dans ces deux nouvelles, comme d'ailleurs dans *Privilège insupportable*, intervient le travail d'enseignant, d'éducateur, la transmission non pas d'une connaissance livresque, mais de la possibilité d'une vie autre. Un transfert non de savoir mais de valeurs. Le paradoxe est là, dans cette revendication du héros à choisir ce qu'il est, sans jamais le justifier ou l'expliciter. Et par la capacité de l'auteur à nous le faire accepter malgré tout.

Le dernier paradoxe, peut-être le plus fascinant pour moi, est que ces histoires, qui ont vocation de s'ouvrir sur ce qui est véritablement l'humain, se déroulent toutes dans des milieux fermés. Elles mettent en scène des groupes de gens isolés par leur statut (artistes, amateurs de taureaux) ou leur lieu de vie (station spatiale, hôpitaux, refuges). Ce sont les équivalents narratifs des boîtes de Pétri des laboratoires, des environnements maîtrisables parce que limités — il y a un côté « obsession du contrôle » dans ce type de narration. Cet enfermement souligne également le fait que ni les problèmes abordés, ni les solutions qu'on leur applique n'ont vocation d'être universels. Dans *Saint-Valentin*, la narratrice décide que sa vie est insupportable et transforme ses enfermements en leçons de vie. On retrouve le regard d'entomologiste de Debats pour les milieux exotiques — la chasse aux créatures magiques en compagnie d'un ogre psychopathe pour garnir le garde-manger est-elle plus ou moins étrange que le travail répétitif et abrutissant d'une employée d'hôpital psychiatrique, qui affronte jour après jour les mêmes embouteillages et les mêmes plaisanteries racistes et misogynes des collègues ? La répétition est-elle supportable, et que reste-t-il de soi si on se laisse user par le quotidien ? *A contrario*, dans *Privilège insupportable*, le personnage dont on ne sait pas grand-chose bâtit littéralement son jardin secret devant nos yeux. Pour échapper à la norme, peut-être, mais surtout pour éviter de se laisser enfermer dans des contraintes trop étroites. Dans cette nouvelle, c'est également un ensemble de règles de survie que l'auteur développe — comment éliminer ses traces et ses déchets, comment se nourrit-on de ses propres pensées, de ses propres odeurs ? Comment se maquille-t-on pour que son apparence ne révèle rien de cet espace intérieur que l'on a créé ? Comment s'échappe-t-on vers l'intérieur de soi ?

Dans *Fugues et fragrances au temps du Dépotoir*, qui est au sens premier le chef-d'œuvre du recueil, c'est-à-dire la structure qui le coiffe, le consolide et le structure, il y a suffisamment de personnages majeurs pour que toutes les options possibles soient réalisées simultanément. Et si la novella réussit à ne pas imploser sous ses propres contraintes, c'est parce qu'elle s'appuie sur une structure mythique extrêmement solide. Là, l'histoire s'échappe jusqu'aux dimensions de l'épopée, mais elle reste néanmoins confinée à une station spatiale dotée d'un trou noir. La sortie, une fois de plus, mène vers l'intérieur.

Alors que la science-fiction semble revendiquer de plus en plus des espaces sans fin, des univers aux horizons si lointains qu'ils en deviennent théoriques, ce recueil réinvente les espaces intérieurs chers à la nouvelle vague anglaise. C'est de la science-fiction au sens premier, celle qui parle des limites de l'homme pour mieux les transcender, qui dynamite les conforts aliénants à grands coups de métamorphoses. Sans tricher, sans effets pyrotechniques gratuits, mais avec une lucidité au scalpel qui frappe juste.

Et il n'est pas anodin que le recueil s'achève avec *Nettoyage de printemps*, qui radicalise la démarche. Il aura fallu tout ce qui précède pour que le lecteur adhère à la décision de l'héroïne, pour qu'il comprenne la nécessité d'agir pour sauver le monde, même si l'humanité tout entière est éradiquée au passage. On ne la regrettera pas, et on réservera sa compassion pour les autres primates, victimes collatérales du choix de l'auteur.

JEAN-CLAUDE DUNYACH

REMERCIEMENTS

Comme toujours, l'atelier d'écriture de Parchemins & Traverses, sans vous... rien.

Mais aussi Ayerdhal pour son œil de feu et de sang et pour l'inoubliable rencontre avec Parleur, Karim Berrouka pour les titres qui tuent et les allitérations, Bidibulle pour la physique et parfois la métaphysique, Magali Duez pour sa patience et son perfectionnisme, Jean-Claude Dunyach pour « La Station de l'Agnelle » entre autres des tas de choses, notamment comestibles, Anne Fakhouri pour son intransigeance et son regard de duchesse, Michel Ferret pour toutes les bières que nous n'avons pas bues et pour les joyaux de la couronne, Éric Picholle pour le vol des plus lourds que l'air et les solutions satisfaisantes, David Skurnick pour ses précieux conseils médicaux, et enfin, last but not least, *Alain Névant, parce que.*

357.	Wayne Barrow	*Bloodsilver*
358.	Ted Chiang	*La tour de Babylone*
359.	Clive Barker	*Le royaume des Devins*
360.	Michael G. Coney	*Péninsule*
361.	Theodore Sturgeon	*Un peu de ton sang*
362.	Robert Charles Wilson	*Spin*
363.	Gene Wolfe	*La citadelle de l'Autarque* (Le livre du Nouveau Soleil, IV)
364.	Francis Berthelot	*Khanaor*
365.	Mélanie Fazi	*Serpentine*
366.	Ellen Kushner	*À la pointe de l'épée*
367.	K. J. Parker	*Les couleurs de l'acier* (La trilogie Loredan, I)
368.	K. J. Parker	*Le ventre de l'arc* (La trilogie Loredan, II)
369.	K. J. Parker	*La forge des épreuves* (La trilogie Loredan, III)
370.	Thomas Day	*Le trône d'ébène*
371.	Daniel F. Galouye	*Simulacron 3*
372.	Adam Roberts	*Gradisil*
373.	Georges Foveau	*L'Enfant Sorcier de Ssinahan* (INÉDIT)
374.	Mathieu Gaborit	*Bohème*
375.	Kurt Vonnegut Jr	*Le pianiste déchaîné*
376.	Olivier Bleys	*Canisse* (INÉDIT)
377.	Mélanie Fazi	*Arlis des forains*
378.	Mike Resnick	*Ivoire*
379.	Catherine L. Moore	*Les aventures de Northwest Smith*
380.	Catherine L. Moore	*Jirel de Joiry*
381.	Maïa Mazaurette	*Dehors les chiens, les infidèles*
382.	Hal Duncan	*Évadés de l'Enfer !* (INÉDIT)

333.	Laurent Kloetzer	*Le royaume blessé*
334.	Steven Brust	*Les Gardes Phénix*
335.	Isaac Asimov	*Fondation* (Le cycle de Fondation, I)
336.	Isaac Asimov	*Fondation et Empire* (Le cycle de Fondation, II)
337.	Isaac Asimov	*Seconde Fondation* (Le cycle de Fondation, III)
338.	Isaac Asimov	*Fondation foudroyée* (Le cycle de Fondation, IV)
339.	Isaac Asimov	*Terre et Fondation* (Le cycle de Fondation, V)
340.	Jack Vance	*La vie éternelle*
341.	Guillaume Guéraud	*La Brigade de l'Œil*
342.	Chuck Palahniuk	*Peste*
343.	Paul Anderson	*Trois cœurs, trois lions*
344.	Pierre Corbucci	*Journal d'un ange*
345.	Elizabeth Hand	*L'ensorceleuse*
346.	Steven Brust	*Taltos*
347.	Stéphane Beauverger	*La cité nymphale* (La trilogie Chromozone, III)
348.	Gene Wolfe	*L'ombre du Bourreau* (Le livre du Nouveau Soleil, I)
349.	Robert Charles Wilson	*Blink Lake*
350.	Alain Damasio	*La Zone du Dehors*
351.	James Patrick Kelly	*Fournaise*
352.	Joëlle Wintrebert	*Le créateur chimérique*
353.	Bernard Simonay	*La Vallée des Neuf Cités*
354.	James Tiptree Jr	*Par-delà les murs du monde*
355.	Gene Wolfe	*La Griffe du demi-dieu* (Le livre du Nouveau Soleil, II)
356.	Gene Wolfe	*L'épée du licteur* (Le livre du Nouveau Soleil, III)

308.	Cory Doctorow	*Dans la dèche au Royaume Enchanté* (INÉDIT)
309.	C. S. Lewis	*Perelandra*
310.	Christopher Priest	*La séparation*
311.	David Brin	*Marée stellaire*
312.	Ray Bradbury	*Les machines à bonheur*
313.	Jack Vance	*Emphyrio*
314.	C. S. Lewis	*Cette hideuse puissance*
315.	Frederik Pohl et C. M. Kornbluth	*Planète à gogos*
316.	Robert Holdstock	*Le souffle du temps*
317.	Stéphane Beauverger	*Chromozone* (La trilogie Chromozone, I)
318.	Michael Moorcock	*Le nomade du Temps*
319.	John Varley	*Gens de la Lune*
320.	Robert Heinlein	*Révolte sur la Lune*
321.	John Kessel	*Lune et l'autre* (INÉDIT)
322.	Steven Brust	*Teckla*
323.	Mary Gentle	*La guerrière oubliée* (Le livre de Cendres, I)
324.	Mary Gentle	*La puissance de Carthage* (Le livre de Cendres, II)
325.	Mary Gentle	*Les Machines sauvages* (Le livre de Cendres, III)
326.	Mary Gentle	*La dispersion des ténèbres* (Le livre de Cendres, IV)
327.	Charles Dickinson	*Quinze minutes*
328.	Brian Aldiss	*Le Monde Vert*
329.	Elizabeth Moon	*La vitesse de l'obscurité*
330.	Stéphane Beauverger	*Les noctivores*
331.	Thomas Day	*La maison aux fenêtres de papier* (INÉDIT)
332.	Jean-Philippe Jaworski	*Janua vera*

282.	Barbara Hambly	*Les murs des Ténèbres* (Le cycle de Darwath, II)
283.	Serge Brussolo	*La nuit du bombardier*
284.	Francis Berthelot	*Hadès Palace*
285.	Jack Williamson	*Les Cométaires* (Ceux de la Légion, II)
286.	Roger Zelazny et Robert Sheckley	*Le concours du Millénaire*
287.	Barbara Hambly	*Les armées du jour* (Le cycle de Darwath, III)
288.	Sean Russell	*Les routes de l'ombre* (La guerre des cygnes, III)
289.	Stefan Wul	*Rayons pour Sidar*
290.	Brian Aldiss	*Croisière sans escale*
291.	Alexander Jablokov	*Sculpteurs de ciel*
292.	Jack Williamson	*Seul contre la Légion* (Ceux de la Légion, III)
293.	Robert Charles Wilson	*Les Chronolithes*
294.	Robert Heinlein	*Double étoile*
295.	Robert Silverberg	*L'homme programmé*
296.	Bernard Simonay	*La porte de bronze*
297.	Karl Schroeder	*Permanence*
298.	Jean-Pierre Andrevon	*Šukran*
299.	Robert Heinlein	*Sixième colonne*
300.	Steven Brust	*Jhereg*
301.	C. S. Lewis	*Au-delà de la planète silencieuse*
302.	Jack Vance	*Les langages de Pao*
303.	Robert Charles Wilson	*Ange mémoire* (INÉDIT)
304.	Steven Brust	*Yendi*
305.	David Brin	*Jusqu'au cœur du Soleil* (Le cycle de l'Élévation, I)
306,	James A. Hetley	*Le Royaume de l'été*
307.	Thierry Di Rollo	*Meddik*

256.	Georges Foveau	*Les Chroniques de l'Empire, I (La Marche du Nord — Un Port au Sud)*
257.	Georges Foveau	*Les Chroniques de l'Empire, II (Les Falaises de l'Ouest — Les Mines de l'Est)*
258.	Tom Piccirilli	*Un chœur d'enfants maudits* (INÉDIT)
259.	S. P. Somtow	*Vampire Junction*
260.	Christopher Priest	*Le prestige*
261.	Poppy Z. Brite	*Âmes perdues*
262.	Ray Bradbury	*La foire des ténèbres*
263.	Sean Russell	*Le Royaume Unique*
264.	Robert Silverberg	*En un autre pays*
265.	Robert Silverberg	*L'oreille interne*
266.	S. P. Somtow	*Valentine*
267.	John Wyndham	*Le jour des triffides*
268.	Philip José Farmer	*Les amants étrangers*
269.	Garry Kilworth	*La compagnie des fées*
270.	Johan Heliot	*La Lune n'est pas pour nous*
271.	Alain Damasio	*La Horde du Contrevent*
272.	Sean Russell	*L'île de la Bataille*
273.	S. P. Somtow	*Vanitas*
274.	Michael Moorcock	*Mother London*
275.	Jack Williamson	*La Légion de l'Espace* (Ceux de la Légion, I)
276.	Barbara Hambly	*Les forces de la nuit* (Le cycle de Darwath, I)
277.	Christopher Priest	*Une femme sans histoires*
278.	Ugo Bellagamba et Thomas Day	*Le double corps du roi*
279.	Melvin Burgess	*Rouge sang*
280.	Fredric Brown	*Lune de miel en enfer*
281.	Robert Silverberg	*Un jeu cruel*

Dans la même collection

230.	Michael Bishop	*Visages volés* (INÉDIT)
231.	James Blish	*Un cas de conscience*
232.	Serge Brussolo	*L'homme aux yeux de napalm*
233.	Arthur C. Clarke	*Les fontaines du Paradis*
234.	John Gregory Betancourt	*La naissance d'Ambre* (INÉDIT)
235.	Philippe Curval	*La forteresse de coton*
236.	Bernard Simonay	*Graal*
237.	Philip K. Dick	*Radio Libre Albemuth*
238.	Poul Anderson	*La saga de Hrolf Kraki*
239.	Norman Spinrad	*Rêve de fer*
240.	Robert Charles Wilson	*Le vaisseau des Voyageurs*
241.	Philip K. Dick	*SIVA* (La trilogie divine, I)
242.	Bernard Simonay	*La malédiction de la Licorne*
243.	Roger Zelazny	*Le maître des rêves*
244.	Joe Haldeman	*En mémoire de mes péchés*
245.	Kim Newman	*Hollywood Blues* (INÉDIT)
246.	Neal Stephenson	*Zodiac*
247.	Andrew Weiner	*Boulevard des disparus* (INÉDIT)
248.	James Blish	*Semailles humaines*
249.	Philip K. Dick	*L'invasion divine*
250.	Robert Silverberg	*Né avec les morts*
251.	Ray Bradbury	*De la poussière à la chair*
252.	Robert Heinlein	*En route pour la gloire*
253.	Thomas Burnett Swann	*La forêt d'Envers-Monde*
254.	David Brin	*Élévation*
255.	Philip K. Dick	*La transmigration de Timothy Archer* (La trilogie divine, III)

DU MÊME AUTEUR

Aux Éditions Griffe d'encre

LA VIEILLE ANGLAISE ET LE CONTINENT

STRATÉGIES DU RÉENCHANTEMENT

Ces deux ouvrages sont réédités en un seul volume, sous le titre :

LA VIEILLE ANGLAISE ET LE CONTINENT ET AUTRES RÉCITS (Folio Science-Fiction nº 423)

Aux Éditions Syros

ÉDEN EN SURSIS

L'ENFANT-SATELLITE

LA BALLADE DE TRASH

L'ENVOL DU DRAGON

Aux Éditions L'Atalante

PLAGUERS

383. Daniel F. Galouye — *Le monde aveugle*
384. Philip K. Dick — *Le roi des elfes*
385. Poppy Z. Brite — *Contes de la fée verte*
386. Mélanie Fazi — *Notre-Dame-aux-Écailles*
387. J.G. Ballard — *Le monde englouti*
388. Jean-Philippe Jaworski — *Gagner la guerre*
389. Mary Gentle — *L'énigme du cadran solaire*
390. Stéphane Beauverger — *Le Déchronologue*
391. Robert Charles Wilson — *La cabane de l'aiguilleur*
392. Christopher Priest — *L'Archipel du Rêve*
393. McSweeney's — *Anthologie d'histoires effroyables*
394. Robert Heinlein — *Marionnettes humaines*
395. Norbert Merjagnan — *Les tours de Samarante*
396. Jean-Philippe Depotte — *Les démons de Paris*
397. Stephen Fry — *Le faiseur d'histoire*
398. Kelly Link — *La jeune détective et autres histoires étranges*
399. J.G. Ballard — *Sécheresse*
400. Fabrice Colin — *Comme des fantômes*
401. Ray Bradbury — *Les pommes d'or du soleil*
402. Laurent Genefort — *Mémoria*
403. Maïa Mazaurette — *Rien ne nous survivra*
404. Foin Colfer — *Encore une chose... (H2G2, VI)*
405. Robert Charles Wilson — *Mysterium*
406. Serge Lehrman — *Le Haut-Lieu et autres espaces inhabitables*
407. Isaac Asimov — *L'homme bicentenaire*
408. Catherine Dufour — *L'accroissement mathématique du plaisir*
409. Ian McDonald — *Brasyl*
410. James Patrick Kelly — *Regarde le soleil*
411. Alfred Bester — *L'homme démoli*
412. Jack Vance — *Les chroniques de Durdane*
413. Alfred Bester — *Terminus les étoiles*

Cet ouvrage a été composé par IGS-CP
à L'Isle-d'Espagnac (16).
Impression CPI Firmin Didot
à Mesnil-sur-l'Estrée, le 19 mars 2012.
Dépôt légal : avril 2012.
Numéro d'imprimeur : 110306.

ISBN 978-2-07-044014-6/Imprimé en France.

178648